Daniel Spitzer

Wiener Spaziergänge

Daniel Spitzer

Wiener Spaziergänge

ISBN/EAN: 9783743362925

Hergestellt in Europa, USA, Kanada, Australien, Japan

Cover: Foto ©Andreas Hilbeck / pixelio.de

Manufactured and distributed by brebook publishing software (www.brebook.com)

Daniel Spitzer

Wiener Spaziergänge

„Wiener Spaziergänge."

Von

D. Spitzer.

Neue Sammlung.

Zweite Auflage.

Wien, 1874.

Verlag von L. Rosner.

Vorwort.

Ich lege hier dem Publikum eine neue Auswahl von Feuilletons vor, die unter dem Titel „Wiener Spaziergänge" theils in der „Presse" theils in der „Deutschen Zeitung" erschienen sind. Wenn es ein Fehler war, die losen Blätter zu sammeln, so hat diesen nicht meine Eitelkeit verschuldet, sondern höchstens meine Leichtgläubigkeit, indem ich das mir so freigebig gespendete Lob für baare Münze genommen habe. Ich weiß nicht, ob das Gute, das meine Freunde in den Wiener Spaziergängen haben finden wollen, wirklich darin enthalten ist, und ob davon noch etwas übrig geblieben, nachdem der Tag, für den ich geschrieben, längst vorbei ist. Denn auch die Schönheit eines armen Feuilletons ist oft nicht mehr als eine beauté do diable, die nur so lange währt als jenes jung ist.

Aber ein Gutes möchte ich jenen Feuilletons selbst nachrühmen, daß sie immer — kurz waren und wenigstens dem hat die Zeit nichts anhaben können. Sie sind kurz geblieben und so leidet auch das Buch nicht an jener Dickleibigkeit, an der schon manches bessere Buch erstickt ist. Und gerade diese Kürze hat man oft gerügt, als wenn ein Dolch so groß sein könnte wie ein Parapluie!

Ich hoffe, daß meine früheren Leser diese Sammlung gut heißen werden — freilich nicht Alle. Bei einem großen Diner wurde eine sehr lustige Geschichte erzählt, über die alle Gäste herzlich lachten. Nur ein junges Fräulein war, wie dem nebenan sitzenden Herrn schien, theilnahmslos geblieben. Und sie lachen nicht mein Fräulein, fragte der Nachbar? Ich danke, antwortete das wohlerzogene Mädchen, ich habe schon gelacht. So wird vielleicht auch mancher von meinen früheren Lesern, denen ich diese Sammlung vor Allen anbiete, bescheiden ablehnend antworten: Ich danke, ich habe schon gelacht.

Inhalts-Verzeichniß.

Ein neuer Pair.

31. Jänner 1869.

Es wird von mancher Seite behauptet, daß die bisherigen Mitglieder des Herrenhauses gegen die parlamentarischen Freuden schon ziemlich abgestumpft sein sollen, und daß die Blasirtheit eines hohen Hauses gegen die Genüsse von Ausschußsitzungen eine gewisse Saumseligkeit verschuldet habe, die jetzt, wo die Erledigung auch neuer Steuergesetze bevorstehe, dem Ministerium unliebsam werden könnte. Man habe daher mit der eben erfolgten Berufung zwanzig neuer Pairs nicht allein die Absicht gehabt, einigen schlichten Männern eine kleine Ueberraschung zu Theil werden zu lassen, sondern auch dem Herrenhause durch die Zuführung von Arbeitskräften die lang entbehrte jugendliche Frische zu verleihen. Hienach hätten wir künftighin im Herrenhause zwei große Parteien zu unterscheiden: die Blasirten und die Arbeitskräfte.

Unter den neuernannten Arbeitskräften befindet sich auch der berühmte Spediteur Simon Winterstein. Dieses Mitglied des Abgeordnetenhauses und der Staatsschulden=Controls=Commission hat eigentlich erst dadurch die Aufmerksamkeit der Volkswirthe auf sich gezogen, daß von Zeit zu Zeit das Gerücht, als wenn für dasselbe das Portefeuille eines Handelsministers in Bereitschaft ge= halten würde, entschieden dementirt wurde. Man wußte nur, daß Herr Winterstein die ernstliche Absicht hege, auf dem so frucht=

1

baren Gebiete der Volkswirthschaft Lorbeern zu sammeln, und daß er als Mitglied der durch ihre „reiflichen Erwägungen" und „eingehenden Prüfungen" so gefürchteten Wiener Handelskammer in der That Versuche in dieser Richtung unternommen hatte.

Als in den Zeiten der schwersten Finanznoth die genannte behäbige Körperschaft von der Regierung befragt wurde, wie den großen „Finanz-Calamitäten" abzuhelfen sei, und als die conservativen Vertreter von Handel und Gewerbe, erschreckt darüber, daß nun auch die durch ihre lange Dauer ehrwürdig gewordenen Finanz-Calamitäten über den Haufen geworfen werden sollten, in dumpfes commissionelles Hinbrüten versanken, da war es Herr Winterstein, der aus seinem reichen Ideenvorrathe die Hilflosen azte und, wie bekannt, den Vorschlag machte, man möge die Staatsgüter ausspielen, und um auch dem minder Bemittelten dieses so amusante Domänenspiel zugänglich zu machen, Lose in dem rührend kleinen Betrage von zehn Gulden anfertigen. Wie aber jener württembergische Bürgermeister einen tollen Hund, damit Niemand durch ihn Schaden erleide, über die Grenze ins Baierische jagen ließ, so wollte Herr Winterstein, damit Niemand durch das Lotto Schaden erleide, daß die Vertreter Oesterreichs im Auslande für den Absatz dieser Lose Sorge tragen sollten.

Auch im Abgeordnetenhause trat Herr Winterstein unerschrocken für den besonnenen volkswirthschaftlichen Rückschritt ein, indem er daselbst die so erhabene Idee der „Zwangsgenossenschaften" gegen ihre Verächter vertheidigte und dabei eine genaue Kenntniß der ältesten Redensarten an den Tag legte. Endlich hat er auch als Director der Nordbahn durch weises Festhalten an den hohen Tarifen für Kohlen von dem leichtsinnigen Verbrauche dieses kostbaren Brennstoffes abgeschreckt und dadurch gleichzeitig zur Abhärtung unserer verweichlichten Generation gegen die Einflüsse der Witterung beigetragen. Hienach wird es begreiflich, wie das Gerücht, daß man in Herrn Winterstein den zukünftigen Handelsminister zu verehren habe, entstehen konnte und immer wieder auftauchte. Poetische Gemüther erfüllte die Aussicht auf diesen neuen

Handelsminister mit der Hoffnung, daß dann endlich einmal dem Streben unserer Zeit nach materiellen Gütern von amtswegen würde Einhalt gethan werden.

Die Nachricht, daß Herr Winterstein berufen sei, seine volle Speditionskraft dem Herrenhause zuzuwenden, erregte allgemeines Aufsehen. Der treue Wächter der Staatsschuld besorgte jedoch, daß man seine Ernennung in dem Gewühle von Ernannten möglicherweise übersehen haben konnte, und ersuchte deßhalb, um jede Entschuldigung, daß man seine Berufung in das Herrenhaus nicht erfahren habe, unmöglich zu machen, den Präsidenten des Abgeordnetenhauses brieflich, dieses hievon in Kenntniß zu setzen. Durch diesen glücklichen Einfall zwang er auch die Mitglieder des Hauses, ohne auf deren Müdigkeit Rücksicht zu nehmen, sich von ihren Sitzen zu erheben.

Die so erwünschte Publicität der Umwandlung des Herrn Winterstein in einen Pair wurde ferner durch eine Ovation der Handelskammer erreicht, indem die Mitglieder derselben, wie die Zeitungen berichten, im schwarzen Fracke und in weißer Halsbinde im Sitzungssaale sich versammelten, und ihrem Vorsitzenden in dieser Weise einen sogenannten „schönsten Abend meines Lebens" bereiteten. Eine Ansprache des Dr. v. Mayrhofer beantwortete der Gefeierte, indem er mit der unter solchen Verhältnissen üblichen „sichtlichen Rührung" darauf hinwies, daß die Kammer 1. sein „Ausgangspunkt"; daß sie 2. die „Wiege seiner öffentlichen Wirksamkeit" gewesen, und daß sie 3. „seine Mutter" sei. Dieser Appell an das Mutterherz verfehlte nicht seine Wirkung auf den Ausgangspunkt des Herrn Winterstein, und die Wiege seiner öffentlichen Wirksamkeit zollte ihm anhaltenden Beifall.

Das Kammerkind Herr Winterstein theilte sodann den Versammelten mit, daß ein Mitglied der Kammer, welches ungenannt bleiben wolle, „um seiner Freude über die Allerhöchste Berufung des Herrn Winterstein in das Herrenhaus Ausdruck zu geben", eine Obligation von 1000 fl. gespendet habe. Der freudige Unbekannte, welcher eine Spende aus solchem Anlasse nur unter dem

1*

Schutze der Anonymität geben wollte, wurde ebenfalls durch Bei=
fall ausgezeichnet.

Der neue Pair wird unter seinen Collegen in der Kammer
gewiß vielfach beneidet werden. Wollte Gott, daß die Lorbeern
des Herrn Winterstein die Kammerräthe nicht — — schlafen
ließen. Es wäre dies im Interesse der einheimischen Volkswirth=
schaft aufs Innigste zu wünschen.

Der Viehhändler.

28. Februar 1869.

Ich weiß nicht, ob es unter gewöhnlichen Verhältnissen ein rentables Geschäft wäre, Papageie abzurichten, so viel aber ist gewiß, daß daran heute eine Million verdient werden kann. Es braucht nur irgend ein fahrender Financier sich dieses so lange vernachlässigten Industriezweigs anzunehmen, mit einigen braven Leuten den Freundschaftsbund des „Syndicats" zu schließen und dem patriotischen Unternehmen einen exotischen Namen zu geben, und die Börse wird das Bedürfniß nach sprechgewandten Papageien, welche den Menschen mit: „Du Spitzbube!" begrüßen, anerkennen, und mit gewohnter Großmuth ein kleines Aufgeld von fünfzig Gulden für die Papagei-Actie bewilligen.

Alsobald wird dieses glänzende Unternehmen einem gewiegten Geschäftsmanne den Schlaf rauben und in der nächsten Woche wird man von einer Actien-Gesellschaft hören, welche alle in der Welt vorräthigen Papageikäfige an sich bringt, und so einem dritten Finanzgenie den gewinnbringenden Einfall gibt, die große Zahl der vorhandenen Bau-Gesellschaften um eine Papageikäfig-Baugesellschaft zu vermehren. Die Sympathie, welche die Börse der Mutter entgegengebracht hat, wird sie auch den Töchtern nicht entziehen und Papagei — Papageikäfig-, sowie Papageikäfig-Bau-Actien mit einem gleichen Agio von fünfzig Gulden an ihr Herz drücken. Und warum nicht? Versprechen diese Unternehmungen etwa weniger Vortheil als die Dalko-böhmische oder Salami-ungarische Actien-Gesellschaft, in deren Actien vorsichtige Familienväter schon längst das Erbtheil ihrer Kinder angelegt haben?

Unlängst kam ein Viehhändler aus der Provinz nach Wien, um sich bei einem seiner Freunde, welcher auf dem Wege des Syndicates zu großem Reichthume gelangt war, finanziellen Rath zu holen. Zwischen Beiden spielte die nachfolgende Scene:

Der Stadtfreund: Grüß Dich Gott, Hans. Das ist eine Seltenheit, Dich in Wien zu sehen. Was führt Dich zu mir?

Der Viehhändler (gemüthlich): Es ist Viehmarkt in Wien, da bin ich immer gewiß, meine alten Freunde wieder zu treffen, und ich wollte auch Dich um keinen Preis versäumen.

Der Stadtfreund: Sehr schmeichelhaft. Führt Dich aber sonst wirklich nichts nach der Stadt, als Deine Ochsen und Deine Freunde?

Der Viehhändler (schlau): Offen gestanden: Nein! aber unter uns gesagt: Ja! Man erzählt bei uns zu Hause, daß man jetzt in Wien über Nacht reich werden könne und so dachte ich, da ich mich eines vortrefflichen Schlafes erfreue, der mir auf dem Lande gar nichts nützt, daß ich damit in Wien ein gutes Geschäft machen, und mich mit meinen Ochsen niederlegen, und mit einer Million aufstehen könnte.

Der Stadtfreund: Die Morgenstunde hat allerdings Gold im Munde, aber eine so reichliche Dividende, wie Du von ihr erwartest, wirft sie nicht ab.

Der Viehhändler (bestürzt): Nicht? Ich habe aber meiner Frau schon versprochen, daß ich ihr eine Million aus der Stadt mitbringen werde.

Der Stadtfreund (lächelnd): An einem Versprechen liegt nichts — man muß nur wissen, es zur rechten Zeit nicht zu halten.

Der Viehhändler (traurig): Oh die Vorwürfe meiner Frau! Ich bin zwar wohlhabend, aber — —

Der Stadtfreund: Ich verstehe Deinen Kummer. Du hast gerade so viel, als man zum Leben braucht, davon kann man aber heute nicht leben. Es läßt sich übrigens vielleicht Rath schaffen.

Der Viehhändler (gerührt): Ich werde Dir selbst für den schlechtesten Rath dankbar sein, wenn ich nur dadurch meine Absicht erreiche.

Der Stadtfreund: Ich werde Dich in das Syndicat des neuen Unternehmens hineinschmuggeln, das wir unlängst gegründet haben, der privilegirten Kaisersemmelverkleinerungs-Actien-Gesellschaft.

Der Viehhändler (kratzt sich hinter den Ohren): Hm!

Der Stadtfreund: Ich und mehrere gleichgesinnte Freunde, wir haben schon längst, wie man in finanziellen Kreisen sagt, d. h. seit acht Tagen daran gedacht, uns den Gewinn, welchen die Bäcker aus der fortwährenden Verkleinerung des Gebäckes ziehen, nicht entgehen zu lassen. Wir haben eine Gesellschaft unter dem Namen, den ich vorhin erwähnt, gegründet, und schon der Titel allein hat auf der Börse eine günstige Meinung für unser Unternehmen hervorgerufen. Die Actien gingen wie warme Semmeln und das voraussichtliche Kleinerwerden des Luxusgebäckes wurde auf der Börse mit einer freudigen Hausse begrüßt. Es entstand zwar sogleich eine Concurrenz-Gesellschaft, welche noch kleineres Brod zu backen versprach als wir, aber da sich bei derselben nicht. wie bei uns große Capitalisten betheiligt hatten, schenkte man ihren Versprechungen keinen Glauben und sie mußten ihr Project wieder fallen lassen. So sind wir schon in der nächsten Woche in der erfreulichen Lage, unser Syndicat aufzulösen (Pause). Nun, was meinst Du, wie viel da auf Einen kommen wird?

Der Viehhändler (nach einiger Ueberlegung): Nun, wie viel wird denn auf Einen kommen? Höchstens sechs Monate schwerer Kerker!

Zur Budget-Debatte.

14. März 1869.

Der Abgeordnete Baron Weichs hat in der Debatte über den Staatsvoranschlag für 1869 auf die interessante Thatsache aufmerksam gemacht, daß in dem Budget unter anderen sehr geschätzten Staatsausgaben sich auch ein Sümmchen von 153 fl. befinde, welches „als Tabaksgeld für neunzehn in Dalmatien ansässige Capuziner" eingestellt sei.

Es läßt sich vom rein menschlichen Standpunkte gewiß nichts dagegen einwenden, daß der Staat für die Befriedigung der narkotischen Bedürfnisse vaterländischer Capuziner nach Kräften beiträgt, ja der Raucher kann nur erfreut darüber sein, daß die Regierung durch solche Tabakstipendien hoffnungsvolle Raucher. in ihren Bestrebungen ermuntert. Auffällig muß es jedoch erscheinen, daß diese Subvention von Rauchern aus dem Stande der Capuziner nicht unter der weltlichen Budgetrubrik „Tabak" angeführt wird, sondern unter dem ehrwürdigen Titel 2 des Budgets: „Staatsvorschuß zum katholischen Religionsfonds." Diese Einreihung irdischer Ausgaben unter himmlische Rubriken verblüfft und es erhält hierdurch der sonst confessionslose Tabak eine katholische Beize, einen allein seligmachenden Beigeschmack, den er von Haus aus nicht hat.

Allerdings aber geht aus dieser Betheilung gottergebener Capuziner mit Tabakspfründen hervor, daß der Religionsfonds nicht in engherziger Weise verwaltet wird, indem man fern von jeder Pedanterie auch dem Rauchen unter den religiösen Zwecken,

welche jener Fonds befördern soll ein bescheidenes Plätzchen ein=
räumt. Ich bin überzeugt, daß es dem lieben Gott gleichgiltig
ist, ob der Rauch aus einem Weihrauchkessel oder aus einer Meer=
schaumpfeife zum Himmel aufsteigt, und daß ihm das Aroma einer
abgelagerten Havannah mindestens ebenso angenehm ist als das
einer parfümirten Wachskerze.

Freilich ist es bei der großen Anzahl von Mönchen, deren sich
Oesterreich erfreut, kein Wunder, wenn die Befriedigung der clericalen
Tabaksansprüche endlich zu einem Deficit des Religionsfonds
führte, und so die traurige Thatsache eintrat, daß neunzehn
Capuziner in Dalmatien eines Tages, da sie sich wie gewöhnlich
eine Pfeife stopfen wollten, in ihrem Tabaksbeutel kein Stäubchen
Tabak fanden. Unter solchen Umständen mußte sich der Staat
entschließen, dem Religionsfonds aus seinen unerschöpflichen Hülfs=
quellen einen Betrag von 153 fl. Oester. W. vorzuschießen, wenn
man nicht die neunzehn dalmatinischen Capuziner noch länger ihre
ihnen so lieb gewordene Pfeife entbehren lassen wollte.

Vielleicht wird diese so nahe liegende Aufklärung den Ab=
geordneten Baron Weichs, welcher den erwähnten Budgetposten
ein „Curiosum" zu nennen nicht Anstand nahm, mehr beruhigen
als die etwas ausweichende Antwort, welche ihm Se. Excellenz
Herr Minister v. Hasner ertheilte, indem er über das „Curiosum"
mit Stillschweigen hinwegging. Wohl aber muß man fragen, wo=
hin es führen soll, wenn die Abgeordneten mit Interpellationen
solcher Art einen Minister belästigen.

Wie leicht kann es sich ereignen, daß in dem Budget für
das Jahr 1870 unter der Rubrik: „Staatsvorschuß zu katholischen
Religionsfonds" ein Posten eingestellt wird: „Pomadengeld für
zwanzig böhmische Nonnen." Dann braucht nur wieder ein Inter=
pellant, dem es mehr um hämische Bemerkungen als um die Auf=
klärung zu thun ist, die er sich ja selbst so leicht geben kann, vom
Minister wegen dieser clericalen Pomade=Angelegenheit Auskunft
zu verlangen, und Se. Excellenz Herr v. Hasner muß dann vor
dem Hause, dem jeder Kitzel seines Zwerchfells eine willkommene

Gabe ist, erröthend auseinandersetzen, wie es gekommen sei, daß die Regierung veranlaßt worden, den böhmischen Nonnen das Haar zu schmieren.

Möchten doch die Abgeordneten stets das Eine bedenken, daß es viel leichter ist, zu interpelliren, als eine Interpellation zu beantworten!

Der Director der Bodencredit-Anstalt Herr v. Hopfen hat sich als General-Berichterstatter über das Capitel: „Lotto" in der Budgetdebatte gegen solche Tactlosigkeit von Seite der Abgeordneten mit einer an das Erhabene grenzenden Würde ausgesprochen. Der Abgeordnete Herr Roser nämlich wies die Verwerflichkeit des Lotto mit gewohntem incorrectem Pathos nach, und berief sich für seine Ansicht auf die nicht mehr ungewöhnliche „Verdummung des Volkes", auf den sattsam bekannten „blutigen Schweiß der Armen", auf den so beliebten „Blödsinn" der großen Menge und auf andere bei der Discussion anerkannter Uebelstände gerne citirte populäre Leibschäden. Nachdem der Redner noch von Irrenhaus, Kerker, Galgen und ähnlichen staatlichen Einrichtungen gesprochen hatte, graute ihm schließlich vor sich selber, und mit einer leichten Abschweifung ins Harmlose, beantragte er nur eine — Reduction der Lottoziehungen.

Der Abgeordnete Herr Hanisch benützte diesen günstigen Anlaß und machte zähnefletschend darauf aufmerksam, daß der Präsident vor einiger Zeit die Geschäftsordnung verletzt habe. Nach britthalb Minuten langer Rede setzte er sich in Schweiß gebadet nieder. Se. Excellenz Herr Minister Brestel war in großer Verlegenheit, er hätte sich gerne unsichtbar gemacht, aber in seiner Angst wählte er zu diesem Behufe das ganz unzureichende Aushülfsmittel sich hinter — unserem Staatsschatz zu verstecken, der einem Erwachsenen kaum bis an die Knöchel reicht. Er meinte, das Lotto sei ein Uebel, aber dem Staatsschatze würden einige Millionen entgehen, wenn man es aufhöbe. Zum Schlusse gab er die tröstliche Versicherung, daß in Nothjahren das Lotto am meisten florire, so daß wir mit einiger Beruhigung der Zukunft entgegensehen können.

Nun aber erhob sich Herr v. Hopfen als Berichterstatter. Sein Auge flammte, als wenn es sich nicht nur um die Aufhebung des Lotto, sondern auch um die Aufhebung der Boden=credit=Anstalt gehandelt hätte, er war gereizt wie eine Löwin, der man ihre fünfpercentigen Silberpfandbriefe entreißen will. Mit fettem Drucke in den Zeitungsberichten aus dem Abgeordnetenhause betonte er, daß mit „allgemeinen Schlagworten und Kraftausdrücken die Gesetzgebung nicht reformirt werde", übersah aber, daß auch diese seine Bemerkung keineswegs erst von ihm zu Tage gefördert worden, sondern schon längst eine hervorragende Rolle unter den sogenannten allgemeinen Schlagworten einnehme.

Nach diesem fehlgeschlagenen bidaktischen Vortrage versuchte sich Herr v. Hopfen mit desto größerem Erfolge im heiteren Genre, indem er nach der Melodie „des Lebens Unverstand mit Wehmuth zu genießen", die Burleske vortrug: „Das Haus ist einstimmig für die Aufhebung des Lotto, aber man hatte es bis=her mit feinem Tacte vermieden, die Debatte über diesen Gegen=stand anzuregen, weil Niemand die Vermuthung aufkommen lassen wollte, daß er allein für die Sache eintrete."

Der gütige Himmel wolle also verhüten, das künftighin das Haus einstimmig die Nothwendigkeit erkenne, irgend eine schlechte Einrichtung abzuschaffen, da es nach der Theorie des Herrn v. Hopfen Jeder, der auf feinen Tact Anspruch macht, vermeiden muß, die Debatte über diesen Gegenstand anzuregen, und so gerade das allgemein für schlecht gehaltene aus Tact todtgeschwiegen werden müßte.

Was ist ein Ideal?

21. März 1869.

Seine Excellenz der Minister für öffentliche Sicherheit, Herr Graf Taaffe, hat in der Debatte über das Landwehrgesetz dem Abgeordnetenhause die officielle Mittheilung gemacht, daß das Milizsystem ein „Ideal" sei.

Man darf wohl mit Zuversicht annehmen, daß die Idealisten dem Herrn Minister für diese leutselige Vermehrung des bisherigen Effectivstandes der Ideale sich zu Dank verpflichtet fühlen werden, nur dürfte die Charakteristik des Ideals, welche Se. Excellenz zum Besten gab, in den fachmännischen Kreisen der unpraktischen Leute einige Bedenken erregen. Der Herr Minister erklärte, „das Charakteristische des Ideals sei, daß man dasselbe n i e erreichen könne", eine Erklärung, nach welcher auch das geruchlose Putzen der Handschuhe und das Ausmerzen von Fettflecken aus lichten Beinkleidern zu den idealen Bestrebungen der Sterblichen gerechnet werden müssen.

Der Herr Minister war eben so glücklich in dem Beispiele, welches er wählte, um seine Theorie vom Ideale auch den minder Scharfsinnigen einleuchtend zu machen. Er wies nämlich darauf hin, „daß es ein Ideal wäre, keine Wertheimschen Kassen zu benöthigen," während es doch im Gegentheile gerade der Besitz einer Wertheimschen Kasse ein Ideal ist, das zu verwirklichen unter den tausendzweihundertundsiebzig Millionen Menschen, welche den Erdball bewohnen, nur zwanzigtausend Bevorzugten gegönnt ist. Wenigstens hat der ritterliche Kassenfabrikant, Herr v. Wertheim, in dieser Woche das Fest der zwanzigtausendsten Kasse gefeiert, und es ist bei den unausgesetzten Bestrebungen dieses feuerfesten Ritters, die Welt bezüglich seiner verdienstvollen Unternehmungen au fait zu erhalten, nicht zu befürchten, daß er auch nur um Eine Kasse mehr erzeugt habe, als er selbst angegeben.

Nachdem der Herr Minister in dieser Weise für die Kassen den industriellen Truchsesses werthvolle Reclame gemacht, zog er zwischen diesen und der Miliz eine Parallele, indem er fortfuhr: „So erscheint mir auch für die gegenwärtige Zeit die Miliz nur als ein Ideal." Da aber das Charakteristische des Ideals nach dem Herrn Grafen Taaffe darin liegt, daß man dasselbe nie erreichen kann, haben wir zwei Arten von Idealen zu unterscheiden. Erstens solche, welche in der gegenwärtigen Zeit „nie erreicht werden können, und zweitens andere, welche auch in der künftigen Zeit „nie" erreicht werden können. Sowie Herr von Wertheim Kassen „von 100 fl. aufwärts bis 2000 fl." hat, so hat auch der Herr Graf Ideale von allen Größen „von gegenwärtig nie erreichbaren aufwärts bis zu niemals erreichbaren."

Besser assortirt in Idealen kann man wohl nicht mehr sein!

Wir würden vielleicht, da Herr Graf Taaffe keine Theater-Kritiken schreibt, nie die scharfsinnigen Ansichten Sr. Excellenz über das Wesen des Ideals erfahren haben, wenn nicht ein Abgeordneter sich die Blöße gegeben hätte, es sonderbar zu finden, daß die Regierung sich im Abgeordnetenhause gegen die Miliz ausspreche, während doch ein Vertreter der Regierung im Ausschusse die Miliz als ein „anzustrebendes Ideal" bezeichnet habe. Der Minister für öffentliche Sicherheit wies daher nach, daß der Vertreter der Regierung, welcher jene Redewendung gebraucht hatte, nur den ersten April anticipirt, und die Mitglieder des Ausschusses, ohne auf die Zeitbestimmung des Kalenders Rücksicht zu nehmen, zum Besten gehalten habe, indem er sie im Unklaren darüber ließ, was ein Ideal sei, und so deren Unkenntniß zum Behufe eines anregenden Scherzes ausgebeutet habe.

Nun aber dürfe der beste Spaß nicht zu lange hinausgezogen werden, und er (Graf Taaffe) wolle daher der Mystification der Ausschußmitglieder durch jenen Vertreter der Regierung bereitwilligst ein Ende machen, indem er sie darüber aufkläre, daß ein Ideal nie erreicht, und daher nur von Unzurechnungsfähigen angestrebt werden könne. Nach der belehrenden Vorlesung über das Ideale in der Miliz stimmte das ernüchterte Haus gegen diese träumerische Wehrverfassung, welche bisher nur von einigen phantastischen Völkern, wie den Schweizern und Nordamerikanern, eingeführt wurde.

Nein, ein so „pferdereicher Staat", wie Herr Oberstlieutenant v. Horst in der Wehrdebatte unser geliebtes Vaterland nannte, darf nicht Idealen nachjagen, wir müssen uns durch unsere praktischen Bestrebungen auszeichnen. Die Einführung der unberittenen Cavallerie, welche im Budget erwähnt wird, ist ein schöner praktischer Anfang für einen pferdereichen Staat. Wir werden vielleicht künftighin in den Zeitungen unter der Ueberschrift „Ein kühnes Reiterstückchen" lesen, daß der Wachtmeister X von der Reiterkaserne auf dem Heumarkt in drei Viertelstunden nach Hüttelsdorf gegangen sei; wenn man einen kräftigen Krieger, der über seine Hühneraugen gegründete Beschwerde führt, fragt, wieso er in den Besitz derselben gelangt sei, erhält man möglicherweise zur Antwort: O, ich war fünf Jahre bei der Cavallerie! und in den nächsten Schlachtberichten können wir unter Umständen zu lesen bekommen: Das tapfere Uhlanen-Regiment ging stante pede dem Feinde entgegen, schon hielt man dasselbe für verloren, als glücklicherweise unsere prächtigen Cürassiere, welche sich schon bei Tagesanbruch auf die Beine gemacht hatten, auf dem Kampfplatze erschienen.

Führt sie nur ein, die Cavallerie ohne Pferde, die Artillerie ohne Kanonen, die Marine ohne Schiffe, die Infanterie ohne Gewehre, und durch diese praktische Wehrverfassung werden wir uns dem Ziele nähern, welches die Idealisten bisher vergebens angestrebt haben — dem ewigen Frieden! Dann werden wir nach des Herrn Grafen Taaffe Theorie vom Ideale sagen können: Gott sei Dank, der Krieg ist ein Ideal, denn das Charakteristische des Ideals ist, daß man dasselbe nie erreicht. Wie viel mal zwanzig-tausend Kassen aber der Ritter von Wertheim bis dahin festlich begangen haben wird, wage ich nicht zu berechnen. Möglicher-weise wird dann auch das Ideal der öffentlichen Sicherheit, welches Herr Graf Taaffe uns als Beispiel vorführte, verwirklicht sein, und keine Wertheim'sche Kasse mehr benöthigt werden.

Welches Portefeuille wird dann aber Herr Graf Taaffe über-nehmen?

———

Eine Minute im Salon.

18. April 1869.

Ich habe nur einen flüchtigen Spaziergang durch die Räume des Künstlerhauses gemacht, aber doch Gelegenheit gefunden, einige interessante Compositionen zu bewundern: blaue Gesichter und abgehärmte Himmel, blutige Sonnenuntergänge und harmlose Schlachten, erbitterte Kämpfe zwischen den Studienköpfen und den Thierstücken um den Vorrang rücksichtlich der Intelligenz des Gesichtsausdruckes, Damen, die eine hochgradige Gelbsucht als den geeignetsten Moment, sich porträtiren lassen, abgewartet haben, historische Charaktere, welche brütend in ein Cantinfeuer schauen, um ihre rothe Nase zu entschuldigen, in Nachdenken versunkenes Obst, und von Weltschmerz angekränkelte Zimmer-Einrichtungen u. s. f. u. s. f.

Nr. 3: „Die Kraniche des Ibykus". Der bekannte „Götterfreund" Ibykus hat bei der Eile, mit welcher er nach der korinthischen Landenge sich begab, um noch einen Platz „zum Kampf der Wagen und Gesänge" zu erhalten, vergessen, Wäsche anzulegen, und wird in diesem Zustande von zwei Mördern erschlagen. Der Hautfarbe nach zu schließen, dürften Ibykus stets im Schatten gesungen und die beiden Uebelthäter stets im stärksten Sonnenbrande gemordet haben.

Nr. 34: Die Pforte einer Moschee, vor welcher die abgeschlagenen Köpfe einiger Beys liegen. In den gesitteten Staaten hat man nicht Gelegenheit, die Köpfe von Staatsmännern ohne jedes störende Beiwerk zu studiren.

Nr. 43: Ein Hinterhalt zur Zeit Heinrich III. von Frankreich. Besondere Beachtung verdient die zarte Gestalt zur Rechten.
Eine Dame hat offenbar Männerkleider angelegt, um den fort-
gesetzten Sticheleien über ihren ziemlich entwickelten Schnurrbart
zu entgehen.

Nr. 53: „Lieber sterben". Eine Dame im Negligée nimmt
den Anlauf, aus dem Fenster zu springen aus Furcht vor den ins
Zimmer bringenden feindlichen Kriegern. Weibliche Unüberlegt-
heit! Die Lucretia brauchte nur Licht zu machen, um vor jedem
Angriff auf ihre Tugend sicher zu sein.

Nr. 60: Leda. Eine Dame, welche, dem Stückchen feiner
Wäsche nach zu schließen, das sich auf dem Schauplatze befindet,
den besseren Ständen anzugehören scheint, erwartet einen auf sie
zueilenden Schwan. Ich glaube, daß der Schwan sich diesmal
nicht als Jupiter, sondern als Husaren-Rittmeister entpuppen wird.

Nr. 102: Porträt eines Hof- und Gerichts-Advocaten. Trotz
der Freigebung der Advocatur scheint diese ihren Mann noch
immer gut zu nähren.

Nr. 168: Der sechste Tag der Schöpfung. Gott hat aus
nichts die Welt erschaffen, der Maler hat aus der Welt nichts zu
schaffen gewußt. Ich bin zwar kein Fachmann im Welterschaffen,
nach den vorhandenen Leistungen darf man aber wohl dem
Schöpfer, dessen ziemlich gut getroffenes Porträt sich nebenbei
bemerkt auf dem Bilde befindet, den ehrlichen Rath geben, am
nächsten Tage nicht zu ruhen, wie ihm dies nach der Bibel allerdings freistünde, sondern die nothwendigen Opfer an Zeit und
Mühe zu bringen, um das einmal begonnene Unternehmen auch
zu beendigen. Der Schöpfer, welcher den Eindruck großer Welt-
erfahrung macht, wird gewiß selbst so einsichtsvoll sein, ein Paar
Wolken nicht für die Welt zu halten.

———   ———

Die Pflege der Posse im Reichsrathe.

25. April 1869.

In der Debatte über das Volksschulgesetz ist es wieder recht lustig hergegangen. Es wurden heitere Anecdoten erzählt, man sichelte den geehrten Herrn Vorredner; Pater Greuter trug mit seinem hübschen Baßbariton ein komisches Intermezzo vor, der Slovenenführer Herr Thoman parodirte mit vielem Glücke einen pathetischen Gemeindeschreiber, wobei ihm sein enormer Bart= wuchs aufs Beste zu Statten kam, und so verging unter heiterem Schäkern die Zeit bis zum Mittagessen.

Der Abgeordnete Groß zeigte, daß er sich, obwohl der blaue Himmel von Wels über ihm in der Regel zu lachen pflegt, doch bereits in Wien genau zu orientiren vermöge, indem er darauf aufmerksam machte, daß man sich nicht in „Zobel's Bierhalle", sondern im Abgeordnetenhause befinde. Doch man achtete nicht des grämlichen Kopfhängers, der gesetzgebende Körper fuhr fort, sich den Bauch vor Lachen zu halten und wenn nicht überlegte Männer zum Aufbruche gemahnt hätten, würde man vielleicht die Suppe versäumt haben.

Herr Greuter führte seine Rolle mit köstlicher Laune durch und wenn uns ein Urtheil erlaubt ist, möchten wir ihm das Rollen= fach des Herrn Grois vom Carltheater zuweisen, dem er, was Bühnen=Erscheinung, Spiel, Organ und Auffassung betrifft, sehr nahe zu kommen scheint. Man fühlte sich während des Vortrags manchmal wie durch Geisterhände zu einer Vorstellung des „Vieh= händlers aus Oberösterreich" entrückt. Wir wissen nicht wie das

Falsett des ehrwürdigen Herrn bestellt ist, bemerken aber, daß sein Bariton, welcher in der Tiefe eine ausgiebige Anfeuchtung mit kräftigen Gebräuen verräth, eine ziemliche Höhe erreicht, so daß das beliebte „Umschnappen in die Fistel" nicht zu den unerreichbaren Zielen des strebsamen Kunstnovizen gehören dürfte.

Der lustige Tyroler zog in seiner komischen Soloscene eine scherzhafte Parallele zwischen dem Staate und einem gewöhnlichen Einbrecher, aus welcher hervorging, wie das Gesetz den ersteren auf Kosten des letzteren nach der Devise: Die kleinen Diebe hängt man, die großen läßt man laufen: in augenfälliger Weise bevorzuge. Während nämlich das Gesetz dem gering oder gar nicht bemittelten Einbrecher, der seine ärmliche Hütte mit dem Silber-Service des Capitalisten auszuschmücken vorhat, Hemmnisse der verschiedensten Art in den Weg legt, gewährt das neue Volksschulgesetz dem bekannten Schwerenöther und Thunichtgut „Staat" in dieser Beziehung den weitesten Spielraum, indem es ihm nicht etwa silberne Löffel zu rauben — da geschähe dem Capital schon recht — sondern sogar „das Kind der Mutter zu entreißen gestattet."

Der freche Geselle „Staat" hat dann natürlich nichts Eiligeres zu thun, als die so geraubten Kinder in einer abgelegenen Volksschule zu verbergen, wo sie durch die Spießgesellen des Staates, die Schullehrer, im Lesen und Schreiben unterrichtet, und auf diese Weise zu Hauptspitzbuben erzogen werden. Den Helfershelfern des Staates aber, den Schul-Inspectoren, erlaubt das Gesetz, wie P. Greuter demselben in seiner sprudelnden Laune andichtete „in die Familien zu bringen und nachzusehen, ob das Kind das ABC nach der vorgeschriebenen Methode eingelernt habe." Man male sich dieses erschütternde Bild aus, welches der phantasievolle Pater nur skizzirt hat, und man wird sehen, daß dasselbe seine Wirkung, namentlich auf das Herz von Müttern schulpflichtiger Kinder nicht verfehlen kann.

In einem geheizten, nur von einem Oellämpchen schwach erhellten Zimmer, schlafen Mutter und Kind. Die Mutter träumt, und ein Lächeln, das ihre Züge verklärt, zeigt dem scharfen Beobachter, daß die rührige Hausfrau mit einem Traumbilde aus Butterteig beschäftigt, und dasselbe im holden Wahne mit Aepfeln und Rosinen auszustatten bemüht ist. Das schlafende Knäblein hat den Finger in den Mund gesteckt und hält diesen, von Morpheus großmüthig betrogen, für ein längst ersehntes, aber nie erreichtes Würstchen.

Plötzlich hört man unheimliche Tritte, man rüttelt an der Hausthür, und diese weicht endlich den wuchtigen Schlägen, die gegen sie geführt werden. Vermummte, die ihr Gesicht mit Ruß geschwärzt haben, um sich unkenntlich zu machen, und welche Vatermörder, sowie die unvermeidlichen Brillen tragen, dringen in das geheizte Zimmer. Angstvoll und der Nachtschweiße nicht achtend, springt die Mutter aus dem Bette, und wirft sich den Unholden, in denen das Mutterauge alsogleich Spießgesellen aus der berüchtigten Conferenz der Schul-Inspectoren erkannt hat, zu Füßen. Vergebens! Die an eine sitzende Lebensweise gewöhnten und verhärteten Schul-Inspectoren rührt nicht der Jammer der Mutter, bewegt nicht das Schreien des mittlerweile aufgewachten Schulknäbleins. Mit teuflischem Grinsen zieht der Eine ein ABC Buch der neuen Aera aus seinem Wamms, auf welches das fahle Licht einer Blendlaterne fällt, welche der Andere mit heiseren Lachen unter den Frackschößen hervorgezogen hat. Unter dem Händeringen der Mutter wird ihr Söhnchen zum Tische geschleppt, auf welchen es die Hände legen muß, und die in ihren Betten ängstlich lauschenden Nachbarn hören bis zum Morgengrauen das leise Wimmern des Kindes: A-B, Ab, B-A, Ba!

Zum Schlusse seines Vortrags ergötzte der ehrwürdige Herr den gesetzgebenden Körper mit einem Schelmenstückchen, welches vielleicht Aussicht hat, unter die mit Recht so beliebten Gesellschaftsspiele aufgenommen zu werden. Er las nämlich aus dem Gesetz eine Stelle vor, in welcher er nur immer statt „Schule" „Redaction" und statt „Lehrer" „Journalisten" gesetzt hatte. Der gesetzgebende Körper lachte über diesen gelungenen Spaß so herzlich, daß ihm die Thränen aus den Augen liefen, und man darf ihn daher mit gutem Gewissen Sommerparteien, welche der Langeweile eines regnerischen Sonntagnachmittags entgehen wollen, zur Nachahmung empfehlen.

Irgend ein Gedicht eines hervorragenden Poeten wird zum Behufe solcher Wortverwechslungen erwünschte Dienste leisten. Man denke nur, wie heiter es die Gesellschaft stimmen würde, wenn es statt „Phantasie an Laura" „Phantasie an eine Hebamme" hieße, und man wird erkennen, welchen reichen Schacht von Scherzen der heitere Alpensohn uns Bewohnern der Ebene eröffnet hat.

Aus Reichenau.

6. Juni 1869.

Ich fuhr nach Reichenau, zu baden im Aether die irdische Brust. Wundern Sie sich nicht über die blühende Sprache, in welcher ich diese Personalnachricht zum Besten gebe, sie ist nicht mein eigen. Um die volle Wahrheit zu bekennen, drückt sich in dieser gewählten Form ein Vögelein aus, welches von einer Sopranstimme mit Clavierbegleitung gefragt wird, ob es nicht vorziehen würde, eingesperrt zu sein, und das hierauf die unumwundene Erklärung abgibt, daß solche Aetherbäder der irdischen Brust weit zuträglicher seien.

Ein Ausflug mit der Westbahn unterscheidet sich nur unbedeutend von einer Reise um die Welt. Gehen Sie einmal auf den Westbahnhof, und wenn es ein glücklicher Zufall fügt, daß wieder einmal ein Zug abgeht, so werden Sie finden, wie Familienväter, welche eine traurige Pflicht nach St. Pölten ruft, nur unter Thränen von den Ihrigen Abschied nehmen, als wenn die Eisenbahn, um ihren Bestimmungsort zu erreichen, um das Cap der Guten Hoffnung herum müßte. Denn wer weiß, wann und ob überhaupt wieder jemals ein Zug von St. Pölten abgehen wird, der den Scheidenden in den Kreis der geliebten Angehörigen zurückzubringen vermag.

Mit der Südbahn dagegen ist das Reisen ein reines Kinderspiel. Man nimmt des Morgens aus den Händen eines schön frisirten Culturmenschen im Café Daum seinen Kaffee entgegen, kann schon zwei Stunden später im „Thalhof" in Reichenau unter

Alpenbörsianern, welche die gestrigen Abendcurse „juchazen", ein
Gabelfrühstück einnehmen, um Abends wieder, ermüdet von dem
geräuschvollen Treiben in den Voralpen die Einsamkeit des neuen
Operntheaters aufzusuchen, und hier in der weihevollen Stille, die
nur hin und wieder durch einen leisen, aus der Ferne herüber=
klingenden Gesang unterbrochen wird, über die empfangenen Ein=
drücke des Tages dankbar zu quittiren.

Wenn man das Hotel der Gebrüder Walsniz in Reichenau
betritt, merkt man schon deutlich, daß man sich dem Süden nähert,
denn das Bier, welches dort verabreicht wird, hat eine Höhe der
Temperatur, unter welcher das solchen Einflüssen zugängliche Zucker=
rohr unbedingt im Freien fortkommen würde. Ich weiß nicht, ob
diese Bierquelle schon einer chemischen Analyse unterzogen worden
ist, ich zweifle aber nicht, daß dieselbe binnen Kurzem unter den
Warmquellen eine hervorragende Rolle zu spielen berufen sein
wird. Bei Schüttelfrösten, Anlagen zur Trunksucht und ähnlichen
chronischen Leiden dürfte dasselbe seine Wirkung kaum verfehlen.

Vielleicht befindet sich zum Behufe solcher analytischer Studien
der beeidete Landesgerichts=Chemiker Dr. H..... in Reichenau.
Derselbe stellt dies zwar entschieden in Abrede und behauptet, daß
der Grund seiner Anwesenheit nur der sei, Forellen zu fischen.
Da er jedoch bis zum heutigen Tage noch kein einziges dieser
leichtbeweglichen Thierchen gefangen hat, kann man leicht einsehen,
daß der geschätzte Chemiker nur dieses unschuldige Vergnügen vor=
schützt, um seine geheimen beeideten Zwecke desto ungestörter ver=
folgen zu können. Um neugierige Späher fernzuhalten, gebraucht
der chemische Forellenfänger wohl hin und wieder des Abends im
Fischer'schen Gasthause die Nothlüge, daß er Forellen gefangen
habe. Allein das verlegen ungläubige Lächeln seiner Zuhörer ver=
räth, daß man solchen allgemein gehaltenen und überdies auch un=
beeideten Angaben keinen Glauben schenkt, und vielmehr der Ueber=
zeugung ist, daß er niemals Forellen fangen werde — er müßte
sie denn auf chemischem Wege dazu bewegen, eine Verbindung mit
seiner Angel einzugehen.

Der genannte, oder richtiger von mir punktirte . . . . . Forellen=
Chemiker ist der stete Begleiter eines Mitgliedes der Dynastie
Rothschild. Ich glaube, es ist der Kronprinz, der hier im Stillen
Wohlthaten übt, indem er das Reichenauer Fischwasser gepachtet
hat, und so zur Erhaltung des überaus rührigen Forellenvölkchens
beiträgt. Als die Börsianer in Reichenau hörten, Rothschild habe
das Fischwasser gepachtet, warfen sie sich sämmtlich auf die Er=
lernung des Forellenangelns, dieses schwierigsten Theiles der Dis=
ciplin des Fischfanges, indem sie vermutheten, das Fischen müsse
ein gutes Geschäft werden. Man sieht sie jetzt an den Wässern
von Reichenau sitzen, und angeln, in der Erwartung, die Forellen
müßten jeden Augenblick — in die Höhe gehen. Man kann dann
hören, wie diese Forellen=Coulissiers einander mittheilen: Ich habe
Forellen mit 1/2, mit 3/4 u. s. f., nur sind selbstverständlich mit
diesen Brüchen Pfundtheile gemeint.

Seine eigentliche Residenz hat der junge bescheidene Baron
an einem, an den Ufern der Mürz gelegenen Orte aufgeschlagen,
„daß ja die Menschen nie es hören, wie treue Lieb' uns still be=
glückt". Die kleine Hütte, in welcher das glücklich liebende Paar
einige Appartements bezogen hat, führt die Aufschrift: „Zum
Elephanten", ein für den beeideten stillen Gesellschafter des Barons
ominöser Thiername.

Die Kaltwasser=Heilanstalt ist schon ziemlich besucht. Unter
den Bewohnern derselben befinden sich auch zwei allerliebste junge
Frauen, die glücklicherweise bis auf ihre kranken Ehehälften voll=
kommen gesund sind. Einer der Patienten, welcher auf seine
Toilette Damen gegenüber große Stücke hält, läßt deßhalb gegen=
wärtig, wie ich höre, die nassen Leintücher in die er gewickelt wird,
bei Frank in Wien arbeiten. Leider ist auch die Journalistik in der
Heilanstalt vertreten. Mein armer Freund R. — hoffentlich wird er
bald selbst im Stande sein, den Lesern des Blattes, für welches
er schreibt, seine Chiffre zu bieten — sucht dort die Heilung einer
heimtückischen Ischias. Böswillige haben ausgesprengt, daß er
an so etwas wie unglücklicher Liebe leide. Ich kann aber nicht

glauben, daß man gegen Gemüthsleiden dieser Art nasse Strümpfe
verschreibt, und ich bin gerne bereit, es zu bestätigen, daß er solche
mit großer Gewissenhaftigkeit jedesmal vor dem Schlafengehen
anlegt.

Ich kann zum Schlusse nicht umhin, auch des trefflichen
Arztes der Anstalt zu gedenken, des unermüdlichen, liebenswürdigen,
braven Dr. Wallner. Seinen Freunden zu Lust, seinen Feinden
zu Leid theile ich mit, daß er noch um ein Beträchtliches umfang-
reicher geworden ist. Als wir uns zum Abschiede die Hand reichten,
mußte ich mir gestehen, daß mir schon lange nicht so ehrliche
dritthalb Pfund Fleisch zu schütteln vergönnt war.

Sardanapal im Tricot.

20. Juni 1869.

Auf den Bretern, welche die Welt bedeuten, ist in dieser Woche ein ziemlich zahlreiches, den besseren Ständen angehörendes Publicum lebendig gebraten worden.

Im neuen Operntheater hat der Assyrerkönig Sardanapal einen mit dem höchsten Comfort ausgestatteten Scheiterhaufen bestiegen, und nach dem Grundsatze: kein Vergnügen ohne Damen! seine zahlreichen Kebsweiber, an ihrer Spitze das energische Ober-kebsweib Myrrha „unter Einem" mitverbrannt. Durch ein glück-liches Zusammentreffen von Umständen wurde schon am nächsten Tage im Wiedener Theater „Das Vaterland" von Sardou gegeben, in welchem ebenfalls das Brennholz zu dramatischen Schauder-zwecken ausgebeutet wird, indem der Herzog Alba die ketzerischen Niederländer mit Zuhülfenahme dieses hervorragendsten aller Forst-producte in den Schoß der allein seligmachenden Kirche zurückzu-führen bemüht ist.

Der Held des Ballets, Sardanapal, ist wie der Held des Trauerspiels „Das Vaterland", ein Ketzer. Der König Sardanapal tritt nämlich, nachdem er durch einen ziemlich angestrengten Baals-dienst seine Gesundheit geschwächt, zu dem weit gemüthlicheren Bacchusdienst über, wahrscheinlich in der Hoffnung, durch diese nervenstärkende Confession seinen schweren polygamischen Ver-pflichtungen besser nachkommen zu können.

Zweckmäßiger hätte es uns vom hygienischen Standpunkte aus geschienen, wenn das gekrönte Oberhaupt der Assyrer, da es ein-

mal seine Confession aus Gesundheitsrücksichten zu wechseln ent=
schlossen war, statt des Bacchus= den Kaltwassercultus gewählt
hätte. Man scheint auch höherenorts in Assyrien derselben An=
sicht gewesen zu sein, indem der König von maßgebender Seite
im zweiten Acte in die für Damen reservirte Abtheilung der
Schwimmschule von Ninive geführt und so auf die Annehmlich=
keiten der Hydropathie in der verführerischesten Weise aufmerksam
gemacht wird. Der König drückt Ein Auge zu über die List,
deren Opfer er geworden, beobachtet aber mit dem andern Auge
desto schärfer die Tempi, mit welchen sich die Damen seines Hofes
über dem Wasser zu erhalten trachten.

In der That scheint auch der König, angeregt von den mehr=
fachen Erhabenheiten dieses Schauspiels, vom besten Willen beseelt
zu sein, einen Kopfsprung vom Tremplin aus zu wagen, um in
den erfrischenden Strombädern des Tigris das Angenehme mit
dem Nützlichen zu verbinden. Aber der Mensch denkt, Baal lenkt.
Der König wird nämlich aus den erwähnten Meditationen durch
seinen im Dienst ergrauten Bruder gerissen, welcher, indem er mit
dem Fuße eine Bewegung macht, als wenn er einen brennenden Fidibus
auslöschen wollte, in der Balletsprache zu verstehen giebt, daß er eben
einen Volksaufstand gedämpft. Vergebens telegraphirt der König
mit den Händen, daß ihm der Moment nicht geeignet scheine, um
sich mit so trockenen politischen Fragen zu beschäftigen. Der Bruder
beachtet diese Signale nicht, sondern schüttelt den Kopf, um dem
Könige zu erklären, wie hohl dessen Treiben sei, und wirft endlich
einen mitleidsvoll verzweifelnden Blick auf die Waden Sardanapal's,
was heißen soll: Das ist das Unglück der Könige, daß sie sich
die Wahrheit nicht vortanzen lassen wollen.

So bleibt es leider beim Bacchuscultus, der — lauter Pariser=
Arbeit — im dritten Acte feierlich installirt wird. Die Königin
sucht durch die triftigsten Pas, die jeden anderen als ihren hart=
näckigen Gemahl überzeugen würden, den König von dem neuen
projectirten Gotte abzurathen. Sie weist, indem sie auf ihre beiden

Kinder deutet, darauf hin, welche Verdienste der entlassene Gott sich um die königliche Familie erworben, und indem sie mit den Händen in der Luft sucht, giebt sie zu verstehen, daß die Vorzüge seines hergelaufenen Nachfolgers ziemlich problematischer Natur sein dürften. Der soliden Frau, welcher schon der bisherige lieder- liche Lebenswandel ihres Gemahls manche sorgenvolle Stunde bereitet hatte, kann es selbstverständlich nicht gleichgültig sein, wenn sich der Ihrige nun gar noch dem Laster des Trunkes ergeben will, und bei jedem Vorwurfe, welchen sie versuchen würde, mit der albernen Ausrede käme, daß er ein Orthodoxer und als solcher verpflichtet sei, die strengen Satzungen der Bacchus-Religion ge- wissenhaft einzuhalten.

Der König, an den Cancan seiner Kebsweiber gewöhnt, läßt sich von den Argumenten seiner Gemahlin, die sie ihm in der solidesten Weise vortanzt, nicht überzeugen. Als wenn sich aber Alles gegen die arme Frau verschworen hätte, tritt nun plötzlich ein höherer heidnischer Stabsofficier, der in der assyrischen Armee als Aufschneider wohlbekannte Arbazes, mit der frivolen Behaup- tung auf, daß sich die Geschichte von Potiphar und dem keuschen Josef, die vor einiger Zeit in einem befreundeten Staate so große Sensation erregt, zwischen ihm und der Königin erneuert habe. Der etwas bornirte Stabsofficier war nämlich durch den Umstand, daß die unvorsichtige Königin dreimal mit dem Mittelfinger auf seine Nase gedeutet und dazu eine etwas rasche Bewegung mit dem rechten Fuße gemacht hatte, zu dem Glauben verleitet worden, die Königin habe ihn als einen Verräther bezeichnet.

Er zieht als Beweis für die Wahrheit seiner Beschuldigung einen Schleier hervor, welchen er der Harmlosen bei einem Pas de deux im ersten Acte, während sie auf ihre neuen Schuhe Acht geben mußte, entwendet hatte. Der König tobt hierauf fürchter- lich, so daß es den Anschein gewinnt, als wenn er unmittelbar vor der officiellen Einführung des neuen Gottes Bacchus dem- selben eine kleine Ovation probeweise dargebracht hätte. Er benützt die günstige, vielleicht niemals wiederkehrende Gelegenheit, um seine

Gemahlin zu verstoßen, kann sich aber nicht lange seiner Bosheit freuen, denn verbürgten Nachrichten zufolge — mehrere mit den Gewohnheiten der Assyrier vertraute Höflinge bedienen sich näm= lich des Polkamazur=Schrittes, und strecken ihre Finger nach den Coulissen aus — wüthet die Empörung im ganzen Lande.

Sardanapal rüstet sich und besteigt entschlossen den Streit= wagen. Aber der Mensch denkt, und Bacchus lenkt — die Schlacht geht verloren. Der König erträgt das Unglück mit Fassung. Er übergibt die Schmucksachen ohne Werth — seine Frau und seine beiden Kinder — dem Bruder, und verbrennt sich mit seinen einer besseren Sache würdigen Kebsweibern und anderen Kostbarkeiten.

Aus Ischl.

4. Juli 1869.

Ich wollte längst wieder einmal nach Ischl, und benützte zu diesem Ausfluge die beiden Feiertage der vorigen Woche: Sonntag und Dienstag, zwischen denen ein ewig heiterer blauer Montag lächelte. Ich gelobte Jupiter pluvius, falls er mir meine kleine Reise nicht verregnen würde, beim nächsten Stuwer'schen Feuerwerk ohne Paraplui auszugehen, und fuhr Samstag mit dem Nachmittags-Schnellzuge der Westbahn nach Lambach.

Die Westbahn-Direction meint, daß, wer in das Salzkammergut wolle, das Wagniß wohl überschlafen möge, und zwingt daher den leichtfertigen Passagier, in Lambach zu übernachten. Beharrt dieser am nächsten Morgen noch immer auf seinem Entschlusse, nach Gmunden zu gehen, nun gut, dann möge er in Gottesnamen mit dem Frühzuge sein Glück weiter versuchen, die Westbahn-Direction hat wenigstens das Ihrige gethan, und ihn nicht am Abend vorher dorthin gehen lassen. Ich übernachtete in der Bahnhof-Restauration und erhielt ein Zimmer mit der Aussicht auf die Schienen, aber kaum lag ich im Bette, als ich auch schon merkte, daß ich mich in einer verzauberten Restauration befand, denn draußen im Bahnhof spielten die Geister im Mondenschein: Westbahn. Während der ganzen Nacht wurden Wagen hin- und hergeschoben, Locomotive pfiffen dazu, und von Zeit zu Zeit amusirten sich Schlingel von Geistern mit dem bekannten Eisenbahn-Frage- und Antwortspiel: „Rückwärts"? — „Fertig"! Nur Passagiere spielten die Geister nicht, wahrscheinlich wollte sich keiner von ihnen zu dieser ermüdenden Rolle hergeben.

Ich glaubte am andern Morgen, daß mein Zimmer ver=
schwunden sein werde, zu meiner Beruhigung aber fand ich es mit
1 fl. 20 kr. auf der Rechnung.

Schläfrig bestieg ich den Zug Lambach=Gmunden, aber dieser
war noch schläfriger als ich, und an einigen Stellen schlief er auch
in der That ein, bis die Conducteure ihn durch wiederholtes lautes
Rufen des Namens jener Ortschaft, in welcher ihn die Ermüdung
übermannt hatte, wieder weckten. Zu meiner größten Ueber=
raschung kamen wir endlich doch im Gmundener Bahnhofe an, wo
schon Frauen und Kinder des Gatten und Vaters, der aus Wien
längst ersehnte Nahrungs=Raritäten mitbringen sollte, ängstlich
harrten. Eine Dame preßte eine Gans, welche ihr Gatte aus
Wien mitgebracht hatte, mit solcher Inbrunst an ihren Busen, daß
ich schon in Besorgniß gerieth, es würde sich das lang entbehrte
Schauspiel von Leda mit dem Schwane hier an den Gestaden des
Gmundener Sees, also unter gemäßigteren klimatischen Verhält=
nissen, wiederholen.

In Folge eines bedauerlichen Eisenbahnunglücks — zwei
Vergnügungszüge aus Wien waren nämlich ohne Verspätung ein=
getroffen — war das Schiff, welches von Gmunden nach Ebensee
fährt, so gedrängt voll, daß ich das langsame Hinsiechen in einem
Einspänner dem schnellen, aber grausamen Pökeltode mit Dampf
vorzog.

Mittags langte ich in Ischl an. Ich schlenderte gegen die
Esplanade, um der Sonntagsmusik theilhaftig zu werden, da stieß
ich auf einen Mann aus Wien, der seinen Sommerfilz trug wie
eine Krone, seinen Regenschirm wie ein Scepter, und der sich ge=
berdete, als wenn die Aufschrift auf dem Wierer=Monumente:
„Das dankbare Ischl seinem Wohlthäter" von rechtswegen ihm
gebührte. Es war der Beherrscher der Wiener Handelskammer,
Herr Winterstein, welcher, wie ich aus dem Fremdenbuche des
Casinos entnahm, mit großen, frische Luftschöpferischen Plänen
auf acht Tage von seinem Kammerbezirksthrone zu den Alpen
hinabgestiegen war. Als ich ihn ersah, der mir so manches un=

ruhige Feuilleton bereitet hatte, jetzt, da ich endlich einmal die
widrigen Zufälle meiner Reise überstanden zu haben glaubte, „da
mußt' ich armer Schwartenhals meines Unglücks selber lachen",
wie es in dem alten Landsknechtliede heißt. Auf der Esplanade
aber intonirte die hämische Musikcapelle den Garde de la reine-
Walzer: „Du hast mich nie geliebt!" den ich still betrübt mitpfiff.

Es war ein so schöner Sommertag, daß die Menschen, wenn
man sie zu einer außerordentlichen General=Versammlung einbe=
rufen hätte, den Verwaltungsrath der Ost=West=Sonnenbahn,
Phöbus, einstimmig wiedergewählt hätten. Ich vergaß die schlaf=
lose Nacht, die Vergnügungszügler, den Einspänner und den Selbst=
herrscher aller Wiener Handelskammerräthe und freute mich der
sonnigen Gegenwart.

Die Esplanade war überfüllt mit Ischler Bade=Aerzten,
welche durch die Allee auf= und niederwogten und ihre Patienten
mit großer Ostentation fragten: Wie befinden Sie sich? Wenn
ein Ischler Arzt stirbt, benennt das dankbare Ischl irgend einen
Platz mit dem Namen des verewigten Verewigers, und so hat
man heuer ein romantisches Plätzchen: Dr. Pollak=Platz zur Er=
innerung an einen im vorigen Jahre verstorbenen Bade=Arzt Ischls
genannt. Es erschiene daher wünschenswerth, wenn nur Bade=
Aerzte mit schönklingenden Familien=Namen in Ischl bestellt würden,
deren Tode man mit Ruhe entgegensehen kann, ohne für den
Wohlklang der Ischeler Topographie Besorgnisse hegen zu müssen.
An die Stelle des verstorbenen Arztes ist jetzt ein Dr. H........
getreten, der, wie man munkelt, ein entfernter Verwandter der
drei Grazien sein soll. Es ist erstaunlich, wie weit es dieser
Mann in der Anmuth der Bewegungen gebracht hat; ich sah ihn
auf der „Post" vor einem Kalbsbraten, der ihm gebracht wurde,
drei Complimente machen, als wenn er denselben nicht essen, son=
dern zu einer Quadrille hätte einladen wollen.

Die eigentliche Saison hat in Ischl noch nicht begonnen,
doch deutet die Anwesenheit des Ehepaares X darauf hin, daß
dieselbe im Anzuge begriffen ist. Das Ehepaar lebt auf ziemlich

großem Fuße. Nach der Ansicht der Einen soll der Mann viel
verdient und sich dabei etwas zurückgelegt haben, nach Anderen
wieder soll sich die Frau etwas zurückgelegt und dabei viel verdient haben.

Der Postwirth im dankbaren Ischl ist auch noch nicht recht
grob. Man wird zwar, wenn man bei ihm einkehrt, als ein kecker
Eindringling angesehen, aber mehr durch verächtliche Geberden als
durch harte Scheltworte bestraft. Der Zahlkellner sprach sogar
am 29. Juni die Gäste noch mit „mein Herr!“ an, ein für die
vorgerückte Jahreszeit gewiß seltenes Beispiel von Höflichkeit. —
Speise und Trank sind in dem dankbaren Ischl noch immer herzlich schlecht; nur das Hôtel Bauer macht in dieser Beziehung
eine rühmliche Ausnahme. Bauer ist ein Wirthsgenie, er kennt
den Charakter und die Launen eines jeden seiner Gäste, er spielt
mit den Kindern, politisirt mit den Männern, und conversirt mit
den Frauen über die neuesten Moden. Er ist sanguinisch, chole-
risch, melancholisch und phlegmatisch, ganz wie sein Gast. Er
reitet, fährt, jagt und fischt mit diesem, und ich glaube, wenn
der König Saul bei ihm einkehrte, würde er ihm auf der Harfe
vorspielen. Als ich dort war, feierte er gerade das Geburtsfest
der Frau von Malzoff, einer Freundin der russischen Kaiserin,
und am 4. Juli beabsichtigt er die Unabhängigkeits-Erklärung der
Vereinigten Staaten zu feiern.

Wenn ich nicht wüßte, daß Bauer eine providentielle Mission
als Wirth hat, würde ich der Ansicht sein, daß er entweder mit
einem revolutionären Pariser Gaste auf der Barricade sterben,
oder daß ihm zugleich mit einem loyalen Passagier aus Rußland
über den Tod des Czaren das Herz brechen wird.

————

Der Proceß Schiff-Scharf.

18. Juli 1869.

Der Himmel verläßt keinen ehrlichen Journalisten. Ich spreche hier nicht von jenen ehrlichen Journalisten, welche für Freiheit, Recht und Kaschau-Oderberger erglühen, sondern von dem Feuilletonisten, der ferne von dem Geräusche der Effectenbörse seinen kleinen Acker unter dem Striche pflügt.

Schon herrschten die Schrecken der todten Saison, und seit zwei Monden hatte der Sonntags-Feuilletonist eines hiesigen Blattes nur mehr über die Witterungs-Verhältnisse der abgelaufenen Woche geplaudert, so daß Besitzer des hundertjährigen Kalenders in den Ruf der Sehergabe gelangten, indem sie den Inhalt der Feuilletons des genannten Blattes auf Wochen hinaus zu prophezeien vermochten. Da plötzlich erbarmte sich der Himmel, der nur in spärliche Sommerstoffe gehüllten Journalisten, und füllte die Spalten mit Tagesneuigkeiten. So war vor Allem ein in den ältesten weiblichen Kreisen verbreiteter und vom lieben Gott inspirirter Publicist aus Linz, der seine Werke in zwanglosen Hirtenbriefen erscheinen läßt, und der in denselben schon seit geraumer Zeit unter dem Schriftstellernamen Franz Josef Rudigier die Civilehe stempel- und cautionsfrei ein Concubinat nennt, endlich verurtheilt worden. Auf den Proceß dieses katholischen Bischofs folgte der Proceß eines Superintendenten, welcher Cadetten mit widernatürlichen Ehrenbezeigungen belästigte und harmlosen Besuchern des Stadtparks die sitzende Lebensweise vergällte, nunmehr aber trotz seiner Rede pro Sodoma verurtheilt wurde. Was war das Alles aber gegen den Scandalproceß Schiff-Scharf?

Wenn die heilige Schrift unter den zehn Geboten eines an=
geführt hätte, des Inhalts: „Du sollst nicht contreminiren in den
Actien einer Bank, deren Verwaltungsrath du bist", oder: „Laß
dich nicht gelüsten nach einer Bank=Directorstelle, so du in Valu=
ten machst", oder endlich: „Ehre deine Betheiligungen, auf daß
du lange lebest in den Syndicaten" u. s. f., dann hätte der Kläger,
Herr Schiff, der ein gottesfürchtiger Banquier ist, keine Directors=
und Verwaltungsrathsstellen angenommen, während der Geklagte,
Herr Scharf, der ein gottesfürchtiger Journalist ist, seine Neigung,
den Geschäften der Andern nachzugehen, nicht so schwer hätte
büßen müssen.

Einen unglücklichen Ausgang würde dieser Proceß bald für
den Zeugen Ritter Jonas v. Königswarter genommen haben, der
eine zeitlang Gefahr lief, einen Schwur ablegen zu müssen. Für
einen mittelalterlichen Ritter war ein Bischen Schwören eine
Kleinigkeit und die diversen Ritter Hinz und Kunz werden sich
vor Lachen im Grabe umdrehen, wenn sie hören, wie Einer der
Ihrigen, der Ritter Jonas, vor dem Schwören so heillose Angst
hatte. Allerdings ist es beiweitem einfacher für einen Ritter, auf
einer halbverfallenen Burg zu sitzen und bei einem Humpen Wein
seine Seligkeit zu verschwören, daß er die Burg eines Nachbarn
niederbrennen oder einen verschmitzten Krämer züchtigen, oder eine
blonde Jungfrau entführen werde, als im Criminal=Gebäude bei
einer alten Bibel Zeugenschaft abzulegen, ob Jemand in West=
bahn=Actien contreminirt habe oder nicht. Der geängstigte Ritter
gab vor, er verstehe nichts von den Geschäften, er könne nichts
beeiden, da er nichts gesehen habe und jammerte, wie unangenehm
ihn das Schwören berühre.

Der arme Ritter Jonas, der vielleicht nicht seine Kaltblütig=
keit verloren hätte, wenn ihn sämmtliche Ritter der Ringstraße
aufgefordert hätten, eine Lanze mit ihnen zu brechen, stand so
unbeholfen da, daß man hätte glauben mögen, er könne keinen
Schluß in Credit=Actien machen. Ja wohl, ihr Ritter, in der
Feldschlacht mit wallendem Federbusche auf dem muthigen Streit=

3*

roffe zu ſitzen und die Streitaxt zu ſchwingen, da ſeid ihr an
eurem Platze, aber ein friedliches Börſengeſchäft auseinanderzuſetzen
vermögt ihr nicht. Ich hätte Herrn v. Königswarter in der Lage
der Herren Horatio und Marcellus ſehen mögen, da ſie Hamlet
aufforderte zu ſchwören, und in dieſem Begehren von dem Geiſte
unterſtützt ward.

„Gut, aber ſchwört“, ſagt Hamlet. „Iſt mir ſehr unan=
genehm“ würde Herr v. Königswarter geantwortet haben.

„Schwört!“ befiehlt der Geiſt unter der Erde. — „Was‘
ſoll ich beeiden, da ich nichts geſehen habe“, hätte Herr v. Königs=
warter geantwortet. — „Hic et ubique“, ſagt Hamlet. — „Da=
von verſteh ich nichts“, würde Herr v. Königswarter antworten
und ſich erſt bei den Worten Hamlets beruhigen: „Laßt uns
gehen.“

Auch der ſtolze Ritter Winterſtein von der Tafelrunde in
der Handelskammer erſchien vor dem Gerichtshofe als Zeuge, „doch
eine Würde, eine Höhe entfernte die Vertraulichkeit.“ Man war
allgemein erſchüttert, da der Präſident der Handelskammer er=
zählte, wie er ungeachtet ſeiner hohen Würde ſelbſt Herrn Schiff
beſucht habe; ob dieſer auch, hochgeehrt von dem Beſuche, ein
Zimmetfeuer angemacht, wie Fugger in Augsburg, da ihn der
Kaiſer eines Beſuches gewürdigt, verſchwieg der Ritter, doch
hürfte wegen der vorgeſchrittenen Jahreszeit dieſes demonſtrative
Einheizen unterblieben ſein.

Noch aus anderen Gauen waren Ritter erſchienen, um Zeugen=
eide zu ſchwören, und auch einfache Bürgersleute, wie Aaron Ben=
veniſti, der trotz ſeines lateiniſchen Namens in deutſchen Schelt=
worten wohl Beſcheid weiß, indem er dem Angeklagten, wie er
offen bekannte, den kurzweiligen Namen beilegte, welchen die Be=
gleiter fahrender Fräulein in Wien führen, wogegen er ſelbſt
wegen ſeiner Minnefreudigkeit von dem Angeklagten arg ge=
ſtichelt und mit den entſprechenden Verbalinjurien begrüßt wurde.
Der geſchworene Senſal, Herr Tauber, in Folge ſeines Amtes
kein Neuling in Eidſchwüren, rührte durch die Schilderung der

Gefahr, der er kühn getrotzt, und als der schlichte Mann erzählte, wie er dem Angeklagten erklärt habe, dieser möge in Gottesnamen von ihm erzählen, daß er silberne Löffel gestohlen, er werde sich nicht darum kümmern, da blieb fast kein Auge trocken. Dann ging der in Eidschwüren ergraute Sensal zum Schwure in festlich gehobener Stimmung.

Auch der Verwöhnte, der diesen Ehrenbeleidigungsproceß verfolgt hat, wird zugeben müssen, daß schon lange nicht eine so reiche Fundgrube ausgiebiger Verbalinjurien, fast zureichend für alle Lagen und Verhältnisse des Lebens, erschlossen wurde, wie durch diesen Proceß. Der Banquier wie der Publicist, der Familienvater wie der Hagestolz, der Jurist wie der Börsengalopin, der Verwaltungsrath wie der Feldwebel, ja selbst der Hausknecht werden hier Belehrung, und für den Fall des Bedarfes Unterstützung finden.

Zur Schöpfungsgeschichte der jungen Banken.

22. August 1869.

Zur Erheiterung jener wenigen Sonderlinge, welche nicht auf der Börse spielen, wird den Bedürfnissen der Völker Oesterreichs nach Interimsscheinen mit 30= oder 40percentiger Einzahlung neuerdings in hervorragender Weise Rechnung getragen; die bekannten Syndicatsscherze werden noch immer von dem anspruchslosen Publicum wohlwollend aufgenommen, und obwohl der Curszettel bereits unter der Last der von ihm notirten und bis auf Weiteres noch sogenannten „Werthpapiere" zu ächzen beginnt, veröffentlichen die Zeitungen immer wieder die Namen von barmherzigen Samaritanern, welche, von einem unwiderstehlichen Emissionsdrange erfüllt, das ungläubige, noch nicht placirte Capital zu bekehren vorhaben.

Nachdem ein solcher Wohlthäter der Menschheit zwischen zwei Nationen, die einander bisher nicht vorgestellt waren, durch Anwendung eines Bindestrichs (—) internationale Beziehungen hergestellt hat, benennt er eine Bank nach dem Rufnamen der beiden Völker, die er einander in die Arme geführt, also beispielsweise Anglo=Oesterreichische, Franko=ungarische Bank. Sodann ersinnt er eine große achtzifferige Zahl, welcher er die nicht mehr ungewöhnliche Bezeichnung „Actien=Capital" gibt, und schließt, nachdem er so von dem weiten Horizont seiner Phantasie Zeugniß gegeben, mit der beruhigenden Versicherung, daß diese acht Ziffern keineswegs ernst zu nehmen seien, was in der Geschäftssprache eine vierzigpercentige Einzahlung genannt wird.

Hierauf schlägt der entschlossene Gründer in seinen Büchern die Rubrik: „Uneinbringliche Wechselforderungen" nach und eruirt auf diese Weise die Adresse eines Mannes von altem Adel, dessen Wappenvieh der neuen Unternehmung als Zugkraft dienen soll. Zugleich obliegt dem so gewonnenen Feudalherrn im Vereine mit dem nach den besten englischen Mustern rasirten Thürsteher die würdige Repräsentation des neuen Hebels des volkswirthschaft= lichen Aufschwungs nach Außen.

Durch die massenhafte Gründung von Actien=Gesellschaften ist es gegenwärtig schon mit Schwierigkeiten verbunden, eines er= wachsenen Verwaltungsraths habhaft zu werden, so daß sich die Gründer bereits gezwungen sehen, auf die heranreifende Banquier= Generation zu greifen und den ersten besten Banquier=junior in den Verwaltungsrath zu stecken. Der Banquier=senior gibt hiezu gerne seine Einwilligung, da es ihm nur vortheilhaft erscheint, wenn sich das in den kostspieligen Flegeljahren befindliche Familien= mitglied auf Kosten der Actionäre austobt. Man ist ferner be= strebt, auch einen Advocaten für den Verwaltungsrath zu acqui= riren, einerseits, um für die in Aussicht stehenden Fälle von Ehrenbeleidigungen juridischen Beistand bei der Hand zu haben und andererseits, um von dessen Scharfsinn im Aufrechnen nicht vorhandener Kosten bei Feststellung der von den schuldtragen= den Actionären zu entrichtenden Gründungsspesen bestens zu pro= fitiren. Da auch hier die älteren Exemplare bereits vergriffen sind, begnügt man sich mit einem jüngeren, durch die Freigebung der Advocatur zur Abfassung von Expensnoten befugten Rechts= gelehrten.

Der Verwaltungsrath wird endlich noch durch die Beiziehung eines ziemlich herabgekommen aussehenden Gentleman verstärkt, der auf Wunsch eines hochgestellten Gönners Aufnahme findet, dessen Wohlwollen überhaupt, und mit Rücksicht auf ein zum Ab= schlusse reifes Geschäft in Unschlittkerzen insbesondere, für die Ge= sellschaft von größter Bedeutung ist.

Es stellt sich bald heraus, daß der in ein mystisches Dunkel gehüllte Schützling des hochgestellten Mannes von Geschäften, selbst wenn es solche sind, von denen die übrigen Mitglieder des Verwaltungsrathes etwas verstehen, keinen Begriff hat. Im Verlaufe der Begebenheiten legt derselbe eine gewisse Reizbarkeit der Nerven an den Tag, die ihn veranlaßt, die Kleider der neben ihm sitzenden Collegen von anhaftenden Staubtheilen zu befreien, und deren Cravatten wieder in das Gleichgewicht zu bringen, aus dem sie gerathen sind; er verräth ferner eine so auffallende Zerstreutheit, daß er den Präsidenten nie anders als „Euer Gnaden!" titulirt; und endlich einmal, als das Muster einer Livrée für die aufgenommenen Diener gebracht wird, fragt er in einem fürchterlichen Anfalle von Geistesabwesenheit, ob diese für die Mitglieder des Verwaltungsrathes bestimmt sei. Hiedurch erblaßt der Nimbus abzuschließender Unschlittkerzen, der um sein Haupt provisorisch gestrahlt hat, und es drängt sich dem Verwaltungsrathe endlich die gräßliche Ueberzeugung auf, daß der Schützling des hochgestellten Mannes vormals dessen Kammerdiener gewesen sein müsse, der statt in den Genuß der versprochenen Pension zu treten, mit den Präsenzmarken der neuen Actien-Gesellschaft abgefunden wurde.

Schließlich handelt es sich nur noch darum, eine Person für den Verwaltungsrath zu gewinnen, welche die für ein solches Amt nöthige Geschäftskenntniß besitzt. Man ist auch in der That so glücklich, den geeigneten Mann zu finden, der sich zur Annahme der ihm angetragenen Bürde nur bewegen läßt, weil er hiedurch gerade das zweite Dutzend von ihm bekleideter Verwaltungsrathsstellen complet macht. Der Mann, welcher die Geschäftsroutine im Verwaltungsrathe repräsentirt, hat nur die üble Gewohnheit, die verschiedenen Actien-Gesellschaften, deren Verwaltungsrath er ist, mit einander zu verwechseln, und so einer Bank die Anschaffung neuer Locomotiven, dagegen aber einer böhmischen Eisenbahn-Gesellschaft die Errichtung einer Wechselstube im nördlichen Afrika auf das Wärmste zu empfehlen.

Endlich ist die neue Actien-Gesellschaft constituirt. Eines Morgens ereignet sich auf der Börse eine geräuschvolle Scene, in Folge welcher mehreren Herren Sottisen gesagt werden, einem der Betheiligten ein Rockschoß abhanden kam, und ein Anderer in den Schoß seiner Familie mit blauen Flecken zurückkehrte. Die Abendblätter aber melden nur ganz lakonisch: Heute wurden die Actien der .... Bank auf der Börse eingeführt und denselben ein Aufgeld von 30 Gulden per Actie bewilligt.

Die internationale Kunstausstellung in München.

München, 12. September 1869.

Ich habe in meinem vorigen Reisebriefe von dem Fiasco Richard Wagner's in München erzählt. Das auf Abwege gerathene Genie hat sich im „Rheingold" mit vielem Glücke selbst parodirt, und uns in seinem sinnlosen Vortrage über nordische Mythologie mit Orchester-Begleitung gezeigt, wohin die Reinigung der Oper von der Musik endlich führt. Erlauben Sie mir, in diesem meinem zweiten Münchener Briefe von der Leinewand, welche die Welt bedeutet, zu sprechen, und die Eindrücke zu schildern, die ich in der internationalen Kunstausstellung empfangen.

Aus einem Bilde Hildebrandt's habe ich erfahren, daß Rio de Janeiro im Mondenscheine einem gesottenen Hummer täuschend ähnlich sieht, und ich bewunderte, wie Herr Breitbach in Berlin die schwierige Aufgabe löste, eine angehende Vierzigerin als Bacchantin darzustellen. Herr Czermak zeigt uns in dem Raube einer griechischen Sklavin einen bosnischen Kraftmeyer, der ein ungefähr drei Centner wiegendes nacktes Frauenzimmer in die Höhe hebt, während Herr Kugler uns mit dem Porträt einer Dame erfreut, welche eben einen ernsthaften Cholera-Anfall glücklich überstanden zu haben scheint.

Herr Professor Müller führt uns in dem nicht mehr ungewöhnlichem Bilde „Susanne im Bade" zwei muthige Rabbiner vor, welche sich über die Angst einer entkleideten Baronin vor dem kalten Wasser lustig machen. In Othello und Desdemona von Rodriguez in Paris lernen wir einen auffallend häßlichen, in starke

Sackleinwand verpackten Mohren kennen, der mit einer etwas
havarirten Dame in einem Gespräche begriffen ist. Keinesfalls ist
hier Grund zur Eifersucht vorhanden. Herr Professor Heyden in
Berlin hat nach einem Briefe des „Königs an die Königin" den
König von Preußen in der Schlacht von Königgrätz gemalt. Ungeachtet des Kugelregens besitzt ein Officier so viel Kaltblütigkeit,
Sr. Majestät die Hand zu küssen, während ein schlichter Soldat
sich damit begnügt, dem rechten Schenkel des Landesvaters dieselbe
Liebkosung zu Theil werden zu lassen. Wäre der Monarch nicht
durch den Sattel geschützt, in dem er sitzt, so könnte ihm bei der
herrschenden Begeisterung eine noch schmeichelhaftere Huldigung zu
Theil werden.

Herr Poncet in Paris hat einen Frauenkopf „die Comödie"
getauft, und illustrirt damit das Sprüchwort: Alter schützt vor
Thorheit nicht. Auch der Einfall desselben Meisters, eine kokette
Alte uns als „Mädchenkopf" vorzuführen, ist so übel nicht. Ein
ernstes Wort hätten wir mit desselben Malers: „Jugendlicher
Flötenspieler am Meeresufer" zu sprechen. Dieser junge Mensch,
der die Musik zu seinem Lebensberufe gewählt hat, besitzt die
Unverschämtheit, an dem Meeresufer, wo man in jedem Augenblicke Fremden begegnen kann, splitternackt spazieren zu gehen, und
seine ganze vordere Breitseite von einer frischen Seebrise anfächeln
zu lassen. Wir wollen uns nicht erlauben, die musikalische Begabung des jungen Virtuosen einer Kritik zu unterziehen, aber
auch bei dem größten Künstler auf diesem sonst so beliebten Blas-
instrumente müßte man ein solches Außerachtlassen der ersten Gebote des Anstandes rügen, und ist dies gewiß nicht der Weg, um
in ehrbaren Familien Lectionen im Flötenspiele zu erhalten.

Herr O. Blaas in Wien hat „die Schlacht bei Kollin" geliefert. Im Vordergrunde erblicken wir drei berittene Officiere,
die über diese Schlacht so erstaunt sind, daß sie den Mund weit
aufreißen. Der heitere Charakter des Bildes wird nur dadurch
etwas gestört, daß sich auf demselben drei Todte befinden. Herr
Eter in Paris hat den glücklichen Einfall gehabt, uns in einer

nackten „Bacchantin" den Beweis zu liefern, daß eine nackte Bacchantin, von rückwärts betrachtet, sich von der ehrbarsten Gouvernante kaum unterscheidet.

Herr Oeconomo in Wien hat ein Porträt des Dichters Mosenthal ausgestellt. Ein sehr reinlicher Kopf! Das Kinn ist frisch rasirt, das Haar zeigt, daß die ordnende Hand des Friseurs in demselben gewaltet, vom Gesichte sind alle unsauberen Leidenschaften abgeräumt, und es liegen keine Gedanken oder Einfälle auf demselben herum. Im Ganzen macht das Porträt den Eindruck eines „ernsthaften Heirathsantrages". Von Herrn Pecht findet sich ein Bild: „Goethe am Hofe von Karlsruhe" vor. Dem Bilde schadet sehr, daß es jetzt weniger vortheilhaft aufgehängt ist, als früher — es befand sich im Privatbesitze und ist jetzt im Ausstellungs-Gebäude.

Herrn Chaplin's Freundlichkeit verdanken wir die interessante Mittheilung, daß die „Poesie" ein Stumpfnäschen hat. Die Dame, welcher derselbe Maler den Rufnamen „Astronomie" gegeben hat, erlauben wir uns darauf aufmerksam zu machen, daß sie sich nächstens mit dem Cirkel, den sie in der Hand hält, in die linke Wade stechen wird.

Ein sehr großes Bild Cabanel's heißt „das verlorene Paradies". Adam und Eva haben soeben das durch die kitzliche Aufgabe, die ihm zu Theil geworden, sattsam bekannte Feigenblatt angelegt, und fühlen nun die ganze Unbehaglichkeit, welche man in einer vollständig neuen Garderobe zu empfinden pflegt. Der liebe Gott überrascht die beiden Baumfrevler. Obwohl noch in den ·besten Jahren stehend, haben ihn die Schöpfungssorgen der jüngsten Zeit frühzeitig ergrauen gemacht. Ohnehin von reizbarem Temperament, erscheint er nun als strenger Hausherr und kündigt den Uebertretern der öffentlichen Sittlichkeit das Paradies, welches er angeblich nur an solide Parteien vergebe. Aus dem geschmackvoll gearbeiteten Lilamantel, den er trägt, ersehen wir, daß der Schöpfer etwas auf gewählte Toilette hält. Der Teufel hat an diesen Auszieh-Streitigkeiten offenbar seine Freude, die ihn veranlaßt, auf allen Vieren herumzukriechen. Er huldigt der Mode, die Fingernägel übermäßig lang zu tragen. Die rothen Augen verrathen, daß der arme Teufel an einem Augenkatarrh leidet.

Herr Henneberg in Berlin hat die vielfach besprochene Allegorie, die „Jagd nach dem Glücke", ausgestellt. Trotzdem das schnelle Fahren und Reiten über Brücken strenge verboten ist, sehen wir einen muthwilligen Reiter über eine solche im schärfsten Galop dahinjagen. Offenbar wird der Reiter, der bereits ein unachtsames Frauenzimmer, welches sogar, wie man erzählt, seine Geliebte gewesen sein soll, überritten hat, auch die blonde Dame überreiten, die sich zu ihrer Weiterbeförderung statt des viel zweckmäßigeren Vélocipède einer Kugel als Transportmittels bedient. Das Glück kann von Glück sagen, wenn es diesmal mit einer leichten Verletzung davonkommt.

Aus Herrn v. Hagn's „Münchener Sommervergnügen im achtzehnten Jahrhundert", entnehmen wir, daß auf dem Gebiete der Münchener Sommervergnügungen das achtzehnte Jahrhundert hinter dem neunzehnten nicht zurücksteht. Das gesammte auf dem Bilde anwesende verehrliche Publicum des vorigen Säculums beschäftigt sich nämlich einzig und allein mit Biertrinken. Wenn dieses Bild nicht die Bestimmung hat, der Kunst das Extrazimmer eines Brauhauses zu öffnen, wissen wir nicht, welchen Zweck dieser Beitrag zur Culturgeschichte des achtzehnten Jahrhunderts eigentlich erreichen will. Herr v. Sziniej in München endlich führt uns in dem Bilde „Pan und Nymphe" einen polnischen Juden vor, welcher, trotzdem ihn die gütige Natur nur mit Bocksfüßen beschenkt hat, sich einer behaglichen Stimmung ergibt. Das einzig Tröstliche an dem Bilde ist, daß der Arme in Folge seines körperlichen Gebrechens wenigstens der Recrutirungspflicht entgeht.

Rosamunde von Josef Weilen.

26. September 1869.

Es ist sehr zu bedauern, daß Se. Excellenz der Herr Reichs=
kanzler gerade im gegenwärtigen Augenblicke von Wien abwesend
ist, und die sonst so zweckmäßige Einrichtung der Rundreisebillets
dazu benützt, um den noch übrig gebliebenen deutschen Landes=
vätern auf den Zahn zu fühlen. Während er nichts ahnend die
Menus der west= und süd=deutschen Hoftafeln durchkostet, hat er
in unserer Mitte, und zwar auf der geweihten Stätte des k. k.
Hofburgtheaters, einen kleinen Triumph errungen. Alle Jene,
welche die Reden des Herrn Grafen genau verfolgt haben, wissen,
wie derselbe jede passende Gelegenheit benützte, um die Völker
mit emporgehobenem Zeigefinger vor dem Mißtrauen gegen hoch=
gestellte Persönlichkeiten zu warnen. „Mit Betrübniß", pflegte
er zu sagen, „habe ich wahrgenommen, wie das Mißtrauen in
Oesterreich u. s. f.", oder „Leider ist es der Mangel an Ver=
trauen, welcher den Oesterreicher u. s. f."

Dieses Lieblingsthema Sr. Excellenz hat ein Beamter des
Versorgungshauses für verunglückte vaterländische Dichter, der
Custos der Hofbibliothek nämlich, Herr Josef Weilen, poetisch be=
arbeitet, oder, um einen Ausdruck, dessen sich ein ehrsamer Posa=
mentirer im „Fest der Handwerker" bedient, zu gebrauchen, —
„verposamentirt", und eine Tragödie des Mißtrauens gedichtet,
welcher er den so beliebten weiblichen Namen „Rosamunde" bei=
gelegt hat.

Das nothwendige gegenseitige Vertrauen ist den in diesem Drama betheiligten historischen Persönlichkeiten schon vor geraumer Zeit auf dem Wege zwischen Wien und Preßburg in Verlust gerathen, denn das Stück spielt, wie der Theaterzettel uns belehrt, zur Zeit der Völkerwanderung, „im Jahre 572 theils bei, theils in der alten Römerstadt Carnuntum an der Donau", also im heutigen Petronell, wo ich im Falle einer wiederkehrenden Völkerwanderung deren Theilnehmern das Gasthaus „zum goldenen Ochsen" auf das Beste empfehlen kann. Einer meiner Collegen, mit dem ich vor Jahren an der Donau wanderte, hat, wie ich mich entsinne, ebenfalls mit einer am rechten Donau-Ufer gelegenen Jungfrau ein Liebesabenteuer mit vielem Erfolge bestanden, aber er war vorsichtiger, als der König Alboin, und hat sie nicht geheirathet, so daß ich hoffe, sie leben Beide noch heute.

Schon der Name der Tragödie verräth uns, daß in derselben Rosamunde die dramatischen Hosen zu tragen berufen erscheint, während ihrem Gemahle Alboin nur die passive Rolle des tragischen „Simandl" zugedacht ist. Der König Alboin hat ungefähr die Empfindungen eines unbedeutenden Menschen, der eine berühmte Frau geheirathet hat, etwa eines Beamten der Finanz-Landes-Direction, den eine gefeierte Primadonna zum Altare geführt hat. Er liebt Rosamunden und fühlt sich durch ihre Gegenliebe geschmeichelt, aber er mißtraut doch seiner Liebenswürdigkeit wie der Liebe seiner Frau. Umgekehrt wie König Philipp in „Don Carlos", der, wenn er zu fürchten angefangen, auch zu fürchten aufgehört, hört König Alboin nur zu fürchten auf, um gleich wieder zu fürchten anzufangen.

Wenn dieser mattherzige König einen Monolog auf Ehre und Gewissen hielte, würde er uns vielleicht mittheilen, daß er, ehrlich gestanden, zu der Rosamunde unseres Dichters kein Vertrauen habe und immer von der Furcht gequält werde, dieselbe könnte mit einemmale die schöne Erziehung, welche sie dem Professor am Wiener Conservatorium, Herrn Weilen, zu danken habe, vergessen und sich in die grauenhafte Rosamunde der Sage ver-

wandeln. Ja, Rosamunde hat selber zu sich kein Zutrauen; sie
sieht ein, daß sie vernünftigerweise die Rolle der braven Haus=
frau nicht zu Ende spielen könne und gibt sich den Tod. König
Alboin, der gerade vor diesem Unglücksfalle wieder einen jener
klaren Augenblicke hatte, wo er zu fürchten aufgehört, schwört bei
der Leiche seiner Frau, daß er niemals wieder zu fürchten an=
fangen werde, daß er ein Held sein, nach Rom marschiren wolle
und langsam aus dem Rollenfache der jugendlichen Liebhaber in
das der blutigen Tyrannen überzugehen gedenke.

Wir denken freilich, der Weg von Carnuntum nach Rom ist
weit; wer weiß, ob sich König Alboin in Wiener=Neustadt nicht
wieder anders besonnen hat und in den Armen einer hübschen Neu=
städterin die Abfahrt des Zuges versäumt. Aber die Geschichte
steht, trotzdem ihr während der fünf Acte übel mitgespielt wurde,
auf Seite des Herrn Weilen, indem sie die italienische Reise
Alboin's erzählt, und es wäre uns nur in einem fünfactigen
Trauerspiele gestattet, uns gegen die Geschichte aufzulehnen, nicht
aber in einem Feuilleton.

Dem Dichter wird allerdings von den Aesthetikern die Er=
laubniß ertheilt, sich an die protocollarische Aufnahme des That=
bestandes durch Klio nicht zu binden, und in demselben jene
Correcturen, welche ihm für seine theatralischen Zwecke passend
erscheinen, ohneweiteres vorzunehmen. Ich muß gestehen, daß
dieses weitgehende Vorrecht des Dichters uns gewöhnliche Menschen
darüber trösten kann, daß wir keine historischen Persönlichkeiten
sind. Sobald Einer von uns in das Conversations=Lexicon käme,
wäre er der dramatischen Willkür des ersten besten Dichters preis=
gegeben. Dieser könnte dann in seinem Trauerspiele die Geschichte
verdrehen, und die berühmtesten Contremineure der Gegenwart
à la hausse speculiren lassen, er könnte Herrn v. Winterstein,
der für seine liberalen Bemühungen den Leopolds=Orden und für
seinen Leopolds=Orden das Adelsdiplom erhielt, fälschen, und ihn
als liberalen Märtyrer auf den Scheiterhaufen steigen lassen, und
er könnte aus mir einen Intriguanten machen, der aus reiner

Luſt am Böſen den ohnehin ſo unglücklichen Lyriker Cajetan Cerri verleitet, fünfzig Stück Tramway zu kaufen.

Wenn dann mein Urenkel, der, wie ich hoffe, ein ſehr anſtändiger junger Mann ſein wird, mit dem Bande der Weltgeſchichte unter dem Arme, welcher das Jahr 1869 behandelt, zu dem Dichter käme, um ihm quellenmäßig nachzuweiſen, daß er mir Unrecht gethan, könnte ihm dieſer ganz einfach erklären: Lieber Freund, was in der Geſchichte ſteht, geht mich nichts an, denn ich dichte hiſtoriſche Trauerſpiele; ich bin überzeugt, daß Ihr Urgroßvater Sp—r. ein rechtlicher Charakter geweſen iſt; aber ich habe ſchon in meinem Trauerſpiele drei rechtſchaffene Menſchen, was ohnehin mehr als genug iſt. . Das Einzige, was ich für ihren Urgroßvater thun kann, iſt, daß ich ihn ſchon im vierten Acte von Gewiſſensbiſſen foltern und in ſein Schwert ſtürzen laſſe. Mehr bin ich mit dem beſten Willen für Ihren Blutsverwandten zu thun nicht in der Lage, denn er iſt eine hiſtoriſche Perſon und muß ſich als ſolche Alles gefallen laſſen.

Verlieren wir alſo kein Wort mehr darüber, daß Herr Weilen, der ſich zum Glücke für ſpäter auftretende hiſtoriſche Perſonen immer in den erſten Jahrhunderten nach Chriſti Geburt am behaglichſten fühlt, ſeine Hand in der Geſchichte Alboin's und Roſamunden's ſo ſichtbar walten läßt. Wie kommt es aber, da man in der Hauptſache ein ſo weites hiſtoriſches Gewiſſen hat, daß man in Kleinigkeiten ſo hiſtoriſch ängſtlich iſt und die Longobarden ohne Hoſen auf die Völkerwanderſchaft gehen läßt, bloß weil ihre nackten Beine hiſtoriſch beglaubigt ſind?

Darf man den Bühnenkönig Alboin anders denken, fühlen und handeln laſſen, als den hiſtoriſchen, ſo darf man gewiß auch rückſichtlich der unteren Extremitäten deſſelben von der Geſchichte abweichen und ihm ein Paar Beinkleider bewilligen, um ihn wenigſtens äußerlich von einem Ballet- oder Seiltänzer zu unterſcheiden, welche durch ihre Berufspflichten allerdings genöthigt ſind, den Unbilden der Witterung in Tricots zu trotzen.

4

Wenn ich für das Recht der Longobarden auf Hosen plaidire, so geschieht dies selbstverständlich nicht aus Rücksicht für die keuschen Empfindungen einiger Logen-Bewohnerinnen — die longobardischen Statistenbeine sind auch gar nicht verführerisch — allein es wirkt störend, wenn der König Alboin während er auf Rosamunde zu- schreitet, um ihr einige wichtige Empfindungen mitzutheilen, den Verdacht aufkommen läßt, mit seiner Gemahlin ein pas de deux tanzen zu wollen, oder wenn der Zuschauer, da der König an sein Herz greift, bei sich denkt: Aha, jetzt zieht er aus der Seiten- tasche ein Stück Kreide, um sich die Sohlen anzukreiden.

Das Publicum des Burgtheaters nahm an diesem Ver- giftungsfalle ziemlich regen Antheil und rief den Verfasser nach jedem Actschlusse. Nach den beiden ersten Acten erschien der Regisseur, Herr Laroche, um sich zu verbeugen, nach dem dritten Acte aber löste ihn Herr Weilen ab, um dem Publicum die üblichen Honneurs zu machen, so daß man sich nach dieser Ab- wechslung der Hoffnung hingeben durfte, es würden nach dem vierten Acte der Intendant, Herr Baron Münch, und nach dem fünften Acte der Sekretär des Intendanten, auf der Bühne er- scheinen, um das Publicum etwa durch das Zuwerfen von Kuß- händchen zu weiteren Beifallsbezeugungen zu ermuntern. Allein diese Erwartungen wurden leider getäuscht und es erschien auch nach den zwei folgenden Acten der dankbare Dichter.

Es ist immer peinlich, wenn das Publicum einen Dichter hervorruft, und sich dann an den linkischen Complimenten desselben weidet. Es scheint jedoch, daß diese jämmerliche Situation den Dichtern Vergnügen macht, denn sie stolpern, kaum daß der schwächste Lockruf ertönt, aus der Coulisse hervor. Sie geben sich zwar immer den Anschein des Ueberraschtseins, sie stellen sich, als wenn sie zufällig hinter den Coulissen gewesen wären, und hin und wieder ist auch ein Schauspieler so gefällig, sie hervorzuzerren, oder sie mit einem gut gemeinten Rippenstoß auf die Bühne zu schleudern. Ich begreife nicht, warum ein Dichter nicht mit einem Handkoffer, einem Plaid und einer Pelzmütze auf der Bühne erscheint, um so das Publicum glauben zu machen, er hätte so wenig einen Hervorruf erwartet, daß er eben im Begriffe gewesen sei, nach Stockerau abzureisen, oder warum nicht ein Anderer mit dem Schlafrocke und einem um den Kopf gewundenen Tuche aus der Coulisse wandelt und sich die Augen reibt, als wenn er eben aus dem Bette geholt worden wäre, um Zeuge seines Triumphes zu sein.

Ein Festessen.

10. Oktober 1869.

Mehrere Honoratioren des gemüthlichen Wien (man gestatte mir diesen Versuch, die Freundschaft des Herrn Anton Langer
zu gewinnen) haben am letzten Montage zur Feier des fünfzig-
jährigen Bestehens der Wiener Sparkasse ein erhebendes Mittagessen zu sich genommen. Vielleicht ist es der Appetitlosigkeit, an
welcher ich seit einiger Zeit leide, zuzuschreiben, daß mich dieser
Triumph der Sparsamkeit nicht im Mindesten gerührt hat. Jedenfalls hätte ich diesen Triumph für größer gehalten, wenn Diejenigen, welche während der fünfzig Jahre gespart haben, einmal
ordentlich gegessen und getrunken hätten, und nicht Diejenigen,
welche während dieses halben Jahrhunderts ohnehin so reiche Erfahrungen auf dem Gebiete der Rehschlegel und der gemästeten
Kapaune gesammelt haben.

Wenn ein Sparveteran in seiner Zeitung die Beschreibung
des Festmals, welches zu Ehren der Sparsamkeit gehalten wurde,
gelesen hat, dann konnte er ausrufen: Ich habe während meines
Lebens gearbeitet und gespart, hoffentlich hat es aber auch am
Montag dem Baron Sina gut geschmeckt — oder er nahm vielleicht sein Enkelkind auf den Schoß und sagte ihm: Siehst Du,
liebes Kind, wenn Du brav sparst, und jeden Kreuzer, den Du
erübrigst, in die Sparkasse trägst, so bekommt der Referent der
Sparkasse mit der Zeit den Franz-Josefs-Orden, und die Notabili-
täten werden zu einem guten Diner geladen, und machen einander
Complimente über Deine Sparsamkeit.

Nachdem der Ober-Curator der Sparkasse, Herr Dr. Egger, ein dreifaches Hoch auf Se. Majestät den Kaiser eingesammelt hatte, erhob sich Se. Excellenz Minister Giskra, um „gegenüber der leidenschaftlichen Hast des Tages nach Reichthum ohne Arbeit", dem in jüngster Zeit ziemlich vernachlässigten „Schweiß des Angesichts" einiges Schmeichelhafte zu sagen.

Diese Zurücksetzung, welche der so angesehene „Reichthum ohne Arbeit" durch den Minister erfahren hatte, wieder gut zu machen, fuhren die angesehensten Banquiers der Residenz noch an demselben Tage bei dem Palais des „Reichthums ohne Arbeit" in der Strauchgasse vor, und erneuerten diesem die Versicherung ihrer ausgezeichneten Hochachtung. Der Reichthum ohne Arbeit war hierdurch wieder versöhnt, und um sechs Uhr notirten: Credit-Actien 258; Anglobank 271.50; Francobank 102.

Nach dem Toaste des Ministers Giskra nahmen die Jubelgreise der Sparkasse eine Fußwaschung der Minister vor, und vertheilten an dieselben, nach Beendigung dieser schönen Ceremonie, ein mehrfaches „Hoch!" Hierauf ergriff der Minister-Präsident, Graf Taaffe, das Wort, um im Namen der Minister zu danken und die Versicherung auszusprechen, daß die Regierung, indem sie der Sparkasse „ihren Schutz gewidmet", nur ihre Pflicht erfüllt habe, und daß sie der Sparkasse auch in Zukunft „die vollste Unterstützung entgegenbringen werde". Es ist nicht einzusehen, was die Regierung mit der Sparkasse zu schaffen hat, und umsoweniger, als der Curator der Sparkasse in seiner Vormittags gehaltenen Festrede ausdrücklich erklärt hatte, „daß Niemand, weder der Staat, noch das Land, noch die Gemeinde, der Sparkasse eine Unterstützung gewährt habe". Ja, der Herr Curator war noch weiter gegangen, und hatte im Hinweise auf die botanischen Erfahrungen unserer Zeit erklärt:

„Die Eiche bedarf weder einer Stütze noch einer Pflege, in der eigenen Zeugungskraft des Baumes allein liegt der Urquell seiner Größe."

Es war hienach nicht großmüthig von Sr. Excellenz dem Minister=Präsidenten, daß er nunmehr, nachdem der Baum ein Fünfziger geworden ist, „die eigene Zeugungkraft" desselben verdächtigte, indem er etwas zweideutig von einem stattgefundenen Regierungsschutze sprach und ironisch die eigene Zeugungskraft des unglücklichen Baumes auch in Zukunft durch das Ministerium zu unterstützen versprach.

Nachdem Graf Taaffe das festliche Champagnerglas abgelegt hatte, und, indem er sich niedersetzte, wieder seiner gewohnten Beschäftigung nachging, erhob sich rasch der Bürgermeister, machte in aller Eile darauf aufmerksam, daß wir den Herrn Grafen Beust „mit Stolz Oesterreicher nennen", nahm spornstreichs ein Champagnerglas in die Hand und brachte darauf mit staunenswerther Geschwindigkeit einige „Hoch" auf den Kanzler aus. Als Grund dieser verblüffenden Rapidität gab er an, daß er „besorge, das Gewicht seiner Worte durch Vervielfältigung abzuschwächen".

Was mich betrifft, so glaube ich, es könne das Gewicht der Worte, daß wir den Grafen Beust „mit Stolz Oesterreicher nennen", nicht so bedeutend sein, da das Herumwerfen mit denselben nach öffentlichen Diners, nach welchen man zu anstrengenden Jongleurkünsten in der Regel nicht geneigt ist, schon seit geraumer Zeit zu den beliebteren Gesellschaftsspielen gehört. Uebrigens fände ich es begreiflich, wenn man allenfalls bei dem Jubiläum einer vaterländischen Acclimatisations=Gesellschaft die Schnelligkeit, mit welcher sich der Herr Reichskanzler zum Oesterreicher entwickelte, bejubeln würde. Bei dem Jubiläum einer Sparkasse jedoch hätte man sich diese Schmeichelei ersparen können.

Nach dem warmen Sprühregen des Bürgermeisters schoß der rasch eingewurzelte Kanzler in die Höhe, breitete sich nach allen Seiten aus, und prangte bald in reichstem Schmucke humoristischer Blüthen. Den Herrn Reichskanzler überkam anfangs eine tiefe Rührung, als wenn er einer der ältesten „Sparkassebüchel"=Besitzer Wiens wäre, sodann lächelte er unter Thränen, indem er eine reiche Fülle von Scherzen, zu welchen ihm sein Verfassungswerk willkommenen Anlaß bot, zum Besten gab. Der Dualismus, die gemeinsamen Angelegenheiten, die Delegationen, er beleuchtete sie mit dem sogenannten rosigen Scheine seiner Laune. Das Festmal nannte er eine „cisleithanische", die Dankbarkeit eine „gemeinsame Angelegenheit", er verglich die wenig sparsamen „Delegationen" mit der Sparkasse, und schließlich tummelte er zum Ergötzen der harmlosen Jubelgreise sein Steckenpferd, das Vertrauen.

Der Herr Graf wählte diesmal, um sein Lieblingsthema an den Mann zu bringen, die Form der Parabel, indem er sich mit einer Sparkasse verglich, und die Anwesenden ersuchte, bei ihm „Einlagen an Vertrauen" zu machen, dieselben jedoch „nicht schnell zurückzunehmen". Se. Excellenz übersah hiebei, daß der Einleger bei dieser Art von Einlagen immer zu kurz kommt, denn in dem Augenblicke, wo der Einleger aus Mangel an Vertrauen seine Einlage zurücknehmen will, ist diese — das Vertrauen — schon nicht mehr vorhanden. Der Kanzler ließ schließlich, trotz dieser Unsicherheit der Einlagen, „die sichere und feste Einlage des öffent= lichen Vertrauens" hoch — hoch — hoch leben, worauf die etwas unbeholfenen Jubilanten die Volkshymne zu singen begannen. Ob sie „Gott erhalte das Vertrauen" sangen, weiß ich nicht.

Gleich nach Beendigung der Vertrauens=Cantate brachte Herr Ritter v. Schmerling einen Toast auf die Directoren aus. Er nannte die Sparkasse „meine geliebte Frau" und erzählte, daß er von der Oberleitung der Sparkasse zurückgetreten sei, weil er gefühlt habe, daß jede Zeit ihre Männer haben müsse, und weil er überzeugt gewesen sei, daß die Leitung in gewiß ebenso ver= diente Hände übergehen werde. Ich kann kaum glauben, daß sich die „geliebten Frauen" damit einverstanden erklären, wenn man sie, da ihre Jugendreize verschwinden, unter dem Vorwande „sitzen" läßt, daß jede Zeit ihre Männer haben müsse, und sie mit der Vorspiegelung zu beschwichtigen versucht, daß ihre Leitung in ge= wiß ebenso verdiente Hände übergehen werde.

Die unglückliche „geliebte Frau" ist unserer Theilnahme umso sicherer, da wir aus dem Toast eines ihrer Beamten erfuhren, daß dieselbe in neuester Zeit „Mutter der galizischen Sparkasse" geworden sei. Den Schlußtoast brachte Herr Ley auf die „Wiege der Sparkasse" aus, auf die Leopoldstadt.

Wenn wir die Bilderausstellung gelegentlich des Sparkasse= Jubiläums noch einmal übersehen, so finden wir folgende hervor= ragende Meisterwerke:

Die Sparkasse als Eiche. (Ideale Landschaft. Eigenthum des Ober=Curators Dr. Egger.)

Die Sparkasse als geliebte Frau. (Porträt. Eigenthum des R. v. Schmerling.)

Die Sparkasse als Mutter. (Genrebild aus Galizien. Privat= eigenthum.)

Die Wiege der Sparkasse. (Architekturbild. Eigenthum des H. Ley.)

Herr Graf Beust als Sparkasse. (Aus dem im Eigenthum des Reichskanzlers befindlichen Gemälde=Cyclus: Das Vertrauen.)

Isabella Orsini.

Trauerspiel von S. H. Mosenthal.

24. Oktober 1869.

Nachdem die unglückliche Liebe den dramatischen Dichtern so lange den erwünschten Vorwand zu einem fünfactigen Trauerspiele geboten hat, fangen diese in neuerer Zeit an, sich den unglück= lichen Ehen mit Vorliebe zuzuwenden. Also dort, wo in der Regel das Lustspiel aufhört, bei der Ehe, fängt jetzt das Trauer= spiel an, und dauert es im Lustspiele fünf Acte, bis sich die Zwei bekommen, so dauert es in den neuen Trauerspielen fünf Acte, bis die Beiden einander los werden. Ich will nicht auf die vielen, namentlich französischen Dramen hinweisen, welche die moderne unglückliche Ehe behandeln, sondern auf zwei historische unglück= liche Ehen, und zwar auf die unglückliche Ehe im gepidisch=longo= bardischen Geschmacke, welche uns Herr Weilen vor einigen Wochen in seiner „Rosamunde" vorgeführt hat, und auf die unglückliche Ehe im italienischen Renaissancestyle, deren erschütterndes Bild Herr Mosenthal in „Isabella Orsini" Anfangs dieser Woche bei aufgehobenem Abonnement entrollte.

Isabella (Fräulein Wolter) ist die Gemahlin des Herzogs Orsini (Herr Gabillon), eines Kriegers, welcher unter einer rauhen Hülle seine allzuschwachen Verstandeskräfte vergebens zu verbergen sucht. Durch seine Heirath ist derselbe Schwiegersohn der Musen geworden, da seine Frau dieselben: Mütter! nennt. Jeder Sach= verständige, welcher weiß, wie unangenehm es schon ist, eine Schwiegermutter im Hause zu haben, wird es begreiflich finden, daß den Herzog der Gedanke, deren neun zu beherbergen, nicht besonders heiter stimmt.

Wenn wir auch das poetische Talent der sehr geehrten Helbin nicht unterschätzen wollen, so hat sie dasselbe doch, bei dem bewegten dramatischen Leben, welches sie führt, Gott sei Dank, nicht nöthig. Wir nehmen an dem Ehebruche und dem Tode Isabellens größeres Interesse als an ihren gesammelten Werken, und ob sie dichtet, ob ihr Gemahl vielleicht die Flöte virtuos behandelt, oder ob ihr Liebhaber über eine sympathische Tenorstimme verfügt, ist uns vollständig gleichgiltig. Der Grund, weßhalb Herr Mosenthal seine Helbin auf den Pegasus gesetzt, wird erst im dritten Acte klar. Der Herzog Orsini, dem man die Untreue seiner Gattin verrathen hat macht nämlich den Versuch, seine Hörner auf psychologischem Wege zu constatiren. Er fordert die Treulose auf, sich vor der versammelten Gesellschaft in der Schnelllyrik zu produciren, und die Improvisatorin erhält das Thema, einen durchnäßten Amor, der auf einer Tapete abgebildet ist, trocken zu dichten. Während diese nun auf dem lyrischen Trapez sich in höhere Regionen schwingt, erzählt der Gatte, indem er dabei seine mit dem Scandiren beschäftigte Gemahlin argwöhnisch beobachtet das Märchen, daß er deren Geliebten umgebracht, und da dies Experiment mißlingt, läßt er den eben todtgelogenen Liebhaber eintreten. Durch das Freudengeschrei der Stegreifdichterin, zu welchem sie sich, in ihrem sonst anerkennenswerthen Bestreben, klar zu sein, einen ausführlichen erklärenden Text beizufügen, leider verleiten läßt, wird die Hahnreischaft des Herzogs officiell bestätigt.

Hätte Isabella den Gemahl, da er ihre Improvisation mit seiner Erzählung fortwährend unterbricht, durch ein ja sonst bei solchen Störungen übliches „Pst" zur Ruhe ermahnt, so würde sein abgeschmacktes Märchen sie nicht erschreckt, und der Eintritt des Liebhabers ihr nicht die Fassung geraubt haben. Gewiß hätte jeder Freund von musikalisch-declamatorischen Abend-Unter-

haltungen es nur gebilligt, wenn Isabella ihrem Gemahle ener=
gisch erklärt hätte:

Entweder Du erzählst, oder ich dichte; wenn Du glaubst,
daß Deine Geschichte pressirt, so will ich meinen durchnäßten
Amor inzwischen kalt stellen; wenn ich aber mein eigenes Wort
nicht verstehe, weiß ich endlich nicht mehr, was kurz oder lang ist.

Nachdem Isabella einen rauhen vierten Act glücklich über=
standen, finden wir sie von dem gräßlichen Bewußtsein des fünften
Acts erdrückt in dem Empfangszimmer des Schlosses von Cerreto,
des Eintritts der Katastrophe gewärtig. Sie hat dem Gemahl
ihre Schuld gestanden, dieser durchmißt das Zimmer mit großen
Schritten, und nachdem er so vergeblich versucht hat, sich die
Hörner abzulaufen, ist er unschlüssig, ob er die Verrätherin er=
morden solle oder nicht. Er erklärt erst, daß sie sterben müsse,
nachdem sie aber den harmlosen Charakter ihrer Untreue betont,
ist er wieder Willens, sie zu begnadigen. Dieser maßlosen gabil=
lonischen Verwirrung macht endlich ein Zettel ein Ende, aus
welchem er entnimmt, daß seine Gattin die Absicht habe, zu ent=
fliehen. Nun ist er fest entschlossen, sie zu tödten.

Der Mord erfolgt jetzt nicht aus Rache wegen des Geschehenen,
sondern aus Furcht vor dem Möglichen, er ist ein prophylaktisches
Mittel, eine Cotumaz=Maßregel, welche die Bären, die der Herzog in
seinem Wappen führt, vor Flecken bewahren soll. Er bringt sein Weib
um, weil ihm im Moment kein anderes ebenso verläßliches Auskunfts=
mittel einfällt. Der Herzog gibt mit einem Aufwande an Galanterie,
der einer besseren Sache würdig wäre, Isabellen den Arm, um sie
in einem der geräumigen Seitengemächer ungestört umzubringen.

Ich weiß nun allerdings nicht, welche Etikette in den höheren
Kreisen beobachtet wird, wenn man dort einen Mord verübt. Ich
muß aber gestehen, daß ich, nachdem der Herzog eine so große
Unschlüssigkeit an den Tag gelegt, an den Mord nicht glaubte
und bei mir dachte: Wer weiß, ob er sie wirklich umbringt?
Allerdings stürzt der Liebhaber herein, wirft einen Blick in das
Seitenzimmer, und behauptet dann, daß Isabella tobt sei. Aber

ein junger Mann, der sich durch fünf Acte in jeder Beziehung als unverläßlich erwiesen hat, ist kein classischer Zeuge.

Der Herzog, der nur aus dem Kriege heimgekehrt war, um seine häuslichen Verhältnisse zu ordnen, geht, nachdem er seinen Familienpflichten in der angeführten Weise nachgekommen, wieder seinen strategischen Berufsgeschäften nach, und kehrt zu seinen Kriegsgefährten zurück, die ihn wahrscheinlich schon mit Ungeduld erwarten.

Eine bedeutende Neuerung verdanken wir diesem Drama Mosenthal's. Wir wissen aus dem „Schulz von Altenbüren", daß Herr Mosenthal in jedem Intriguanten ein rothes Haar findet. Ein solcher rothhaariger Intriguant ist in „Isabella Orsini" der rheumatische Großherzog. So wie nun das griechische Theater Aeschylus den zweiten Schauspieler verdankte, verdankt das moderne Theater Herrn Mosenthal den zweiten Rothhaarigen. In dem neuen Drama circulirt nämlich neben dem Intriguanten, dem Großherzoge, auch eine Intriguantin: Bianca Capello, und zu unserer freudigen Ueberraschung war auch diese durch die so rasch beliebt gewordenen rothen Haare gekennzeichnet. Als wenn aber die weise Natur uns das Maß von Intrigue bei Beiden hätte andeuten wollen, gab sie dem Großherzoge, der als Intriguant nur die zweite Geige spielt, blaßrothes Haar, Bianco dagegen, der Urheberin der Intrigue, ziegelrothes Haar.

Bedeutsame meteorologische Erscheinungen sind dagegen in dem neuen Drama Mosenthal's nicht zu verzeichnen. Nur in dem zweiten Acte, da Isabella ihren Liebhaber noch in vorgerückter Abendstunde umarmt, machte der blaue italienische Himmel einen schwachen Versuch, zu erröthen.

In der Aufgabe, dem Publicum für dessen Applaus zu danken, theilten sich diesmal der Dichter und der Regisseur Herr Löwe, und zwar in der Weise, daß Herr Löwe jenen Theil der Verbeugungen übernahm, welche zwischen die Exposition und das tragische Moment fielen, während Herr Mosenthal, vom tragischen Momente angefangen bis nach der Katastrophe, die Flammen der Begeisterung durch seine Complimente schürte.

Dalmatinisches und Chinesisches.

31. Oktober 1869.

Ich habe erwartet, daß unsere neuen Zündnabelgewehre bei Cattaro, gleich den Chassepots der Franzosen bei Mentana, Wunder wirken werden. Ich hatte darauf gerechnet, daß auf den trüben Tag von Königgrätz ein heiterer dalmatinischer Abend mit 1200 Todten und 3000 Verwundeten folgen werde. Wenn man telegraphirt hätte, die Einwohner Dalmatiens seien vollständig aufgerieben worden, so wäre ich nach all dem Schönen, daß man von den Hinterladern hört und liest, nicht einmal überrascht gewesen. Ich nahm jeden Tag die Wiener-Zeitung in die Hand, um darin das erfreuliche Telegramm zu finden:

Werndl's Präparate — reiner Hoff'scher Malz-Extract. Veraltete eingewurzelte Rebellen und hartnäckige, vernachlässigte Insurgenten schon nach kurzem Gebrauche verschwunden. Bitte um Zusendung einer neuen Kiste.

Statt dessen finde ich in der „Wiener Abendpost" die bescheidene Erklärung, daß der dalmatinische Aufstand „ein betrübendes Ereigniß" sei, woraus ich entnehme, daß ich nicht besser über die dalmatinischen Verhältnisse unterrichtet war, als Diejenigen, welche darüber hätten unterrichtet sein sollen. In Ermanglung eines Besseren schlug ich den Weg ein, welchen die Regierung nach der Versicherung der „Wiener Abendpost" für den zweckmäßigsten gehalten hatte, und wendete „von diesem Augenblicke an den Vorgängen in den Bocche eine erhöhte Aufmerksamkeit" zu. Die Insurgenten aber hatten an unzugänglichen Punkten Posto gefaßt, so daß ihnen das officielle Blatt nicht zugesendet werden konnte, und sie von dieser erhöhten Aufmerksamkeit nicht eher etwas erfuhren, als bis es für uns zu spät war.

Die Störung der öffentlichen Ruhe ist leider wie so oft durch eine Druckschrift veranlaßt worden; es ist jedoch in dem vorliegenden Falle für den Herrn Staatsanwalt kein Grund vorhanden, vorschriftsmäßig zu erblassen, da die öffentliche Ruhe diesmal nicht so loyal war, sich durch einen Leitartikel oder ein Feuilleton stören zu lassen, sondern durch ein regelrecht zu Stande gekommenes Gesetz, ein Umstand, welcher die Nothwendigkeit darthut, daß die Regierung und die Journalisten mit ihren Schwächen gegenseitig Nachsicht haben sollten. Dieses Gesetz war das Landwehrgesetz, durch welches die schlummernden Infanteriekräfte des seefahrenden Stammes der Bocchesen geweckt werden sollten.

Die „Wiener Abendpost" fand die Unzufriedenheit der Bocchesen mit dem Landwehrgesetze umso unbegreiflicher, als „zu der Uniformirung ein sich der Landestracht anschließendes Costume gewählt wurde". Kriegerisch, wie ich nicht bin, glaube ich kaum, daß sich die außerhalb der Normalschulen befindliche Menschheit durch Costume-Rücksichten veranlaßt finden könne, die militärische Carrière zu verfolgen. Es ist mir allerdings nicht bekannt, wie der große Feldherr Epaminondas in dieser Beziehung dachte; was aber mich betrifft, so muß ich gestehen, daß mich das Versprechen, man werde zu meiner Uniformirung ein sich der Landestracht anschließendes Costume wählen, indem man die blauen Aufschläge auf meinen schwarzen Frack nähen und das Sturmband an meinen Cylinder befestigen wolle, nicht bewegen könnte, die Laufbahn des Deutschmeisters zu verfolgen.

Ich würde ohneweiteres erklären, daß ich es vorziehe, Feuilletons zu schreiben, wenn ich auch wisse, daß man mit einem Feuilleton nicht so schnell das Herz einer Köchin erobere, wie mit einem Paar rother Beinkleider.

Unter so betrübenden Verhältnissen ist es kein Wunder, wenn sich der besten Männer des Landes eine gereizte Stimmung bemächtigt. Zu diesen gereizten, wenn auch nicht zu den besten Männern des Landes, gehört der Spediteur und Präsident der Wiener Handelskammer Ritter v. Winterstein, welcher neulich in der Landtagsdebatte über die Straßenmauthen seinem Unmuthe freien Lauf ließ. Er verwies Denjenigen, welche für die Aufhebung dieser Mauthen sich aussprachen, ihre Meinung, und schalt deren Anträge „Luxusanträge". Als sich diese Angegriffenen durch einige „Oho" zur Wehre setzen wollten, erklärte der erbitterte Ritter, daß er ein viel zu „alter Parlamentsmann" sei, als daß er sich um diese parlamentarischen Naturlaute kümmern würde.

Es ist interessant, daß Herr v. Winterstein, während wir uns bekanntlich eines blutjungen Parlamentarismus erfreuen, Zeit gefunden hat, ein „alter Parlamentsmann" zu werden. Wenn Herr v. Winterstein sich, da er nur wenige Jahre Abgeordneter ist, schon einen alten Parlamentsmann nennt, müßte er sich consequent, da er bereits weit länger als im Parlamente in der Handelskammer sitzt, einen Handelskammergreis, und da er noch längere Zeit als in der Kammer sich im Speditions-Geschäfte bewegte, einen Speditions-Urgreis nennen. Im künftigen Jahre um Weihnachten herum nennt sich Herr v. Winterstein vielleicht schon einen alten Ritter, obwohl ihm erst vor wenigen Monaten von der competenten Behörde die Erlaubniß zur öffentlichen Ausübung der Aristokratie ertheilt wurde.

Nach diesem Beispiele wird es Niemanden überraschen, wenn sich demnächst ein einjähriger Freiwilliger einen im Dienste ergrauten Krieger nennen, und wenn ein Concepts-Practikant unter Hinweisung auf seine langjährigen Staatsdienste um Pensionirung ansuchen sollte. Wie viele Leute sich aber, wenn wir unsere Ansichten über das, was alt ist, in der angedeuteten Weise ändern müssen, am Gründonnerstage zur Fußwaschung melden werden, ist gar nicht abzusehen.

———

Das neue Rathhaus.

14. November 1869.

Der Streit, welcher seit einiger Zeit unter den Aesthetikern der Landeshaupt= und Residenzstadt Wien geführt wurde, ist end= lich entschieden, indem sich die Bausection des Gemeinderaths für den Bau eines Rathhauses im gothischen Style erklärt hat.

Was mich betrifft, so ist es mir, da man einmal entschlossen ist, den sechs Millionen Oesterreichischer Währung unter Anwen= dung architektonischer Hülfsmittel ein Ende zu machen, einerlei, ob dies im gothischen, im Renaissance=, im byzantinischen oder im Pyramiden=Geschmacke geschieht, denn auch von den Architektur- Arten gilt, was die Epikuräerinnen von Neudorf einander in ihrem so rasch populär gewordenen Rundgesange nachrühmen: „Die Eine hat dies, und die Andere hat das, aber jede hat was."

Nur habe ich durch häufigen Besuch des Theaters so viel gelernt, daß die Costüme mit den Decorationen in eine gewisse Harmonie gebracht werden müssen, und ich würde mir daher, falls man sich für den gothischen Bau endgültig erklären sollte, den Vorschlag erlauben, daß man den Costümezeichner des Hoftheaters, Herrn Franz Gaul, schon gegenwärtig beauftrage, den P. T. Mit= gliedern des Gemeinderaths auf ein paar gothische Beinkleider das Maß zu nehmen.

Erhält das neue Rathhaus aber den kirchlichen Charakter, welchen der Herr Dombaumeister Schmidt für dasselbe als zweck= mäßig erkannt hat, dann bekommen wir vielleicht einmal das nach= stehende Referat über eine Gemeinderathssitzung zu lesen:

Herr Gemeinderath X referirte über den Antrag auf Errich=
tung einer städtischen Wurstsiederei, und die Strahlen der unter=
gehenden Sonne, welche durch die hohen gothischen Fenster in
die hehren Communalräume fielen, verklärten das Antlitz des Herrn
Referenten. Der Moment war so überwältigend, daß mehrere
Gemeinderäthe ihre Andachtsbücher aus der Tasche zogen, und daß
ein Mitglied des rechten Centrums nur durch seine neben ihm
sitzenden Parteigenossen daran verhindert wurde, einige Bußübungen
vorzunehmen. Der Herr Berichterstatter wurde wiederholt durch
einige beifällige „Amen" unterbrochen.

Ich will jedoch über den Geschmack, in welchem das neue
Rathhaus erbaut werden soll, nicht viele Worte verlieren, denn
der Geschmack, ich wiederhole es, ist reine Geschmackssache. Wohl
aber würde ich mir die eines Kunstbarbaren würdige Frage er=
lauben, weshalb denn eigentlich ein neues Rathhaus im alten
Style erbaut wird, da wir uns ja noch immer eines alten Rath=
hauses im neuen Style erfreuen?

Ich bin erst unlängst auf einer sehr elenden Straße nach
Hütteldorf gegangen, welche wahrscheinlich mit Rücksicht darauf,
daß dort jeder Postwagen umgeworfen würde, den Namen „Post=
straße" führte. Ich muß jedoch aufrichtig gestehen, daß mir, als
ich über die im strengsten gothischen Style beschotterte Straße
stolperte, die Nothwendigkeit eines neuen Rathhauses im Style
desselben Jahrhunderts keineswegs einleuchtete.

Ich glaube auch nicht, daß es die armen Kleinen, die in
unseren fast durchgehends ungesunden Schulstuben zu Märtyrern
des ABC gemacht werden, besonders erbauen würde, wenn ich
ihnen erklärte: Es ist wahr, mit den Zinsen des Capitals, welches
das neue Rathhaus im gothischen Geschmacke auffrißt, könnte Euch
geholfen werden, aber ihr werdet selbst einsehen, liebe Kleinen,
daß unser Streben vor Allem dahin gerichtet sein muß, den Vätern
der Stadt Wien einen comfortabel eingerichteten Festsaal zu bauen,
in welchem sie ohne Nachtheil für ihre Gesundheit Bankette ab=
halten und vorkommenden Falls Polka=Mazur tanzen können. Viel=

5

leicht liefe ich sogar Gefahr, daß mich ein sechsjähriger südbeutscher Demokrat bei dem Rockschoße erwischen und mir sagen würde:

Aha, Du bist gewiß auch bestochen, wie der Papa!

In der letzten Gemeinderathssitzung wurde auch auf die Wohnungsnoth, deren sich unsere Hausherren erfreuen, hingewiesen, und der Herr Bürgermeister interpellirt, ob er nicht für die Ab= hülfe derselben sorgen wolle. Hierauf erwiederte der Bürger= meister: „Es könne nicht Sache der Commune sein, sich in Bau= unternehmungen einzulassen, und der Bau billiger Wohnungen müsse der Privatthätigkeit überlassen bleiben.“ Diese Bemerkung ist im Allgemeinen sehr richtig, nur darf in dem Augenblicke an der Weisheit derselben gezweifelt werden, wo die Commune sich „in eine Bau=Unternehmung einläßt“, welche nach dem Vor= anschlage nicht mehr als sechs Millionen kosten soll, das heißt also, nicht weniger als zehn Millionen kosten wird, für welche aber allerdings der Milderungsumstand geltend gemacht werden kann, daß durch sie Niemand eine billige Wohnung erhalten wird, als der jeweilige Herr Bürgermeister der Stadt Wien.

Ich habe nichts dagegen, wenn die Commune, statt billige Wohnungen zu bauen, Luxusbauten aufführt. Nur sollte sie sich dann consequent bleiben, und statt der Versicherungs=Anstalt, deren Gründung sie vor hat, eine Menagerie erbauen, oder ein groß= artiges Wachsfiguren=Cabinet errichten.

Es würde mich bei unseren auf gegenseitige Bestechlichkeit gegründeten Verhältnissen zwar schmerzen, aber nicht wundern, wenn auch mein Vorschlag, eine Communal=Menagerie zu er= richten, Zweifel in meine ehrliche Ueberzeugung hervorriefe, und einem redlichen Manne zu dem Monologe Anlaß gäbe: Der ist gewiß von einem Löwen=Großhändler mit einem jungen Löwen bestochen worden!

Es giebt nichts Heiliges für einen Selcher!

5. December 1869.

Die letzte Versammlung des Severinus-Vereins trug wieder einen recht stürmischen Charakter an sich, da diesmal das so beliebte „Jungschweinerne" auf der Tagesordnung stand, welches, wie den meisten meiner Leserinnen und Leser nicht fremd sein dürfte, eine seltene Schmackhaftigkeit besitzt, die mit Zuhülfenahme des auch den Laien in der Botanik wohlbekannten Sauerkrautes noch erhöht werden kann.

Wenn auch die Abhülfe jungschweinerner Uebelstände von den Statuten dieser Körperschaft nicht unter den Vereinszwecken aufgezählt wird, so mußte diesen der Severinus-Verein doch in dem Augenblicke seine Aufmerksamkeit zuwenden, als von denselben Gefahren für die religiöse Entwickelung der Schweinefleisch-Consumenten Wiens zu besorgen waren. Einige Mitglieder des Severinus-Vereins nämlich, welchen die Glaubenslosigkeit unserer Zeit schon längst verdächtig vorgekommen war, hatten durch eine glückliche Inspiration die wahre Ursache derselben darin entdeckt, daß die Selcher und Gastwirthe den Freitag nicht nur zum Abstechen des Borstenviehs, sondern auch, um die Früchte dieser blutigen That möglichst rasch zu ernten, zur Fabrication von Würsten benützten.

Die glücklichen Entdecker dieses Geheimnisses säumten nicht länger, dasselbe zur Kenntniß des frommen Vereins zu bringen, dessen Mitglieder sie waren, und man kann sich die Entrüstung denken, welche die Mittheilungen über dieses Glaubenswurstgift,

5*

und die dasselbe bereitende Secte der Selcher dort hervorrief.
Nur Optimisten konnten noch an dem Zusammenhange zwischen
diesen Nahrungsgewerben und der Freimaurerei zweifeln. Während
aber bei dieser die Ketzerei sich im Dunkel der Loge barg, trat
sie bei jenen ungescheut an das Licht der Fleischbank. Im Ver=
zuge lag Gefahr, und so wurde denn eine Eingabe beschlossen, in
welcher man, um das Einreißen dieser freireligiösen Würste und
das Umsichgreifen des Jungschweinernen an Freitagen zu verhüten,
die Bitte aussprach, das Schlachten von Borstenvieh an Freitagen
in administrativem Wege zu verbieten.

Die erwähnte Eingabe des Severinus=Vereins ist nicht in
dem fanatischen Style gehalten, welcher sonst in den schriftstelleri=
schen Versuchen dieses Vereins üblich ist, es wird vielmehr über
das Abschlachten des Borstenviehs in dem wehmüthigen Tone der
Familientrauer Klage geführt.

Die Selcher und Gastwirthe, heißt es in der Eingabe, be=
nützen den Freitag nicht nur zum Abstechen des Borstenviehs und
zur Wurstfabrication „sie suchen auch den Fasttag dadurch zu pro=
faniren, daß sie ihren Kunden und Gästen von Früh bis Abends
nichts als Schweinefleisch anempfehlen, und zwar am Morgen als
Krenfleisch, am Mittag als Jungschweinernes, und am Abend in
Form von Blut=, Leber= und Bratwürsten“. Man muß gestehen,
es ist dem Severinus=Vereine diesmal gelungen, die Sünde mit
so verführerischen Farben zu schildern, daß Einem das Wasser im
Munde zusammenläuft, und man geneigt wäre, Morgens, Mittags
und Abends der Sünde in ihren erwähnten mannigfaltigen Formen
zu huldigen. Andererseits ist jedoch der Versuch der frommen
Beschwerdeführer, die unglückseligen Selcher Grau in Grau zu
malen, nicht ganz geglückt.

Ebenso wenig, wie ich es dem Vernunftwesen, welches die
Schneiderei betreibt, verdenken kann, wenn es mir von Früh bis
Abends nichts als seine Waare empfiehlt; und zwar — der
Severinus=Verein erlaube mir, seine Ausdrucksweise mir anzu=
eignen — am Morgen als Schlafrock, am Mittag als ganz mit

Seide gefütterten blauen Winterrock, und am Abend in Form von Salonfräcken, perlgrauen Beinkleidern und weißen Piquéwesten, ebenso wenig darf es wohl dem Selcher, da er einmal diesen nahrhaften Beruf erwählt hat, übelgenommen werden, wenn er seinen Kunden von Früh bis Abends die Werke seiner Kunst empfiehlt, und nicht etwa am Morgen: die Madonna im Grünen, am Mittag: die heilige Schrift und am Abend: den Besuch der Universitätskirche.

Ich bin wohl nicht über die Privatverhältnisse der Mitglieder des Severinus-Vereins unterrichtet, es muß aber im hohen Grade verdächtig erscheinen, daß dieser Verein seine schützende Hand nur über das Borstenvieh ausstreckt, und nicht über das Rindvieh, das am Freitag seinen Berufspflichten erliegt, daß er nur das Jungschweinerne an sein Herz schließt und nicht das jugendliche „Kälberne", und daß er nur die Würste in ihrer wechselvollen Gestalt verdammt und nicht auch das „Schöpserne" in seinen bunten Erscheinungsformen.

Ich würde dieses Bedenken nicht ausgesprochen, ja vielleicht in dieser Angelegenheit niemals das Wort ergriffen haben, wenn nicht „ein hochbesteuerter Gastwirth und Selcher" ein freundliches Schreiben an mich gerichtet hätte, in welchem er mich ersucht, dieses verwegene Sicheindrängen der Ultramontanen in ein Gebiet, auf welchem sie sich in ihrem wohlverstandenen Interesse nicht bewegen sollten, energisch zurückzuweisen, und dieselben vor ihrer unnatürlichen Allianz mit den Fleischhauern gegen die Selcher eindringlichst zu warnen. Mein geschätzter Correspondent hofft schließlich, daß das feste Zusammenhalten aller aufrichtigen Freunde der Selcherei, durch welches diese im Kampfe gegen die Trichinen triumphirt hätten, sie gewiß auch in dem neuen Kampfe gegen die lichtscheuen Feinde der Selcher zum Siege führen werde.

Im höchsten Grade interessant wäre es übrigens, wenn diese hochwichtige Angelegenheit auf dem Concil in Rom zur Sprache gebracht, und so über das Jungschweinerne in lateinischer Sprache verhandelt würde.

Zwei reizende Blondinen.

25. December 1869.

Wie die ungarischen Zeitungen in dieser Woche berichteten, hat eine Dame, welche sich auf der Zuhörer-Galerie des ungarischen Unterhauses befand, nachdem sie dem Gange der Verhandlungen mit Aufmerksamkeit gefolgt war, plötzlich ausgerufen: Es gibt keine Gerechtigkeit mehr! Die Dame soll eine reizende Blondine mit schönen blauen Augen gewesen sein, weiße Handschuhe getragen haben, und nachdem sie das Haus verlassen hatte, mit dem Fiaker Nr. 191 davon gefahren sein. Nachdem die Zeitungen dies constatirt hatten, gelangten sie zu dem Schlusse, die Dame sei eine unglückliche Irrsinnige gewesen.

Ich bin zwar kein Psychiatriker von Beruf, soweit aber meine bisherigen psychologischen Erfahrungen bei reizenden Blondinen reichen, habe ich immer gefunden, daß diese Einen um den Verstand zu bringen vermochten, nie aber, daß sie den ihrigen verloren hatten. Ebenso läßt der Umstand, daß die Dame weiße Handschuhe trug, noch nicht mit Sicherheit auf eine Zerrüttung ihres Geistes schließen, und wenn auch die Nummer der Fiakers, in welchem sie nach Hause fuhr, ziemlich hoch gegriffen erscheint, so genügt dies noch nicht, um eine reizende Blondine des Größenwahnes zu verdächtigen. Es spricht also nur der eine Umstand für die Verrücktheit der schönen Ungarin, daß sie ihrem Zweifel an dem Fortbestande der irdischen Gerechtigkeit unverholen Ausdruck gab, und das ist allerdings verrückt in einem Lande, in welchem es Stockprügel gibt.

Es ist übrigens merkwürdig, wie gewisse psychologische Wahr-
heiten in der ganzen Welt anerkannt werden. Wenn Jemand ruft:
es gibt keine Gerechtigkeit mehr! so gilt er überall als verrückt,
während Jemand, der ebenso laut ruft: Es lebe das Ministerium!
niemals für verrückt, sondern immer für patriotisch gehalten wird.
Dem Ersteren rasirt man den Kopf und sucht ihn durch kalte
Douchen wieder an die irdische Gerechtigkeit Glauben zu machen;
den Anderen läßt man ungeschoren, und anstatt ihn zu douchen,
gibt man ihm einen Orden oder macht ihn zum Hofrath, obwohl
sich später in der Regel herausstellt, daß er ebenfalls keinen Verstand besitzt.

Ich habe schon sehr viele Bankete mitgemacht, bei welchen
plötzlich, während die Anwesenden vertieft waren, einen Kapaun
zu zerlegen, ein Herr in großer Aufregung ein Trinkglas ergriff,
und unversehens einen Minister hochleben ließ. Es fiel aber nie
den neben ihm Sitzenden ein, den Ruhestörer um die Brust zu
fassen, und ihm eine Serviette in den Mund zu stopfen, oder ihm
auf die Achsel klopfend zu sagen: „Ja, ja, beruhigen Sie sich nur,
es lebe der Minister", und den Unglücklichen unter dem Vorwande, man wolle zur Frau des Ministers fahren, um auch diese
hochleben zu lassen, auf die Polizei-Direction zu bringen, und von
dem Polizei-Arzte dessen Geistesabwesenheit constatiren zu lassen.

Es freut mich, daß es bei uns noch keiner reizenden Blondine
eingefallen ist, in das Abgeordnetenhaus zu gehen und dort auszurufen: Es gibt keine Gerechtigkeit mehr! Ich bin überzeugt,
Se. Excellenz Herr Graf Taaffe würde sich sogleich vom Sitz erheben und erklären: Ich werde so frei sein, diese Interpellation
in einer der nächsten Sitzungen zu beantworten.

In einer der nächsten Sitzungen würde Se. Excellenz wie
folgt antworten: Nach genauen Erhebungen, die ich gepflogen habe,
gibt es bei uns allerdings eine Gerechtigkeit, und ich erlaube mir
nur in dieser Beziehung auf die Arbeiter-Deputation hinzuweisen,
von welcher ich mich vor acht Tagen mit väterlicher Ermahnung
verabschiedet, die ich aber acht Tage später um halb fünf Uhr

Morgens aus dem Bette holen ließ. Sie sehen daraus, daß sich unsere Gerechtigkeit zwar gerne Zeit läßt, diese Zeitversäumniß aber durch zeitliches Aufstehen wieder einzubringen sucht.

Auch in Wien ist eine sogenannte reizende Blondine die Heldin eines kleinen Scandals gewesen, welcher in den Kreisen der Kunst= und Naturfreunde eine allgemeine Theilnahme hervorgerufen hat. Die blonde Dame, welche auf den Brettern naive, aber körperlich sehr entwickelte Mädchen spielt, zog die Aufmerksamkeit eines Kenners auf sich, welcher aus der bei den Damen so geschätzten Türkei stammte und dem es wirklich nach Kurzem gelang, den Halbmond auf dem fränkischen Mädchen aufzupflanzen. Weihnachten nahte heran und das fromme, aber, wie erwähnt, auch körperlich sehr entwickelte Mädchen sann darauf, den Türken mit einem passenden Weihnachtsgeschenke zu überraschen. Da es den Tschibuk mit Rücksicht auf die reiche Tschibuksammlung des geliebten Privatiers nicht wählen konnte, entschloß es sich zu einem anderen, auf den türkischen Geschmack berechneten Weihnachtsangebinde, indem es sich photographiren ließ, dabei aber auch jene „heiteren Regionen, wo die reinen Formen wohnen", der photographischen Aufnahme unterwarf.

Durch die Intriguen eines Photographen wurde dem keuschen, aber es sei neuerdings betont, sehr entwickelten Busen der dramatischen Künstlerin eine größere Publicität gegeben, als in den Intentionen derselben gelegen sein mochte, indem der Photograph die erwähnten heiteren Regionen in seinem Auslagekasten der unparteiischen Kritik der Vorübergehenden unterzog. Nachdem jedoch die Behörde über den Wunsch der geistigen Urheberin des Kunstwerkes dieses confiscirt hatte, bemächtigte sich ein Carricaturenblatt desselben, und nunmehr wird ein Preßproceß darüber entscheiden, ob ein durch die Photographie, wenn auch nur für Eingeweihte, vervielfältigter Busen zu jenen unantastbaren Gegenständen des „Privatlebens" gehört, welches der Presse heilig sein soll.

———

Die Adreßdebatte des Herrenhauses.

16. Jänner 1870.

Ich fürchte, wenn unsere Verfassungswirren noch lange dauern, werden der Freiherr v. Pratobevera und der Hofrath Neumann sich um einander schaaren und in irgend einem stillen Winkel der Erde ein Oesterreich zum eigenen Gebrauch gründen.

Es wird dann in diesem Separat-Oesterreich nach einem von ihnen vereinbarten Turnus das einemal der Freiherr v. Pratobevera die Völker Oesterreichs und der Hofrath Professor Neumann die angestammte Regierung, und das anderemal wieder der Freiherr v. Pratobevera die angestammte Regierung und der Hofrath Neumann die Völker Oesterreichs vorstellen. Wenn die Reihe an den Hofrath Neumann kommt, das Regierungsruder zu ergreifen, um seine Völker, den Freiherrn v. Pratobevera, zu steuern, wird das loyale Staatsschiff Pratobevera es als seine Aufgabe betrachten, seinem weisen Steuermann Hofrath Neumann keine Lenkungsschwierigkeiten zu bereiten, und wenn wieder den Freiherrn v. Pratobevera die Reihe trifft, die Feder der Regierung zu ergreifen, werden seine Völker, Herr Hofrath Neumann, durch das gewissenhafte Eingehen in die Intentionen der Regierung dieser die Bureaustunden zu versüßen trachten.

In der Adreß-Debatte des Herrenhauses betheiligten sich die beiden Herren an der Ventilation der Verfassungsfrage. Herr v. Pratobevera charakterisirte die Lage sehr treffend damit, daß er erklärte, wir befänden uns in einer „eigenthümlichen Situation". Er prüfte die Conduiteliste der subalternen Völker Oesterreichs (welche leider in der Wirklichkeit nicht der Herr Hofrath Neumann

sind) und sprach sich in sehr mißliebiger Weise darüber aus, daß
diese, gerade wenn man sie brauche, nicht in dem Völker-Amts-
locale, dem Reichsrathe, zu finden seien.

Der niederösterreichische Staatsmann versuchte es, durch seine
Brillen blutdürstige Blicke auf die Versammlung zu werfen, so
daß man sich mit der Hoffnung schmeicheln durfte, er wolle die
Völker-Disciplin mit Blut und Eisen aufrecht halten. Er murmelte auch etwas, indem er die Nüstern kampflustig blähte und
die Rechte wie eine Art Fehdehandschuh vor sich hin warf, von
einer „Arena", in welche die Völker herabsteigen mögen. Wenn
aber die Völker diese Herausforderung zu den kriegerischen Kampf-
spielen auch sogleich angenommen hätten, so würden sie doch in
der Arena Niemanden mehr gefunden haben, da wir, wie Herr
v. Pratobevera die Güte hatte, bekannt zu geben, im Begriffe
ständen uns „einzuschiffen, ohne zu wissen, wohin das Staatsschiff geschleudert werde".

Nachdem so das Herrenhaus mit Herrn v. Pratobevera als
Turnier-Grieswärtel und Marine-Ober-Commandanten die mannich-
fachsten Gefahren zu Lande und zu Wasser bestanden hatte, und
der Ruhe im höchsten Grade bedürftig war, schloß der Redner
mit einem friedlichen Citate aus den gesammelten mündlichen
Werken des Verfassungs-Classikers Fürsten Auersperg: „Der
Patriotismus sei die Aufrichtigkeit, der österreichischen Staatsidee
zu dienen."

Das ist ein sehr unsicheres Brod, ein österreichischer Staats-
ideendienstbote zu sein — die „Herrschaft" wirthschaftet immer
nach kurzer Zeit ab!

Zwischen dem Vortrage des Freiherrn v. Pratobevera und
jenem des Hofraths Neumann trug Fürst Sanguszko die bekannte
Arie vor: Lasciate ogni speranza, voi ch'entrate, und versuchte den Nachweis, daß Dante mit diesem Vers eine Anspielung
auf die Adresse des österreichischen Herrenhauses beabsichtigt habe.

Nun erhob sich der Professor Hofrath Neumann und sprach
mit seinem eingerosteten Basse, welchen er vergebens durch einen

salbungsvollen Ton zu mildern suchte. Nachdem er den Lections-
Katalog verlesen und jenen immatriculirten österreichischen Völkern,
welche den Reichsrath schwänzten, die betreffenden Absenzen verabreicht hatte, bezeichnete er es als eine „heilige Pflicht, unge-
schmückt und unverblümt zu sprechen", und verglich daher die
Föderalisten mit Medea und sich, den Freiherrn v. Pratobevera
sowie die anderen Central-Dualisten mit den Töchtern des Pelias,
welchen Medea empfohlen habe, „ihren greisen Vater zu zerstückeln und ihn in einen Hexenkessel zu werfen".

Während der Freiherr v. Pratobevera nur immer die Aus-
sprüche höherer österreichischer Staatsbeamten citirt, läßt Herr
Hofrath Neumann keine unpassende Gelegenheit vorübergehen,
ohne durch ein instructives lateinisches Sinnsprüchlein die Vorliebe für classische Studien in dem Zuhörer zu nähren. So
schloß er auch die sinnige Parabel von dem Hexenkessel, in welchem
der Greis Oesterreich zum Behufe einer angeblichen Verjüngung
gesotten werden solle, nachdem man ihn vorher vorsichtshalber in
kleine Stücke zerschnitten hätte (Gulyas nennen die Magyaren ein
ähnlich zubereitetes Lieblingsgericht), mit dem pathetischen Ausrufe: Quod absit!

Herr Hofrath Neumann faßte die Verfassungskrisis als eine
ihm zugedachte persönliche Beleidigung auf, und je länger er
sprach, desto tiefer fühlte er sich beleidigt. Er stritt mit sich
selber in der heftigsten, unversöhnlichsten Weise, indem er sich
immer zuerst föderalistische Invectiven ins Gesicht schleuderte, die
er dann wieder als gekränkter Central-Dualist ebenso scharf zu-
rückgab. So ließ er z. B. die Gegner sagen, seine Partei sei
„kindisch und blödsinnig", und nachdem er sich in dieser Weise
angegriffen hatte, antwortete er sich mit großer Gereiztheit, die
Anderen seien „politische Taschenspieler". Er gerieth zuletzt in
solchen Zorn, daß man fürchtete, er würde mit sich handgemein
werden.

Der Herr Hofrath schloß seine Rede mit den erläuternden
Worten: „Ich habe gesprochen!" Der Präsident des Herrenhauses

war so nachsichtig, darauf nicht: „Das wissen wir ohnehin!" zu
erwidern.

Der zweite Tag der Adreß=Debatte bot nichts Merkwürdiges.
Nur der Herr Graf Hartig hatte inzwischen das von dem Frei=
herrn v. Pratobevera gebrauchte Bild, wonach Oesterreich ein hin=
und hergeschleudertes Schiff wäre, ruhig überschlafen, kaperte am
anderen Tage ganz wohlgemuth den stolzen Dreimaster, und ließ
ihn zur freudigen Ueberraschung der Landratten des Herrenhauses
noch einmal vom Stapel laufen. Er nannte nämlich Oesterreich
„ein Schiff, das auf den Wellen treibe, während die Steuerleute
sich über die Leitung nicht einigten."

Hoiho!

Die Adreßdebatte des Abgeordnetenhauses.

30. Jänner 1870.

In der Adreßdebatte des Abgeordnetenhauses ergriffen auch die Herren P. Greuter und Notar Schindler das Wort. „Zwei Männer sind's, ich hab' es lang gefühlt, die darum Feinde sind, weil die Natur nicht Einen Mann aus ihnen beiden formte." Die Natur hätte aber eine solche Fusion der beiden Reichsraths-humoristen um so eher bewerkstelligen können, da sie Herrn Schindler mit einer so großen Raumverschwendung formte, daß der dürre P. Greuter noch ganz bequem Platz in ihm gefunden haben würde.

Herr P. Greuter ist der parlamentarische „Staberl", denn wie dieser bringt er sich immer durch eigene Schuld in unangenehme Situationen, aus welchen ihm dann erst wieder sein Mutterwitz heraushelfen muß, so daß sich in der Regel das „Oho" des Hauses in „Heiterkeit" verwandelt. Herr Schindler dagegen ist ein Nestroy'scher Charakter, sein Humor ist nicht ohne Bosheit, und wenn er es nicht, Gott sei Dank, nicht nöthig hätte, könnte er sich vielleicht unter Umständen auch „mit dem Moor räuberisch befranzen", wie einer der Helden Nestroy's sich ausdrückt.

Während Herr v. Kaiserfeld so leichenbitterlich sprach, als wenn die arme Austria vor ihm aufgebahrt läge, erinnerten die beiden Jünger des Momus, da sie sich in der Adreß-Debatte in heiteren Scherzen ergingen, an jene glücklich organisirten Humoristen, welchen auch bei Leichenbegängnissen der Springquell der guten Laune nicht versiegt, und die daher der Wiener „Spaßmacher bei der Leich'" nennt.

Herr P. Greuter mochte dies auch gefühlt haben, denn zum Schlusse seiner Rede riß er sich die Schellenkappe vom Kopfe, hüllte sich in das melancholische Gewand des Conductansagers und rief, während die Versammlung auf einen neuen Spaß des geistlichen Würdenträgers gefaßt war, mit einer kleinen Schwenkung aus dem Grotesfkomischen in das Erhabenprophetische: „Es ist der Weg des Todes, den ich schreite, mit jedem Schritt wird meine Seele stiller." Auch Herr Schindler machte schließlich dem Pathos einige Concessionen, indem er, seinen Arm ausstreckend, Herrn P. Greuter einen „Römling" nannte. Die Versammlung konnte damals noch nicht ahnen, weßhalb der Baron Tinti sich bei diesem Ausrufe einen Knopf ins Schnupftuch machte.

Der Abgeordnete Herr Dr. v. Waibele hat leider eine lang= jährige Erfahrung; diese spricht für ihn, aber unglücklicherweise viel zu lange, und wenn er beginnt: Meine Herren! ich bin ein im Justizdienste ergrauter Beamter, sehen die Zuhörer bestürzt auf ihre Uhr.

Der gediegene Fachmann hob zwar in der Adreß=Debatte seinen Vortrag mit den beschwichtigenden Worten an: „Ich be= daure, über polnische National=Angelegenheiten sprechen zu müssen"; aber das schmerzliche, ungläubige Lächeln, das um alle Lippen spielte, verrieth, daß man dieser Betheuerung des ergrauten Justiz= beamten nicht recht traute. Als aber der Redner bemerkte, er habe durch sechzehn Jahre in Galizien gelebt, wurden auch die Muthigsten in ihrer Zuversicht erschüttert. Als Grund seines an= geblichen Bedauerns, über die polnischen National=Angelegenheiten sprechen zu müssen, gab der fruchtbare Redner an, daß er fürchte, „in den Verdacht eines Polenfeindes zu kommen", der er nicht sei. Um aber jeden Zweifel in dieser Beziehung zu beseitigen, vertiefte er sich mit der liebevollsten Hingebung in die galizischen Angelegenheiten.

Nach der beliebten Melodie: Denkst Du daran, mein tapferer Lagienka? erinnerte er die Polen an den bejahrten Tractat von 1773, an die ruhmvolle westgalizische Gerichtsordnung, an die er=

hebenden älteren „Bereisungs=Commissions=Berichte" und an andere
rührende Begebenheiten, die sich vor hundert Jahren zugetragen
hatten.

In der Special=Debatte versuchte es der gründliche Kenner
Galiziens noch einmal, von den Früchten seines sechzehnjährigen
Aufenthalts in diesem unwirthlichen Lande zu zehren, der grau=
same Vice=Präsident jedoch hinderte ihn sehr energisch daran, sich
diesem zeitraubenden Vergnügen hinzugeben. Vorwurfsvoll wies
der beredte, mit den galizischen Zuständen so vertraute Fachmann
darauf hin, daß auch der Abgeordnete Czerkawski eine halbe
Stunde gesprochen habe; vergebens erklärte er, er habe „noch viel
mehr zu entgegnen", Herr v. Hopfen entzog ihm unter Betonung
der Kostbarkeit der Zeit das Wort. Mit tiefer Bekümmerniß
setzte sich der Unglückliche, sein reiches galizisches Material in die
Brust verschließend, auf seinen Platz und noch nach einer Stunde
hörten die Nebensitzenden, wie er Bruchstücke aus seiner galizischen
Rede in den Bart murmelte.

Der Herr Reichskanzler Graf Beust wählte für seine Adreß=
rede mit vielem Glück den Ton des sterbenden Staatsmannes,
welcher, ehe er von der Erde und dem Mandate der Reichen=
berger Handelskammer für immer Abschied nimmt, sich noch mit
der Welt und Herrn Skene versöhnen will. Er reichte seine
Hand nach allen Seiten hin, verzieh Denen, die ihm weh gethan,
und heischte Verzeihung von Jenen, die er gekränkt. Seine
Stimme wurde immer leiser und leiser, er sprach noch in kurz
abgebrochenen Sätzen von dem, was er geleistet, und erklärte: „es
genüge ihm sein Bewußtsein", und so schied er Samstag Nach=
mittags um drei Uhr mit vollem Bewußtsein, nachdem die Sitzung
geschlossen war.

Noch eine ziemlich große Reihe von Abgeordneten ergriff
das Wort, aber die Reden derselben waren nur, wie die Homöo=
pathen sagen würden, erste, zweite und dritte Verdünnung.

Erwähnung verdient nur die Rede des Berichterstatters
Baron Tinti, obwohl auch er nur die Reden der geehrten Herren

Vorredner verdünnte. Schon Herr Schindler hatte von P. Greuter behauptet, „er könne nicht deutsch sprechen, er habe römisch gesprochen, er sei ein Römling". Herr Baron Tinti hatte wahrscheinlich von diesen Redewendungen eine notariell beglaubigte Abschrift genommen, denn er machte die Herren Greuter und Jäger darauf aufmerksam, sie seien keine Deutschen, sie sprächen auch nicht deutsch, sie seien keine Oesterreicher — nur anstatt mit den Worten des Originals zu schließen: „Sie sind Römlinge", ging er noch einen Schritt weiter und sagte: „Sie sind Römer!"

Die Tiroler aber, um den Beweis zu liefern, daß es auch in Tirol grobe Barone gebe, wählten den Herrn Baron Giovanelli zu ihrem Anwalte, welcher, nachdem er noch zum Schluß den bekannten Salamander für „Gott, Kaiser und Vaterland" gerieben hatte, an der Spitze von fünf tief empörten „Schwarzen" das glaubenslose Haus vor dem Schottenthore verließ.

Die erste Aufführung der Meistersinger.

6. März 1870.

Wenn der letzte Sonntag ein „Lostag" war, dann dürfen wir einer ziemlich scandalreichen Saison entgegensehen.

An diesem sonst der Erholung gewidmeten Tage des Herrn fand nämlich die erste Aufführung der „Meistersinger" Richard Wagner's statt, jener Oper, mit welcher der geniale Maestro dem Sagenkreise der Götter und Helden den Rücken gekehrt, und sich den Fachkreisen der Schuster zugewendet hat. In den „Meistersingern" plaidirte Wagner mit Pauken und Trompeten für die musikalische Gewerbefreiheit gegenüber dem musikalischen Zunftzwange. Sowie man aber bei uns unter Gewerbefreiheit die „Zwangsgenossenschaften" verstanden hat, soll auch in der Musik künftighin an die Stelle der classischen Zunft nur die Zwangsgenossenschaft der „unendlichen Melodie" treten. Der kühne Reformator verlangt, daß der Zopf, den man bisher hinten getragen, von nun an vorne getragen werde.

Es scheint, daß wir gegenwärtig die neuen Richtungen in der Kunst denselben Umständen zu danken haben, welchen wir die neuen Richtungen in der Mode verdanken. Sowie die Damen, welche häßliche Füße hatten, die Schleppkleider, und die angehenden Mütter die Crinolinen ersannen, sowie eine hinkende englische Prinzessin erst in den jüngsten Tagen den Anstoß zu einer Reform der Damenschuhe gegeben hat, nach welcher der rechte Schuhabsatz höher ist als der linke, so haben auch die Farbenblinden in der Malerei die Schule begründet, welcher die Farbe als Zopf gilt, und die Melodielahmen jene Schule, welcher die Melodielosigkeit

6

den Fortschritt bedeutet. Man spricht zwar von einer „unend=
lichen Melodie", das klingt aber gerade so, als wenn man ein
großes stehendes Wasser eine unendliche Thauperle nennen wollte.
Freilich, wenn diese Ohrenpein einmal die Musik unserer Enkel
sein wird, dann darf man von einer unendlichen Melodie sprechen,
denn was sollte dann nicht melodiös sein? Jeder alte Topf, der
in einer Küche zerschlagen würde, böte ja einen harmonischen
Accord. Die Anhänger der Melodie können also Richard Wagner
gegenüber den Vorwurf wiederholen, welchen in dem Gedichte
Heine's der gekrönte Usufructuar der Lola Montez seinem königs=
lichen Sittenrichter spottend zuruft: „selber habend nie gekonnt es".

Man hatte erwartet, daß in Folge der Wagner'schen Broschüre:
„Das Judenthum in der Musik", die Aufführung der „Meister=
singer" erwünschte Gelegenheit zu einem kleinen Religionskriege
bieten würde, und im Schoße des Severinus=Vereins sollen außer=
ordentliche Berathungen stattgefunden haben, ob nicht in Berück=
sichtigung jenes wohlthätigen Zweckes der Vorstellung eine Wall=
fahrt nach Maria=Taferl zu veranstalten wäre, um den Sieg auf die
Fäuste der Applausspender herabzuflehen. Man kam jedoch während
der Vorstellung über die Verbal=Injurien nicht hinaus, wobei freilich
die Wagnerianer oft jedes Maß vergaßen, und so einem sehr an=
ständigen Zischer das Schmähwort: Mendelssohn=Bartholdy! einem
andern den noch gröberen Schimpfnamen: Meyerbeer! ins Gesicht
schleuderten. Der confessionelle Charakter des musikalischen Krieges
trat aber zurück, und so konnte man christlich=musikalische Ger=
manen zischen hören, während man andererseits die Besitzer von
Nasen, welche die Wucht des Semitenthums schwer gebeugt hatte,
applaudiren sah.

Die Zukunftsmusik=Declaranten wollten nicht den Ausgleich,
nur den vollen Sieg; jede Trivialität, ja selbst die widerliche
Bell= und Miau=Musik des zweiten Actes, wurde von den musi=
kalischen Czechen mit enthusiastischem Beifalle begrüßt; wenig
hätte gefehlt, und sie würden bei den wirklich schönen Stellen aus
reiner Oppositionslust zu zischen begonnen haben. Der Ouver=

ture nach zu schließen, hätte wenigstens Einer der im Ueberfluß vorhandenen Schuster ein tragisches Ende erreichen sollen, aber diese Erwartung wurde getäuscht. Gevatter Schneider und Hand= schuhmacher balgen sich zu den Klängen einer marcia funebre. — Man denke sich „Lumpacivagabundus" auf der Bühne, während das Orchester die „Eroica" dazu aufspielt.

Die Sprache selbst der Honoratioren dieses Opernlustspiels, welche hin und wieder neben dem Gesindel zu Worte kommen, ist, um eine Wagner'sche Ausdrucksweise anzuwenden, ein wahres „Geschlamb und Geschlumbfer", sie schwatzen reinen Unsinn; manch= mal glaubt man, Berauschte lallen zu hören, und es gereicht den= selben kaum zur Entschuldigung, daß sie sich selbst wiederholt der „Dummheit" zeihen.

So erklärt der ehrenfeste Herr Veit Pogner, allerdings „halb für sich": „Ei werd' ich dumm"; Hans Sachs richtet an seinen Lehrbuben David die freundliche Einladung: „Verschlaf' Deine Dummheit", was ein umso schlechteres Licht auf die Anderen wirft, da besagtem David von dem Chor der Lehrbuben nach= gerühmt wird, daß er „der Allergescheit'st" sei; der Intriguant und Stadtschreiber Beckmesser richtet an sich die Gewissensfrage: „Darum, darum wär' ich so dumm?" und „das Volk" erklärt in gerechter Würdigung der geistigen Bestrebungen derselben: „Gott, ist der dumm"! Endlich kann selbst die Heldin Eva nicht umhin, das Bekenntniß abzulegen: „Ich bin wohl recht dumm!" und im Hin= blicke auf das Duett, welches sie mit Walter von Stolzing, ihrem Freier, singt, scheint sie sich auch in der That zwar streng, aber gerecht beurtheilt zu haben. Es klingt wie der Schwanengesang des gesunden Menschenverstandes, wenn sie in die leidenschaftlichen Worte ausbricht: „Ja ihr seid es, nein Du bist es, Alles sag' ich, denn ihr wißt es, Alles klag' ich, denn ich weiß es", u. s. s. u. s. s.

Es ist weise eingerichtet von der Natur, daß die mensch= liche Stimme der Wagner'schen Musik nicht gewachsen ist, und daß sie so die Heiserkeit vor die Taubheit gesetzt hat!

6*

Die Budgetdebatte.

27. März 1870.

Die Budgetdebatte im Abgeordnetenhause hat abermals von dem Reinlichkeitssinne unserer Volksvertreter ehrenvolles Zeugniß gegeben. Das sauber geschriebene Budget wurde auch nicht durch den kleinsten Abstrich verunstaltet, und unbefleckt, wie es in die Hände der Abgeordneten gelangte, kehrte es wieder in die Hände der Regierung zurück.

Es wurden wieder, wie dies in unseren Budgetdebatten von jeher der Fall war, sehr interessante Fragen berührt, z. B. die dramaturgische Begabung des Intendanten des Burgtheaters, der „eklektische Styl" des neuen Opernhauses u. s. w.; Herr Skene fand mit seltener Geschicklichkeit auch diesmal eine passende Gelegenheit, einen „geehrten Herrn Vorredner" zu beleidigen. Ebenso benützten neuerdings Mehrere den willkommenen Anlaß, um die Versicherung bereits ausgezeichneter Vaterlandsliebe zu erneuern. Kurz, man wich den Ziffern mit jenem feinen Tact aus, mit welchem es der Gebildete vermeidet, im Hause des Gehenkten der Zolltarifsposten: Hanf, Flachs und Seilerwaaren Erwähnung zu thun.

Man kann es dem Herrn Baron Weichs nicht verübeln, daß er das Bedürfniß gefühlt, seinen Hofburgtheater-Ideen im gesetzgebenden Körper Ausdruck zu geben. Ich glaube aber, daß es nicht ganz ohne Interesse sein müßte, in einer Budgetdebatte nicht nur ästhetische, sondern auch finanzielle Dinge besprechen zu hören. Da der Redner erklärte, die „finanziellen Erfolge" der gegenwärtigen Leitung des Hofburgtheaters seien „bei einer mit achtzigtausend Gulden dotirten Bühne nicht maßgebend", so hätte er doch nebenbei darauf aufmerksam machen sollen, daß ein Theater, welches finanzielle Erfolge habe, keine Dotation von 80,000 fl. brauche.

Ich weiß nicht, ob Oesterreich reich genug ist, den Ruhm seines Hofburgtheaters zu bezahlen, aber ich bin keinen Augenblick darüber in Zweifel, daß es nicht so reich ist, diesen Ruhm zu bezahlen, sobald es denselben ohne Bezahlung haben kann. Jedermann weiß, daß die Eintrittskarten in das Hofburgtheater sich seit geraumer Zeit eines nicht unbedeutenden Agios erfreuen, und daß daher dieses Institut nicht nur keiner Subvention bedarf, sondern sogar ein sehr namhaftes Reinerträgniß abwirft, oder doch abwerfen könnte, wenn man in der Betheiligung der Hofbeamten mit Freikarten eine etwas weisere Mäßigung walten ließe als bisher. Freilich sähe man dann nicht, wie jetzt, ganze Diätenclassen mit Kind und Kegel im Parterre lagern, aber man zahlt doch nicht Steuern, damit den Hofbeamten die Reinigung ihrer Leidenschaften unentgeltlich besorgt werden kann.

Nur einmal hatte es den Anschein, als wenn man die Budgetdebatte ernst nehmen wollte. Herr v. Mayrhofer nämlich donnerte mit blitzendem Auge gegen das Militär, that aber allerdings demselben weiter nichts zu Leide. Er beantragte keinen Abstrich im Budget, sondern nur ein kleines Principchen: „die allgemeine europäische Entwaffnung". Die baierischen Abgeordneten, welche ebenfalls in diesen Tagen das Militärbudget beriethen, glaubten sich auf eine kleinliche Verweigerung großer Summen (beispielsweise wurden von einem mit 376,000 fl. eingestellten Betrage 300,000 fl. gestrichen) ;beschränken zu sollen, und kümmerten sich nicht weiter um die europäischen Brüder. Ebenso verweigerten auch die Volksvertreter der anderen europäischen Staaten die von den Regierungen verlangten Summen, ohne von dem armen Europa weiter Notiz zu nehmen.

Da nahm sich endlich Herr v. Mayrhofer des verlassenen Welttheiles an, schloß ihn an sein warmes Posaherz, das von vornherein jede Schmutzerei ausschließt, und meinte, wenn wir schon nicht für uns sorgen, so wollen wir doch wenigstens für Europa Sorge tragen. Wir wollen keine Unterhaltung verderben; wenn Europa bis zur Nase bewaffnet ist, so halten wir mit, und wenn Europa entwaffnet, werden wir uns auch nicht ausschließen. Die allgemeinen Europäer des Abgeordnetenhauses freuten sich, daß es bald zu einem wirklichen Ersparnisse gekommen wäre und schrien „Bravo".

Der Lieferant, Herr Skene aber, der unter den schwierigsten Aufschlägen und den wechselvollsten Gewehrläufen stets für das Militär eingestanden ist, erklärte den Antrag des Herrn v. Mayrhofer für eine „sonore Phrase". Die allgemeinen Europäer begrüßten diese freimüthige Kritik mit einem „Oho", worauf Herr Skene mit überraschender Geistesgegenwart erklärte: „sonor ist keine Beleidigung". Es soll uns hienach nicht überraschen, wenn Herr Skene nächstens einen geehrten Herrn Vorredner „grauer Esel" nennt und sich damit entschuldigt, daß „grau" keine Beleidigung sei. Nicht ganz so neu war die Bemerkung dieses Abgeordneten der Stadt Brünn über die Gendarmerie. Zwar hat man das, was Herr Skene vom Gendarmen sagte, daß er „über den Parteien stehen" solle, bisher nur vom Dichter gesagt und nicht vom Gendarmen, aber es wurde eben schon gesagt. Der Redner, welcher in Würdigung der hohen Mission der Gendarmerie verlangte, daß der Gendarm höher stehen solle als auf den Zinnen der Partei, gab auch gleich das Mittel an die Hand, jenem die nothwendige höhere Stellung zu verschaffen, nämlich die Unterordnung desselben unter einen Corporal, oder, wie Herr Skene sich ausdrückte, „die militärische Organisation."

Berichterstatter war leider Herr v. Hopfen. Er erklärte sich gegen die von Mayrhofer beantragte allgemeine europäische Entwaffnung, weil die Annahme einer solchen Resolution die Bedeutung hätte, „daß das Abgeordnetenhaus diese Anschauung bisher nicht gehabt habe". Es kann daher aus Etiquetterücksichten nie irgend ein Abstrich im Budget, niemals irgendwelche Reform beantragt werden, weil man sonst immer das Haus in Verdacht

haben könnte, als habe es „eine solche Anschauung bisher nicht ge=
habt." Herr v. Hopfen möge in Gottes Namen im Abgeordneten=
hause die Beine übereinander legen, seine Brille putzen, sein Doppel=
kinn aus der Cravate fischen, zur Ordnung rufen, mit der Glocke
drohen, und wenn es sein muß, einschlafen, aber doch um des
Himmels willen niemals für und noch weniger jemals gegen eine
Sache sprechen.

Reisebriefe eines Wiener Spaziergängers.

Görz, den 15. April.

Wenn ich unter den Damen meiner Bekanntschaft eine Pfarrers=
köchin zählte, so würde ich dieselbe ersuchen, mir vom Papste
einen kleinen Nachtragscanon zu erwirken: „Wer in einem Waggon,
in welchem sich Vergnügungs=Reisende befinden, über den Minister=
wechsel spricht, der sei verflucht!"

Als wenn es nicht ganz gleichgiltig wäre, ob der Sections=
undsoweiter des Finanzministeriums A. oder der Finanzlandesund=
sofort B. zum Finanzminister befördert wird. Unser Staat ist
zwar sehr unterhaltend, büßt doch aber selbst das „Donna è
mobile", wenn es Einem im Laufe eines Vormittags öfter als
zwölfmal auf einer Drehorgel vorgespielt wird, schließlich den
Reiz der Neuheit ein. Auf jeder Station wurde eine neue
Ministerliste in den Waggon gebracht. Als ich von Graz ab=
fuhr, erzählte man noch, wir bekämen einen schlanken Minister
des Innern mit einem Vollbarte, und in Nabresina, da wir auf
den Anschluß nach Görz warteten, hieß es wieder, der Minister
sei ein untersetzter, fünf Schuh vier Zoll hoher Mann mit einem
ausrasirten Kinne. Da soll der Teufel die Völker Oesterreichs sein!

Um halb Ein Uhr Nachts langten wir in Görz an. Wenn
der Baron Tinti, wie ursprünglich beabsichtigt war, ein Porte=
feuille bekommen hätte, so wäre ich mit Rücksicht auf die dann in
Aussicht stehende reiche Feuilletonsausbeute in dem ersten Hôtel
von Görz, „zu den drei Kronen", abgestiegen. So aber, da in
der eben cursirenden dreizehnten Ministerliste die schlanke Stütze

der Verfassung keine Stelle gefunden hatte, beschloß ich, mich einzuschränken, und kehrte in dem „goldenen Löwen" ein. Nachdem es mir mittels eines kleinen Anlaufes gelungen war, auf mein Bett zu springen, wiegte mich bald Morpheus in seinen steinharten Armen.

Es war ein wunderschöner Palmsonntagsmorgen; die Wiesen und Felder, sowie die andere der Grundsteuer unterliegende Natur waren grün, in den Gärten blühten die Pfirsich= und Mandelbäume, und ich war in jener heiteren Gemüthsverfassung, welche Herr Förster so wohl zu bewahren weiß, wenn er als König Lear seine Tochter Cordelia verstößt. Die schöne Jugend von Görz war im Sonntagsstaate, die Jünglinge zum größten Theile in chocoladebraunen Röcken und in Beinkleidern von jenem saftigen Grün, das ich mir schon längst für die Tapeten meines Arbeitszimmers in Wien gewünscht habe. Die hübschen Görzerinnen trippelten in die Domkirche, welche einem Olivenhaine glich, da alle Anwesenden geweihte Oelzweige in der Hand hielten.

Die unzähligen Frisirladen und Kaffeehäuser verrathen den italienischen Charakter der Stadt. Wie die kleine Stadt im Stande ist, alle die Pomaden= und Mokkavorräthe zu consumiren, begreife ich nicht, es ließe sich nur damit erklären, daß sich sämmtliche Kaffeesieder frisiren lassen, und dagegen alle Parruchieri vom Kaffee leben. Als italienische Stadt hat Görz selbstverständlich auch eine wälsche Oper. Ich bemühte mich, einen Sperrsitz zu Verdi's „Ballo in maschera" zu erhalten, und erfuhr, daß ich einen solchen beim — Bäcker bekommen könne. Den Görzern scheint jedoch die Oper noch mehr Lebensbedürfniß zu sein, als das Brod, denn während der Bäcker noch Semmeln in Hülle und Fülle hatte, waren die Sitze schon ganz und gar vergriffen. Ich erkundigte mich, ob nicht vielleicht altgebackene Sitze zu haben seien, erfuhr aber, daß die Sitze in Görz ebensowenig gebacken würden, als in anderen Städten, und daß der Bäcker deren Verkauf nur als künstlerische Nebenbeschäftigung betreibe. Ich ent=

schloß mich endlich, eine Loge zu nehmen, um den Abend in dem Kreise kunstsinniger Görzer zuzubringen.

Da der Beginn der Oper um halb acht Uhr stattfinden sollte, machte ich mich etwa eine Viertelstunde vorher auf den Weg und gelangte in jener gehobenen Stimmung, mit welcher man vielversprechenden Kunstgenüssen entgegengeht, zu dem Tempel der Kunst. Wie groß war aber mein Erstaunen, als ich denselben, obwohl nur mehr wenige Minuten zu der für den Beginn der Vorstellung festgesetzten Stunde fehlten, geschlossen fand. Ich umging denselben zu wiederholtenmalen, fand aber, wie Tamino, da er in die Villeggiatur Sarastro's einzudringen versucht, nirgends eine geöffnete Pforte, nur daß ich nicht einmal jenes „Zurück" zu hören bekam, mit welchem der Portier Sarastro's Bettlern, Hausirern und reisenden Prinzen die Thüre weist. Ich dachte schon, das Theater sei vielleicht in jenem geheimnißvollen Style gebaut, dessen sich gewisse Feuerzeuge erfreuen, welche nur mittels eines höchst überraschenden Kunstgriffes zu öffnen sind. Da ich aber stets in dieser technischen Fertigkeit eine große Ungeschicklichkeit an den Tag gelegt hatte, begab ich mich in das Kaffeehaus, welches mit den Musenräumlichkeiten in Verbindung steht, um mich bei dem Billard-Impresario zu erkundigen, in welcher Weise der einlaßheischende Fremdling in die geheimnißvollen Hallen gelangen könne.

Ich muß ausdrücklich bemerken, daß ich mich, falls man den Einlaß von einer Feuer- oder Wasserprobe abhängig gemacht hätte, einer solchen nicht würde unterzogen haben, sondern lieber in das Wirthshaus gegangen wäre.

Von dem Sprecher des Kaffeehauses, dem ich mein Verlangen vortrug, und der mich deßhalb, wie ich aus seinem Lächeln errieth, für einen in modische Kleider gesteckten Fidschi-Insulaner hielt, erfuhr ich, daß das Haus nicht früher als um die für den Beginn der Vorstellung anberaumte Stunde eröffnet werde, da die Kunstfreunde sich schon im Brodladen mit Karten versehen konnten, und daher der nur pro forma bestehenden Cassa nicht bedurften.

Richtig, fünf Minuten nach halb acht Uhr öffnete ein nachlässig rafirter Mann in vorgerückten Lebensjahren das große Thor.

Da stand ich denn am Ziele meiner Wünsche, aber allerdings ganz allein. Ein Billeteur, der eine gewisse staatsmännische Zurückhaltung vielleicht zu auffallend zur Schau trug, wies mir mit dem Zeigefinger den Weg. Ich stieg die Treppe hinan, dieselbe war ganz im egyptischen Style finster. Nachdem ich zweimal ausgeglitten und einmal mit dem Hute gegen ein Hinderniß angerannt war, dessen Natur mir noch jetzt nicht ganz klar ist, beschloß ich, mit meinen Zündhölzchen-Vorräthen nicht länger zu sparen, und mir so einen Weg durch die Logenwildniß zu bahnen. Leider reichten meine phosphorfreien und geruchlosen Freunde nur bis zur Loge Nr. 11, während meine Loge die Nummer 21 hatte.

So stand ich denn allein und verlassen vor fremden Logenthüren! O Isis und Osiris, rief ich, sollen denn hier, so nahe am Ziele, meine Hoffnungen scheitern, sollen meine Anstrengungen vergebens, meine Opfer fruchtlos gewesen sein? Ach! Ich weiß nicht, wie lange ich vor der Logenthüre 11 in dumpfem Hinbrüten gestanden haben mochte, da kam mir der sinnreiche Einfall, die in den Blinden-Instituten mit so großem Erfolge angewendete Methode mir anzueignen, und so lange von Logenthüre zu Logenthüre zu tappen, bis ich zehn Thüren getastet und so die Loge 21 gefunden haben würde. Der kühne Streich gelang, und bald fuhr ich mit einem Freudengeschrei in den sicheren Hafen meiner Loge ein. Das Theater war noch leer, eine Leere, die ein Oellampenluster schamhaft zu verheimlichen suchte. Ich war die einzige fühlende Brust in den drei Logen-Galerien; ein leichter Nebel lag über dem Parterre, aus welchem drei rothbelederte, jedoch unbewohnte Bänke trübe schimmerten. Auch auf der bei uns unter dem besonderen Schutze des heiligen Mathias stehenden Galerie waren keine Spuren menschlicher Ansiedlung zu finden. Mit einiger Bitterkeit verglich ich mein Los mit jenem des unglücklichen Robinson, und sank endlich ermüdet auf die Logenbrüstung.

Plötzlich wurden Schritte hörbar, die Thüre des Parterre that sich auf — Himmel, ein Mensch! War es ein Bösewicht, den sein schlimmes Gewissen zu den von Menschen gemiedensten Stätten trieb? Nein, böse Menschen haben keine Lieder, und der Mann sang laut: Dahühü, bahühü! Der Fremde zog ein Werkzeug unter dem Rocke hervor. — Vielleicht, dachte ich, will er das Parterre urbar machen. O Gott, was sah ich, der Fremde ging in das Orchester und das Instrument, das ich am ehesten für eine Schaufel gehalten hätte, war ein Violoncell. So trifft man Euch denn, ihr Musikanten, rief ich freudig bewegt, überall, selbst in der Görzer Oper?

Der Bann war gebrochen, das Orchester füllte sich, in dem Parterre wogte bald die chocoladebraun, mayonnaisegelb und spinatgrün gekleidete Menge, welche ich schon Vormittags vor der Kirche getroffen hatte, und in den Logen saßen kunstsinnige Familien im dichten Gedränge, als wenn ein Gewitter im Anzuge gewesen wäre. Die Aufführung war derart, daß ich wohl begriff, warum das Publicum sich so schwer entschlossen hatte, zu kommen. Es blieb mir aber unbegreiflich, warum es endlich doch gekommen war. Der Tenor sang, als wenn die Töne ihm in die unrechte Kehle gekommen wären und er Mühe gehabt hätte, sie wieder herauszubringen. Der Baryton sang unbekümmert um den Tact seinen rechten Stiefel an, die Primadonna rang vergeblich die Hände nach einem Tone und der Altistin hatte der Schmerz um das theure Vaterland die Stimme geraubt. Die Letztere begrüßte man ungeachtet ihrer Stimmlosigkeit mit einem wahren Beifallssturme, und es wurde ihr sogar aus einer Loge ein Kranz mit grün-weiß-rother Schleife geworfen. Die Schlaue war nämlich am Abend vorher auf der Bühne mit einem tricoloren Bouquet erschienen das die Sehnsucht nach der Annexion durch den Regalantuomo allegorisch andeuten sollte.

———

Zur Analyse der Generalversammlungen.

5. Juni 1870.

Die Unsicherheit nimmt in Wien in wahrhaft erschreckender
Weise zu, fast täglich sind die Spalten der Zeitungen mit Be=
richten über stattgefundene General=Versammlungen gefüllt. Die
Festlichkeit beginnt regelmäßig mit dem Vortrage einer kleinen
literarischen Arbeit des Verwaltungsraths, welche die helden=
müthigen Anstrengungen des letzteren, ein Geschäft abzuschließen,
besingt, sodann aber in einer kleinen Elegie „die Ungunst der Zeit"
beklagt, welche das Zustandekommen dieses Geschäftes unmöglich
gemacht habe und nach einer ergreifenden Grabrede auf die Super=
dividende in einem Schlußpsalm die Nothwendigkeit einer Erhöhung
der Verwaltungsrath=Tantième zu preisen bemüht ist.

Auf diesen erhebenden declamatorischen Theil der Feier folgt
in der Regel eine kleine komische Scene. Während nämlich der
Chor der gemietheten Actionäre in kurzen Wechselstrophen seine
Zustimmung zu den Anträgen des Verwaltungsraths zu erkennen
gibt, erhebt sich ein Actionär, welcher, trotzdem er die Anzahl der
Actien, die ein Stimmrecht geben, wirklich besitzt, sich doch in die
General=Versammlung einzuschleichen gewußt hat. Derselbe wird
aber sogleich, indem er das Interesse der Actionäre zu wahren
sucht, als Schein=Actionär, das heißt als solcher, der die Actien
nicht blos zum Schein besitzt, erkannt, unbarmherzig entlarvt und
in ausgelassenster Weise verhöhnt. Sachverständige behaupten, daß
sie diesem Theile der General=Versammlung wegen seines tollen
Humors und seiner ansteckenden Lustigkeit nur die italienischen
Carnevalsfeste an die Seite zu stellen wüßten.

Sobald der Eindringling die Geschäftsführung des Verwaltungs=
raths angreift, geben die Verwaltungsräthe dadurch, daß sie theils
auffallend gähnen, theils in kurzen Zwischenpausen auf die Uhr
sehen, zu erkennen, daß sie das Incognito des dreisten Sprechers
durchschaut, und ihn als heimlichen Actionär erkannt haben, welchem
die Actien, die er deponirt hat, wirklich gehören. Ist der Sprecher
ein schlauer Fuchs, so verzichtet er nach solchen bedrohlichen An=
zeichen auf das Wort, zieht seine allenfalls gestellten Anträge
schleunigst zurück oder verläßt, indem er Nasenbluten vorschützt,
die Scene, welche, einem lauten Kichern nach zu schließen, das
bereits auf mehreren Bänken hörbar wird, zum Tribunal zu wer=
den verspricht. Ist er aber ein Neuling, so mißachtet er die Vor=
boten des Sturmes, und hält auf der abschüssigen Bahn manch=
mal nicht eher inne, als bis er sich statt auf der Bahn auf der
Treppe befindet.

Wenn er die Ziffern des Rechenschaftsberichtes zu widerlegen
trachtet, so zeigt ihm das allgemeine Plaudern, daß die Ver=
sammelten anderen Unterhaltungsstoffen größeren Reiz abzugewinnen
wissen; greift er den Verwaltungsrath an, so belehrt ihn das
Murren der Anwesenden und ein lärmendes Reiben des Fuß=
bodens mit unverwüstlichen Stiefelsohlen, daß Niemand die Pietät
gegen Männer, welche große Tantièmen beziehen, ungeahndet ver=
letzen dürfe; wird er heftig gegen den Verwaltungsrath, so er=
innert ihn der allgemeine Orcan der Entrüstung und ein Platz=
regen von allgemein gangbaren Ehrenbeleidigungen, daß man auch
unter unanständigen Leuten den Anstand nicht außer Acht lassen
solle; und sollte er nun gar Anträge zu stellen wagen, so ver=
hallen diese im lauten Gelächter des dankbaren Publicums un=
gehört.

Die andauerndste Heiterkeit, deren sich bis jetzt ältere Ver=
waltungsräthe erinnern, erregte der Antrag eines eingeschlichenen
Actionärs, der das Stimmrecht auf Grundlage seiner eigenen Actien
auszuüben wagte: es möge statt der Tantième des Verwaltungs=

raths die Dividende der Actionäre erhöht werden. Um 11 Uhr 35 Minuten wurde dieser komische Antrag gestellt und das laute Gelächter begonnen. Dieses dauerte ununterbrochen bis 11 Uhr 42 Minuten, erhob sich dann nach einigen Rastsecunden von Neuem, und um 11 Uhr 50 Minuten lachten noch immer zwei Herren in ihre Taschentücher, von denen der Eine einen Schwager und der Andere ein Geschwisterkind im Verwaltungsrathe sitzen hatte.

Nachdem der Vorsitzende den Sprecher mehrmals zur Mäßigung ermahnt und sobald derselbe mit seinem Vortrage fertig und stille geworden ist, die Anwesenden ersucht hat, die Redefreiheit zu wahren, ergreift er selbst das Wort.

Er betheuert vor Allem, die dem Verwaltungsrathe so werthvolle Geduld der Actionäre durch eine eingehende Widerlegung der Scheingründe des Gegners nicht auf die Probe stellen zu wollen, bedauert sodann die Kostbarkeit der Zeit, welche nicht gestatte, auch nur eine oberflächliche Widerlegung der ungerechtfertigten Angriffe des Gegners zu versuchen, hält ferner die General-Versammlung nicht für eine passende Gelegenheit zur Widerlegung der irrigen Ansichten des Gegners und glaubt schließlich, daß der Verwaltungsrath seinen statutenmäßigen Wirkungskreis überschreiten würde, wollte er eine Widerlegung der ganz und gar falschen Auffassung des Gegners auch nur versuchen. Um aber den beleidigenden Vorwurf des Gegners zu widerlegen, daß der Verwaltungsrath sein eigenes Interesse auf Kosten jenes der Actionäre verfolge, indem er keine Dividende vertheile, wohl aber eine riesige Tantième beziehe, schlage der Verwaltungsrath den Actionären vor, mit ihm zu tauschen. Er beantrage daher eine Statuten-Aenderung in dem Sinne, daß die Dividende der Actionäre künftighin nach der Tantième des Verwaltungsraths berechnet werden und fünf Percent der letzteren betragen solle, so daß die Actionäre in jedem Jahre mit Bestimmtheit auf eine Dividende rechnen könnten.

Dieser opferwillige Antrag wird unter rauschendem Beifall angenommen.

Hierauf erhebt sich ein. schlichtgekleideter Herr, welcher auch sonst Commissionen gegen ein Billiges besorgt, um dem Verwaltungs= rathe den Dank der Versammlung auszusprechen. Der Präsident schließt dieselbe, und die Miethactionäre, welche als „Stimmvieh" einen Augenblick des Glückes genossen, verwandeln sich wieder in arme geplagte subalterne Comptoir=Menschen, die kein Verwaltungs= rath mehr: „meine Herren!" anspricht.

Landtags-Candidaten.

26. Juni 1870.

Der Mensch fing in dieser Woche beim geehrten Mitbürger
an. Der Mitbürger fing aber erst an, geehrt zu werden, wenn
er nachweisen konnte, daß er mehr als zehn Gulden an directen
Steuern bezahle.

Allen solchen geehrten Steuerzahlern wurde in Maueran-
schlägen erzählt, daß gewisse unersetzliche Güter der Nation, ich
weiß nicht mehr welche, gefährdet seien, eine Gefahr, der sich nur
durch die Wahl des Herrn Pitzelberger in den Landtag vorbeugen
lasse. Sodann eilten ein paar Hundert Herren — wenn das
neue Opernhaus nicht mehr Besucher hat, spricht man von einem
„leeren Haus" — in die Wahlstube, gaben dort Herrn Pitzelberger ihre Stimme, und wenn ich nicht irre, ist jetzt das Vaterland gerettet. Nachdem die aufgebotene Vaterlandrettungs-Mann-
schaft ihre geehrte Mitbürgerpflicht erfüllt hatte, ging sie wieder
an die Arbeit für die nächste Steuerrate, und befreite die Obli-
gationen von den lästigen Juli-Coupon-Auswüchsen, rundete die
Miethzinse auf höhere Beträge ab, verkaufte Leinwand, unter
welcher sich wie gewöhnlich Baumwolle befand, fertigte für die
streitsüchtige Menschheit beschwichtigende Expensnoten an, oder versprach, sie für fünf Gulden von den ältesten äußerlichen Krank-
heiten zu erlösen.

Da die Talente sich leider noch immer nicht dazu verstehen
wollen, hohe directe Steuern zu entrichten und sich in den Kreis
der geehrten Mitbürger aufnehmen zu lassen, war man wieder
gezwungen, „Charaktere" zu wählen, so daß man in der nächsten

7

Landtagssession keine Störung der öffentlichen Ruhe zu befürchten braucht. Der Charakter des ersten Bezirkes, Herr Dr. Jaques, fiel leider durch, obwohl er, um jede Stimmenzersplitterung zu vermeiden, die Wähler ersucht hatte, ihre Stimmen auf ihn zu vereinen, und trotzdem er sich, um die Schaar seiner Anhänger zu vergrößern, auf seine sämmtlichen vortrefflichen Eigenschaften, darunter auch auf den rituellen Leibschaden, den er kurz nach seiner Geburt erlitten, berufen hatte. Ebensowenig fand der Candidat der Clericalen, Herr J. C. Sothen, welcher der Verjudung seiner Wechselstube, bei deren Verkauf an die „Handelsbank" so besonnen vorzubeugen wußte, indem er mit dieser ein Concordat abschloß, wonach kein Jude weder die niederen Practikanten- noch die höheren Commisweihen jemals erhalten sollte, die gewünschte Nachfrage. Leider müssen wir auch darauf verzichten, Herrn Schindler, welcher die öden Parlamentshallen so oft mit seinen Scherzen durchtönte, unter den Abgeordneten wieder zu finden, da sein auf ein Engagement abzielendes Gastspiel bei den Wählern des Neubau vollständig mißglückte. Seine zu lebenslustige Auffassung volkswirthschaftlicher Fragen, sowie die Anbetung mehrerer goldener Kälber, deren er beschuldigt wird, soll die Wähler verstimmt und veranlaßt haben, den goldenen Schlüssel des Abgeordneten aus den Händen des jovialen Mannes zu nehmen.

Ich weiß nicht, ob der Kampf, den die „Alten" mit den „Jungen" zum Ergötzen der ungeehrten Mitbürger, welche noch nicht wahlreif sind, führten, nunmehr vorüber ist und ob die „Falschliberalen" und „Hofdemokraten" einander nur mehr im Stillen zu verachten gedenken, oder ob sie vorhaben, sich auch fernerhin die respectiven Ehrenbeleidigungen öffentlich zu erweisen. Am übelsten sind jedenfalls die durchgefallenen Candidaten der beiden Parteien daran, die durch kein Mandat dafür entschädigt wurden, daß sie mehrere Wochen hindurch in den Zeitungen der Gegenpartei mit Ausrufungs- und Fragezeichen (!) (?) (!?) (?!) mit Prädicaten, welche sonst nur in der descriptiven Zoologie Ver-

wendung finden, mit Euphemismen, die in der Regel zur Be-
schönigung gemeiner Verbrechen hervorgesucht werden, mit dichterischen Citaten, in welchen geistige Schwächezustände geschildert werden, mit Anekdoten aus dem Leben berühmter Straßenräuber u. s. f.
u. s. f. in ausgiebiger Weise überschüttet wurden.

Die vaterländische Polizei sah mit Bestürzung, wie der
Hang zu schweren Verbrechen unter den Respectspersonen, je näher
der Wahltag heranrückte, in erschreckender Zunahme begriffen sei,
die Irrenärzte besorgten, daß bei der Unzahl von Gehirnleiden,
von welchen höher besteuerte Staatsbürger befallen wurden, die
vorhandenen Räumlichkeiten nicht ausreichen würden, und die Besitzer der Wander-Menagerien im Prater setzten die Eintrittspreise
herunter, weil sie mit ihren Leistungen aus der höheren Zoologie
dem wilden, gefräßigen, heimtückischen und raubgierigen Landtags-
Candidaten gegenüber keine Anziehungskraft zu üben vermeinten.

Die Wahlschlacht ist endlich vorüber, und da beide Parteien
behaupten, den Sieg davongetragen zu haben, dürfen wir uns
der schmeichelhaften Erwartung hingeben, einen aus „Falschliberalen“
und „Hofdemokraten“ gemischten Landtag zu bekommen. Vorläufig aber sucht jede der beiden Parteien jene Großmuth an den
Tag zu legen, welche den wohlerzogenen Sieger auszeichnet, und
wenn jetzt ein „Alter“ einem „Jungen“ oder ein „Junger“ einem
„Alten“ einen Esel bohrt, glaubt man schon, die Regeln der
Etikette verletzt zu haben.

Der Schullehrertag.

12. Juni 1870.

Diese Pfingst=Woche gehörte den Kindern und den Lehrern. Mehr als die Kinder und Lehrer zogen aber die Blicke der ge= fühlvollen Beobachter jene Vertreterinnen holder Weiblichkeit auf sich, welche der Kenner der einheimischen Damenflora als „Godl" bewundert. Zu dem üppigen Wachsthum, mit welchem die nieder= österreichische Natur mit fast tropischer Liebenswürdigkeit unsere Landeskinder weiblichen Geschlechts ausgestattet hat, bildete der in seiner körperlichen Entwicklung auf ein Minimum reducirte deutsche Schullehrer einen beschämenden Gegensatz, und wenn nicht die Zeitungen das Gegentheil versichert hätten, konnte man weit eher die kühn blickenden Godeln für die Sieger von Sadowa halten als die schüchternen Propheten des A=B=C.

Einer größeren Carrière, als der deutsche Schullehrer in der öffentlichen Meinung gemacht, dürften sich wohl wenig andere hungrige Sterbliche rühmen. Bis zum Jahre 1866 gehörten der Schneider und der Schullehrer zu jenen Herren der Schöpfung, welche nur in besonders günstigen Erntejahren einen Schatten warfen. Nach der Ueberzeugung des Volkes jedoch hat dem Ersteren ungeachtet seines geringen specifischen Gewichtes das Bügeleisen in den Stürmen des Lebens stets einen sicheren Halt geboten. Es gehört daher jener federleichte, früher der Genossen= schaft der Kleidermacher, nunmehr der Ballade einverleibte Jüngling, welcher sich, den drohenden Barometerstand nicht achtend, auf die Simmeringer Haide wagte, wo alsobald zur Sühne für sein ver= brecherisches Nähen die strafende Gerechtigkeit in Form einer

Windhose ihn ereilt und „verweht" haben soll*), zu den Aus=
nahmen, denen man nachrühmt, daß sie die Regel bestätigen.

Den Schullehrer dagegen hat das Volk nie anders denn als
Märtyrer unserer mißlichen Approvisionirungs=Verhältnisse be=
trachtet, der in der Regel von seinen irdischen Leiden durch ein
plötzlich eintretendes Aufschlagen der Mundmehlpreise für immer
erlöst wird. Wer erinnert sich nicht mit Bekümmerniß aus
früherer Zeit jenes reiferen Pädagogen, welcher in den „Charac=
terbildern für das Volk" schon durch mehrere Acte nichts Warmes
zu sich genommen hatte? Wer gedenkt nicht der Tausenden von
Couplets, in welchen die Behörde auf den in erschreckender Zu=
nahme begriffenen Appetit der einheimischen Lehrkräfte immer
wieder aufmerksam gemacht wurde?

Dies Alles hat sich seit dem Jahre 1866 geändert, nach=
dem ein jovialer Unbekannter das Gerücht ausgesprengt hatte, die
preußischen Schulmeister hätten bei Sadowa gesiegt und die Denker
wie gewöhnlich sich beeilten, diesen Scherz für Ernst zu nehmen,
so daß Jedermann, der auf Bildung Anspruch macht, heutzutage
von der strategischen Wichtigkeit des A=B=C durchdrungen ist.

In unserem Vaterlande, wo man nicht mehr länger um eine
Idee zurück sein will, wäre dieser löbliche Entschluß durch ein
Mißverständniß bald zu Schanden geworden. Einige unserer
schwerhörigen Strategen hatten nämlich mißverstanden, die Schneider
hätten bei Sadowa gesiegt und sofort suchte man durch einen
wahrhaft staunenswerthen Reichthum an Uniform=Ideen einigen
Jahrhunderten vorzueilen und durch die interessantesten Farben=
Zusammenstellungen die Grenzen des Landes gegen feindliche Ein=
fälle zu schützen. Sachverständige versicherten damals, daß die
Armee durch unausgesetztes Exerciren im An= und Auskleiden mit
einer wunderbaren Präcision die Kleider wechselte. Hieburch er=

---

*) Auf der Simmeringer Haab
Hat's an Schneider verwaht,
Es g'schieht ihm schon recht,
Warum naht er so schlecht?

hielt der Schneider, dessen kriegerische Bedeutung früher nie ge-
ahnt worden war, einen militärischen Beigeschmack und in den
kriegerischen Dramen des Hofpoeten Herrn Weilen aus jener Zeit
sind auch in der That die Helden von den Schneidern kaum
mehr zu unterscheiden.

Erst später klärte sich das Mißverständniß auf und man erfuhr, daß nicht die Schneider, sondern die Schulmeister bei Sadowa
gesiegt hätten, so daß jetzt die männliche Jugend, wenn sie noch
warm aus der Schulbank kommt, sogleich unter das wißbegierige
Militär gesteckt wird, und um den Schulmeister, welcher dieselben
zu Zukunftssiegern heranbildet, ein gewisser Generalstabs-Nimbus
strahlt.

Der hungrige Schulmeister, dieser einstige Trost der Halb-
satten und Stolz Derjenigen, die nicht lesen und schreiben gelernt
hatten, existirt nicht mehr, und mit Stolz dürfen wir darauf hinweisen, daß schon an dieser Lehrerversammlung Einige Theil genommen haben, welche nicht nur zu viel gegessen, sondern sogar
zu viel getrunken hatten.

Nur Deutſch!

28. Auguſt 1870.

Es laufen jetzt ein paar Völker auf der Erde herum, von
denen man eigentlich nicht weiß, wozu ſie da ſind. Wenn ich
zu dieſen vor Allem die Völker Oeſterreichs rechne, ſo geſchieht
dies nicht aus Nationalſtolz, ſondern um eine offenkundige That=
ſache nicht todtzuſchweigen. Es wird zwar jetzt von der k. k. Preß=
verleitung' ein etwas zu voreilig weggeworfener „öſterreichiſcher
Staatsgedanke" wieder zuſammengeklaubt, und von officiöſen
Culturträgern an die Provinzpreſſe vertheilt, aber kein Menſch
glaubt unter den Staatsdenkern, die gegenwärtig über die Re=
gierung brüten, an einen Staatsgedanken, höchſtens an einen Staats=
einfall.

Als ich neulich von Paris kommend über die Schweiz und
Teutſchland nach meinem Vaterlande zurückkehrte, da ließ ich be=
trübt den Kopf hängen. Ich machte in Linz Halt, um mich erſt
wieder zu acclimatiſiren, und dort alle Cultur auszuſchlafen. Ebenda
hörte ich von unſerem neuen Völkerfrühling: Die Polaken hatten
wieder unter der Führung begeiſterter Patrioten die Juden ge=
plündert, und die Tſchechen den Deutſchen die Fenſter eingeſchlagen.
Als ich Abends meinen Unmuth ſpazieren führte, und einer Statue
der Göttin der Gerechtigkeit begegnete, da mußte ich lachen, daß
ein ſo erwachſenes Frauenzimmer noch immer blinde Kuh ſpiele.

Wenn unſere ſlaviſchen Staatsgefährten, dachte ich, die Siege
der Franzoſen mit ſo herrlichen Thaten feiern, ſo wird man doch
in der deutſchen Stadt Wien zur Feier der deutſchen Siege
mindeſtens illuminiren! Ach, hier führte Wenzel der Deutſchen=

fresser das große Wort und docirte Völkerrecht. Die Neutralität
verbiete Alles, sogar für die deutschen Verwundeten zu sammeln
oder deutsche Lieder zu singen, man müßte denn „Die Wacht am
Rhein" etwa so singen wollen: „Lieb' Vaterland, mir ruhig sei,
fest steht die Wacht der Polizei." Deutsche jedoch in Polen und
Böhmen zu insultiren, das verbot nicht die Neutralität. Man
sieht hieraus, welchen Spielraum „das Recht der Neutralen" noch
immer der nationalen Begeisterung des deutschfressenden Theils
der Bevölkerung gewährte.

Aber, Gott sei Dank, der Deutsche ist brav, gesittet und
wohlerzogen, er verkriecht sich im Nothfalle in seine Kammer, singt
seine tauben vier Wände an, und illuminirt auf erlaubte Weise,
indem er, die glimmende Cigarre im Munde, den Kopf zum
Fenster heraussteckt, und wenn er auf die Straße kommt unter
Leute, dann macht er das dümmstneutrale Gesicht, nur um die
berechtigte Empfindlichkeit des Börsenvolks und der Slovakennation
zu schonen. Hätte sie nur die behördliche Bewilligung, die deutsche
Gesinnung! O, man würde kein Opfer scheuen, und wenn es sein
müßte, ebenso gern vier Gulden für eine Deutschenmarke bezahlen, wie
für eine Hundemarke, vorausgesetzt, daß man dann ebenfalls ohne
Maulkorb herumlaufen dürfte. Der Deutsch-Oesterreicher beißt ja
nicht und wird nicht toll, und hat in seinen Hundstagen, die schon
Jahre währen, immer ruhig Wasser getrunken, während man den
Anderen Wein credenzt hat.

Dauert dies fort, dann möchte man lieber Stadtträger sein
als Culturträger.

Doch nein, der Telegraphendraht zerstört meine Besorgnisse,
denn der Himmel hängt ja voller Geigen, auf denen die Tschechen
den Versöhnungsmarsch spielen. Hurrah! Die Geschichte wird die
letzten Deutschenkrawalle als die letzten verzeichnen, und die Deutschen Böhmens mögen denn in Gottes Namen die Glaserrechnung
bezahlen, und die „Versöhnungshand" schütteln, welche ihnen Herr
Dr. Rieger, dem letzten Abendblatte zufolge, zu hoffentlich an-
nehmbaren Bedingungen angetragen hat. Wenn aber der tschechische

Friedenspfeifenstopfer in seiner Ansprache an die deutschen Ab=
geordneten hervorhob, daß „die großen Ereignisse, welche sich in
Europa vorbereiten, den Zerfall Oesterreichs nicht unbedingt noth=
wendig machen", so scheint es beinahe, als hätte er damit nur be=
absichtigt, dem von ihm offerirten Versöhnungstabak ein besseres
Aroma zu geben, als er vielleicht in der That besitzt. Denn wir
glauben vielmehr, daß diese großen Ereignisse am meisten dazu
beitragen werden, den von Herrn Rieger gütigst befürchteten Zer=
fall zu verhindern, indem die Deutschen Oesterreichs gerade ihnen
die vielen Versöhnungsschmätze zu danken haben, welchen mit
Spannung entgegengesehen werden darf.

Die Herren Symbolographen, welche zu wiederholtenmalen
so freundlich waren, die Völker Oesterreichs in einem Tableau zu
vereinigen, mögen denn von Neuem den Griffel in ihre versöhnende
Hand nehmen, um die österreichischen Stämme ohne Unterschied
der Waden und Nasen symbolisch zu gruppiren.

Es unterliegt kaum einem Zweifel, daß die Erneuerung dieses
so beliebten etnographischen Scherzes ein dankbares Publicum
finden wird.

Hofrath Julian Klaczko.

4. September 1870.

Während die deutsche Heldenarmee auf Paris marschirt, erheben sich in unserem Vaterlande rührige Hanswurste und beginnen mit ihren Schellenkappen Sturm zu läuten. Obwohl noch kaum die Vierziggulden-Wunden vernarbt sind, welche uns der ehrenvolle Frieden mit den Bocchesen geschlagen, sollen wir neuerdings das Schwert aus der Scheide ziehen, um „die deutschen Barbaren" in ihre Höhlen zurückzutreiben.

Herr Julian Klaczko, Hofrath in unserem Ministerium der auswärtigen Angelegenheiten, bekanntlich eine Anstalt, deren Zweck es ist, unbemittelten Ausländern Gelegenheit zu geben, mit den österreichischen Staatseinrichtungen kostspielige Experimente anzustellen, hat sich an die Spitze dieser Wortheldenschaar gestellt. Bei einem Gastspiele, welches er im galizischen Landtage gab, beschwor er die polnischen Starosten bei Allem, was uns lächerlich ist, die Deutschösterreicher mögen Gut und Blut opfern, um die französischen „Apostel", wohin der Hofrath „Alles in Frankreich vom commis voyageur bis zum Missionär" rechnet, gegen die „Wölfe", wie nach der Behauptung des Redners die Preußen in der patriotischen Umgangssprache der Polen genannt werden, zu schützen.

Wohl werde man sagen, bemerkte Herr Julian, „die französische Nation habe Vorzüge, habe schöne Eigenschaften, sie sei aber auch von Fehlern, Lastern u. s. w. nicht frei". Allein gerade weil die französische Nation „alle positiven Seiten des menschlichen Lebens vorstelle", verdiene sie den „wahren Namen einer

Nation". Wenn unſer Hofrath den Cancan und die ganze ſicht=
bare Welt, welche dieſer aufſchließt, zu den poſitiven Seiten des
menſchlichen Lebens zählt, ſo wollen wir mit ihm hierüber nicht
rechten, wohl aber ſcheint uns die Definition der „wahren Nation",
welche er gegeben, etwas allgemein gehalten zu ſein, indem ja
alle Nationen ſchöne Eigenſchaften, aber auch Fehler, alſo alle
ſogenannten „poſitiven" Seiten beſitzen, und daher nicht abzuſehen
iſt, wie der wißbegierige Laie die wahren Nationen von den un=
wahren unterſcheiden ſoll.

So hat die polniſche Nation beiſpielsweiſe die ſchöne Eigen=
ſchaft, daß ſie Patrioten beſitzt, dagegen haben dieſe die poſitive
Seite, daß ſie auf der Börſe ſpeculiren; die Polen haben nicht
nur die ſchöne Eigenſchaft, eine Vormauer gegen die Ruſſen zu
ſein, ſondern leider auch die poſitive Seite, daß ſie dieſe Vor=
mauer faſt nie mit Seife waſchen, und neben der ſchönen Eigen=
ſchaft eines großen Durſtes beſitzen ſie die poſitive Seite, den=
ſelben nur mit Schnäpſen zu löſchen. Ja ſelbſt die barbariſchen
Deutſchen müßten dann eine wahre Nation ſein, denn ſie haben
nicht nur die ſchöne Eigenſchaft, groß und mächtig zu ſein, ſondern
auch die poſitive Seite, ſich von kleinen, ohnmächtigen Völkern
höhnen zu laſſen. Freilich ſcheinen die Deutſchen dieſe poſitive
Seite jetzt ablegen zu wollen, und werden daher aus der Reihe
der „wahren Nationen" zu ſtreichen ſein.

Nachdem der Herr Hofrath der franzöſiſchen Nation und dem
apoſtoliſchen Charakter ihrer Weinreiſenden volle Gerechtigkeit hatte
widerfahren laſſen, beſudelte er unter Beifall und Heiterkeit des
Hauſes die Deutſchen und die deutſche Preſſe. Er wies auf
Grundlage hiſtoriſcher Studien, die er wahrſcheinlich im „Gaulois"
und „Figaro" gemacht, nach, daß die Franzoſen enthaltſam, die
Deutſchen aber „beutegierig ſeien" ſeien, und meinte, der „Preis"
der Artikel der deutſchen Blätter, „welche auf Seite der preußiſchen
Ländereroberer ſtehen", ſei den Herren gewiß bekannt. Die Höhe
des Preiſes, um welchen man ſein Vaterland verräth, mag den
polniſchen Herren aus jener Zeit her bekannt ſein, da es die

russische Regierung noch der Mühe werth fand, den polnischen Adel zu bestechen; Herr Klaczko bedachte aber nicht, daß seit dieser Zeit die Preise der Lebensmittel bedeutend gestiegen sind, und daß es daher von Nutzen gewesen wäre, zu erfahren, wie hoch sich jetzt die Durchschnittspreise für den Landesverrath stellen. Nachdem der Redner noch als besondere Würze des Krieges, den er für Oesterreich vermitteln wollte, hervorgehoben hatte, daß derselbe ein Religionskrieg wäre, forderte er die Regierung auf, „das Schicksal der Welt zu entscheiden."

Nun, ich denke, die österreichische Regierung könnte in der That nichts Klügeres thun, als marschiren zu lassen, aber nicht die Armee, sondern den Herrn Hofrath.

Der Zerfall Oesterreichs, Graf Beust und andere Kleinigkeiten.

18. September 1870.

Der Zerfall Oesterreichs war in dieser Woche ein beliebter Unterhaltungs-Gegenstand. Auf der Tribüne und in den Zeitungen wurde dieses anregende Thema in mehr oder minder ausführlicher Weise behandelt, und wie sonst über das Wetter sprach man in der Gesellschaft über den Zerfall Oesterreichs:

„Glauben Sie, daß dieses Oesterreich noch lange anhalten wird?"

„O nein, ich denke, es wird sich wieder verziehen" u. s. f. u. s. f.

Man hat unlängst bei uns die Geschmacklosigkeit begangen, einen armen Teufel, welcher in seinem Enthusiasmus über die Proclamirung der französischen Republik: „Es lebe die Republik!" ausrief, des Verbrechens des Hochverrathes anzuklagen, während doch die wirklichen Hochverräther niemals die Republik hoch leben lassen, sondern über Aufforderung des Landtags-Präsidenten ein dreimaliges Hoch auf Se. Majestät den Kaiser ausbringen. Freilich, seitdem man angefangen hat, anerkannte Reichsrathssprenger zu Ministern zu machen, trägt Jeder, der sich die Zerstückelung Oesterreichs angelegen sein läßt, das Minister-Portefeuille in der Tasche, sowie mancher begabte Dieb das Anstellungsdecret als Polizei-Agent einem scharfsinnigen Einbruchsdiebstahle zu danken hatte. Letzthin noch war auf dem böhmischen Landtage von einer Viertheilung Oesterreichs die Rede. Während man also sonst die Vaterlandsverräther geviertheilt hat, viertheilt man heute das Vaterland und die Verräther kommen zu Amt und Würden. Mit dem Rufe „das Vaterland ist in Gefahr" stürzen sich die Patrioten auf dieses, um es zu zerstückeln.

Sehr übel wäre dieser böhmische Landtag bald Seiner Excellenz, dem Grafen Beust bekommen. Nachdem nämlich Herr Rieger mit tiefer Wehmuth der Corruption des österreichischen Reichsraths gedacht hatte (die Czechen haben es sich nur selbst zuzuschreiben, wenn sie leer ausgehen; hätten sie an dem Reichsrathe theilge= nommen, so würde man sie gewiß auch berücksichtigt haben), er= laubte er sich einige hämische Anspielungen auf die nunmehr ge= ordneten Vermögensverhältnisse Seiner Excellenz und suchte die Sparsamkeit des vorsorglichen Staatsmannes, mittels welcher es diesem schon nach kurzer Zeit gelang, für die Tage des Alters und der Krankheit oder eines unvorhergesehenen Privatlebens einen kleinen Nothpfennig auf die Seite zu legen, zu begeifern. Ist es nicht traurig, zu sehen, wie man das Mißtrauen gerade gegen den Mann zu schüren versucht, welcher mindestens 275mal erklärt hat, daß er nichts verlange wie Vertrauen!

Kein Mensch kann sich vor seinem Tode glücklich preisen, daß er nicht österreichischer Minister geworden ist; wenn also auch mich das Los treffen sollte, etwa an Stelle des Herrn Lonyai Schatzkanzler des Reiches zu werden, so würde ich, nur um die zu ärgern, welche sich kein Gewissen daraus machen, einem Minister alles Böse nachzusagen, das er verschuldet hat, meine Sparpfennige niemals aus dem Beutel anderer Leute recrutiren.

Es sei mir erlaubt, hier zu bemerken, daß ich nur einmal in meinem Leben bestochen worden bin, daß mir aber seitdem die Lust an Bestechungen für immer vergangen ist. Ich hatte näm= lich eines Tages auf das Menu meines Mittagessens eine größere Sorgfalt verwendet als gewöhnlich und nahm zum Schlusse, um das Gebäude zu krönen, vom Kellner eine Cigarre, welche er mir mit vierzig Kreuzern in Rechnung stellte. Ich hatte kaum be= gonnen, in dem Aroma derselben zu schwelgen, als sich ein Herr, welchen ich nur ganz oberflächlich kannte, neben mich setzte und mich im Hinweise auf unsere alte Freundschaft ersuchte, der neuen geruchlosen Retiraden, welche er erzeugte, in meinem nächsten Feuilleton anerkennend Erwähnung zu thun. Zugleich aber faßte er, um seiner Bitte größeren Nachdruck zu geben, meine Cigarre, die ich unvorsichtigerweise auf den Tisch gelegt hatte, warf sie weg und mit den Worten: hier haben Sie eine bessere! reichte er mir selbstbewußt eine Milares zu zehn Kreuzer, welche sich von den geruchlosen Retiraden des großherzigen Spenders durch ihren Geruch unvortheilhaft unterschied.

Es ist aber wirklich jetzt nicht der richtige Zeitpunkt, sich mit solchen Kleinigkeiten, wie es österreichische Minister sind, ernsthaft zu beschäftigen. In kaum vierzehn Tagen ist die Erde um zwei Potentaten ärmer geworden und dieser Glücksfall ist schon fast vergessen. Der bekannte italienische Gutsbesitzer Pius IX. fristet nur ein kümmerliches Notizendasein in den Zeitungen und auch dem jüngsten Exsohne der Kirche, Napoleon III., wird nur hin und wieder von einem Feuilletonisten ein Stein der Erinnerung nachgeworfen. Ja, der Krieg macht Alles todt!

Die Marseillaise als tschechische Hymne.

2. October 1870.

Die Tschechen haben neulich die Vorstellung einer phantasti=
schen Posse im Prager Theater, bei welcher die französische Re=
publik mimisch=plastisch verherrlicht wurde, dazu benützt, die Mar=
seillaise zu singen. Wenn die Franzosen noch jene galante Nation
sind, als welche man sie ausgeschrieen hat, so wird ihnen wohl
jetzt nichts Anderes übrig bleiben, als ihrerseits das tschechische
Nationallied „Kde domov můj" einzustudiren.

Ueberraschend für mich ist nur das Sprachentalent des tschechi=
schen Volkes, wodurch es in den Stand gesetzt ist, nachdem es erst
unlängst russische Hymnen zur Verherrlichung des Czaren gesungen,
jetzt wieder, ungeachtet des kurzen Zwischenraumes, diesen be=
geisterten Lobpsalm auf die französische Republik anzustimmen. Da
man hienach der gegründeten Vermuthung Raum geben darf, daß
die Tschechen bei ihren Demonstrationen den Reiz einer linguisti=
schen Abwechslung lieben, so kann es sehr leicht möglich sein, daß
sie schon jetzt wieder sich im Englischen zu vervollkommnen trach=
ten, um bei der ersten sich darbietenden unpassenden Gelegenheit
den Yankee Doodle vorzutragen, oder daß das tschechische Theater=
Publicum nächstens den Turban als Kopfbedeckung wählt, und
während der Zwischenacte das bekannte Ständchen: „Allah ist groß
und Muhamed ist sein Prophet" zum Besten giebt.

Es sollte mich vor Verwunderung nicht der Schlag rühren,
wenn die Declaranten schließlich dazu gelangen würden, sich zu
tätowiren, eine Fischgräte durch die Nase zu stecken und im Par=
terre des tschechischen Theaters mit indianischen Naturtänzen zu
debutiren, oder wenn die tschechischen Notabeln plötzlich als Mohren

gefärbt in der Loge erschienen, und unter den Zurufen einer be=
geisterten Menge dem Tamtam demonstrative Klänge entlockten.

Es liegt mir zwar nichts daran, aber ich verstehe die Tschechen
nicht, die noch vor einem halben Jahre der russischen Knute Kuß=
händchen zugeworfen haben, und jetzt wieder in gewähltem Fran=
zösisch sämmtliche Tyrannen zum Teufel jagen wollen. Man kann
nach alledem nur vermuthen, daß sie als die einzige ihnen behagende
Regierungsform die französische Republik mit dem russischen Czaren
als Alleinherrscher an der Spitze betrachten.

Originell in ihrer Art war die Verfügung, welche die Prager
Polizei getroffen hatte, um den republikanischen Demonstrationen
des tschechischen Theater=Publicums vorzubeugen, indem sie an=
ordnete, daß die Republik nicht, wie beabsichtigt, roth, sondern
blau dargestellt werden solle. Ich habe mich zu wenig mit der
Farbenchemie beschäftigt, um zu wissen, ob eine blaue Republik
wirklich weniger ansteckend wirkt als eine rothe, und ob sich nicht
für eine olivengrüne Republik schließlich dieselben Zweckmäßigkeits=
gründe geltend machen ließen, wie für eine himmelblaue.

Ich begreife aber nicht, warum die Polizei, anstatt die rothe
Farbe zu verbieten, und die Figur der Republik zu gestatten, es
nicht vorgezogen hat, die Figur der Republik zu verbieten und die
rothe Farbe zu gestatten, so daß die Schauspieler statt der blauen
Republik etwa eine löbliche rothe Finanz=Bezirks=Direction zu ver=
herrlichen beauftragt worden wären. Eine Maßregel, welche sich
schon mit Rücksicht auf den Umstand empfohlen hätte, daß die Farbe
der Republik der Mehrzahl der Menschen bekannt ist, während noch
Niemand die Farbe einer Finanz=Bezirks=Direction auch nur ahnt.

Hat aber die Polizei das Recht, die Republik zu bläuen, so
sehe ich nicht ein, wie man ihr das Recht streitig machen will,
auch andere Farbenbestimmungen zu treffen und beispielsweise an=
zuordnen, daß die Farbe der Unschuld künftighin nicht mehr weiß,
sondern ein blasses Tricotrosa sein solle.

Man lasse doch den Tschechen das kindliche Vergnügen! Wie
Se. kaiserliche Majestät Faustin auf Haiti den Kaiser spielte und

8

carrikirte, so spielen die Tschechen Nation und carrikiren das Wesen einer solchen. Als in unserem theuren Gesammtvaterlande die historisch=politischen Beinkleider in die Mode kamen, die ältesten böhmischen Schneider jedoch sich an keine tschechische Nationaltracht erinnern konnten, erfanden die Originalböhmen eine solche, und schafften alsobald diesem abenteuerlichen Kleiderragout den gewünschten Eingang in das Modejournal. Hatte sich aber bei den Magyaren das Princip Geltung verschafft, daß die Hose zu eng, der Rock dagegen zu weit sein müsse, so stellten die Tschechen dieses Princip auf den Kopf und bestimmten in ihrer nationalen Kleiderordnung, daß die Hose zu weit und der Rock dafür zu eng sein solle. Wie alle unsere unterdrückten Völker ihre nationale Kopfbedeckung mit Pelz verbrämten, um ihre erhitzte Phantasie vor Erkältung zu bewahren, so schöpften auch die Tschechen zu gleichem Zwecke aus dem reichen Borne der Pelzwaaren und schwitzten unausgesetzt mit Köpfen und Füßen dem Deutschthum entgegen.

Um in den Geruch eines bejahrten Culturvolkes zu kommen, erfanden sie sich eine alte National=Literatur, welche aber nicht in Bibliotheken, sondern in Kellern unter Erdäpfelsäcken von vater= ländischen Philologen, welche dort ihren gelehrten Forschungen oblagen, aufgestöbert wurde. Die wackeren Gelehrten waren in Anbetracht des patriotischen Zweckes nicht davor zurückgeschreckt, denselben Weg zweimal zu machen, einmal um die Handschrift einzugraben, und das anderemal, um sie an der bekannten Stelle wieder hervorzuschaufeln.

Da die Tschechen endlich keine zu Recht bestehende Privat= verfassung hatten, welcher zu Ehren sie die so beliebten Verfassungs= kampfspiele hätten aufführen können, beriefen sie sich auf die „vernewerte Landesordnung" aus der Zeit der Schnabelschuhe und Scheiterhaufen, und erheitern die Welt mit dieser Carricatur eines Verfassungskampfes. Die deutschen Siege jedoch haben einen Strich durch die politische Rechnung der Tschechen gemacht, und so stehen jetzt die Declaranten am Weißen Berg.

Der Schmerz des Grafen Thun.

9. Oktober 1870.

Die Rede, welche der feudal=clerical=loyal=patriarchal=nationale Patental=Invalide, der Herr Ex=Minister Graf Leopold Leo Thun, im böhmischen Landtage gegen die von der deutschen Minorität beantragte Vornahme der Reichsrathswahlen zum Besten gab, hat das Zwerchfell auch der entfernteren Wiener Leser in eine unter den jetzigen Verhältnissen doppelt wohlthuende Vibration versetzt.

Der nationale Vorbeter betheuerte, der Schmerz der Minorität darüber, daß den wiederholten Aufforderungen Sr. Majestät des Kaisers, den Reichsrath zu beschicken, nicht Folge geleistet werde, könne sich als ein beschränkter Unterthanenschmerz keineswegs mit jenem Eliteschmerze messen, welchen „er und viele seiner Standesgenossen in noch mehr hervorragender Weise und tiefer als Andere empfänden". Und zwar verdanken er sowie die wenigen „vielen Anderen" die sowohl in der Höhe wie in der Tiefe ausgezeichnete Qualität dieses Schmerzes ihrem Wappenvieh, oder wie der edle Graf sich ausdrückte, „der Stellung, die uns die Vorsehung einmal gegeben hat".

Ich stehe als Plebejer mit der Vorsehung nicht auf jenem vertrauten Fuße wie diese Herren, welchen, wenn sie ihren Ballfrack anlegen, die Vorsehung denselben aus dem Kleiderkasten langt. Aber das Eine weiß ich, daß der Vorsehung, wenn sie es wirklich ist, welche „die Stellung uns gibt", öfter ein kleiner Schabernack gespielt wird, denn es ist schon Mancher von der Vorsehung zur Stellung eines Grafen berufen, und von dem k. k. Landesgericht in Strafsachen von dieser Stellung wieder abberufen worden.

8*

Oder vielleicht weiß ich nicht, was die Vorsehung ist. Möglicherweise sind unsere miserablen Finanzzustände, denen so Mancher,
dem an seiner Wiege nur Börsencurse vorgesungen wurden, seine
„Stellung" verdankt, die Vorsehung. Sind aber diese nicht die
Vorsehung und ist die Stellungsvermittlerin, welche der Herr
Graf Thun gemeint hat, die alte Vorsehung, dann hat ja Herr
Jonas Freiherr v. Königswarter, der jüngste unserer unvorhergesehenen Barone, der Vorsehung eine Nase gedreht, er, der jetzt
ohne Vorsehung ebenso eine Stellung hat, wie sein Standesge-
nosse Leopold Löw Thun.

Mir fiel, als ich die Bemerkung des Tschechengrafen las,
daß er und seine Standesgenossen den Schmerz hervorragender
und tiefer empfänden, jene schöne junge Gräfin ein, welche in
Kindesnöthen lag, und die in ihrer Angst und Qual von Zeit zu
Zeit standesgemäß: o mon Dieu! o mon Dieu! rief, ohne daß
der erfahrene Arzt, der an ihrem Bette saß, Miene machte, der
Dulderin beizuspringen. Als sie aber wie eine gemeine Schuster-
frau aufschrie: Jesus, Maria und Josef! da winkte der Arzt der
Hebamme, und rief: Nun ist es Zeit!

Nachdem der Graf die Thränen, welche ja selbst das Kro-
kodil (aus der alten angesehenen Familie der Saurier) in seiner
öffentlichen Wirksamkeit nicht zu entbehren vermag, getrocknet, und
seinen hervorragenderen und tieferen Schmerz nach oben wie nach
unten bemeistert hatte, machte er einige herzhafte Späße über die
österreichische Verfassung, als wenn es sich nicht um die Staats-
grundgesetze, sondern um Beseda-Statuten gehandelt hätte.

Der tschechische Dulder wies sodann, um die Unterdrückung
alles Tschechischen recht augenscheinlich darzuthun, darauf hin, daß
die Postrecepisse zwar auf der Rückseite auch in tschechischer Sprache
gedruckt seien, von den Postbeamten jedoch in der Regel nur auf
der deutschen Vorderseite ausgefüllt würden. Ich glaube, daß
der edle Graf mit dieser Beschwerde den armen Postbeamten Unrecht gethan hat. Wenn diese in der Mehrzahl der Fälle die
deutsche Seite des Recepisse ausfüllen, so dürfte dies wohl daher

rühren, daß auch die Mehrzahl der Adressaten Deutsche sind, da
sich die Tschechen ihre Gedanken nie mittheilen, die seltenen Fälle
ausgenommen, in welchen sie solche haben. Ist aber dem Herrn
Grafen Thun und seinen Standesgenossen das Unglück passirt, daß
die sie betreffenden Recepisse auf der deutschen Seite ausgefüllt
waren statt auf der tschechischen, so ist ja der Irrthum des schuld-
tragenden Postbeamten gewiß verzeihlich, da dieser nicht leicht errathen konnte, daß die Namen Thun, Schwarzenberg, Westfalen,
Thurn=Taxis u. s. f. tschechische Familiennamen sind.

Nachdem Graf Thun die Regierung noch mit bitteren Vor-
würfen überhäuft hatte, daß an der deutschen Universität Prag
nicht tschechisch vorgetragen werde und so nur an den bereits ganz
tschechischen Elementar= und Mittelschulen nichts gelernt werde,
schloß er seine Rede, indem er den heiligen Wenzel mit den
Worten eines einheimischen Chronisten anrief: „Heiliger Wenzel
werde uns ein Wratislaw!" Wir geben uns der Hoffnung hin, daß
der fromme Herr Graf doch mindestens so einsichtsvoll sein werde,
nicht auch noch von der Regierung zu verlangen, daß sie aus
dem heiligen Wenzel den Herrn Wratislaw machen solle!

Graf Horn.

Trauerspiel von Josef Weilen.

6. November 1870.

Der dramatische Dichter Herr Josef Weilen, der sonst nur
in der dunkeln Vorzeit sein Unwesen trieb, und den unglücklichen
Helden und Heldinnen jener Zeit auflauerte, hat sich mit seinem
neuesten Drama: „Graf Horn" keck in die lichte Gegenwart ge=
wagt. Nachdem er die böhmischen Wälder die er mit „Draho=
mira" betreten hatte, verlassen, und erst unlängst in der Gegend
von Hainburg den armen auf der Völkerwanderung begriffenen
König Alboin meuchlings überfallen, ist er unlängst gar in der
„Strauchgasse" erschienen, und hat dort einen Börsenschwindler,
Namens Law (soll wohl Löw heißen!) aufgehoben und in sein
sicheres Versteck, auf die Bühne des Burgtheaters, geschleppt.
Herr Weilen hat mit seinem Drama die Gelegenheit beim drama=
tischen Schopf gefaßt, und ist, wie der Lyriker, der anstatt den
broblosen Lenz zu besingen, zur Entbindung einer hohen Gönnerin
in die Saiten greift, Gelegenheitsdichter geworden. Ein solcher
aber, der den Zuschauer dort kratzen will, wo es ihn gerade juckt,
muß in unserer schnellen Zeit flinker sein als Herr Weilen, welcher
den Zuschauer dort kratzt, wo es ihn vor anderthalb Jahren ge=
juckt hat. Den Gründungsschwindel pfeifen ja schon die Spatzen
auf den Dächern aus, und was soll uns also der Graf Horn in
einer Zeit der Baisse, da Forstbank=Actien auf 18½ gefallen sind.
Die Contremine reinigt diese Leidenschaft des Publicums weit

beſſer, als die Tragödie! Unſer Dichter will durch und durch
realiſtiſch ſein, und doch wie wenig iſt ihm dies gelungen. Faſt
ſollte man glauben, daß er ſich an den Zeitgenoſſen, die ihn nie
verſtanden, zu rächen ſuchte, indem er zeigt, daß er auch ſie nicht
verſteht. Er glaubt, daß uns ſeine Thonfiguren prickeln, wenn
er ſie mit Pfeffer beſtreut!

Die beiden Helden des Stückes, Graf Horn und der obiſch-
magnetiſche Volkswirth Law, appelliren an den Credit; Law läßt
keine Gelegenheit vorübergehen, ohne in volkswirthſchaftliche
Ekſtaſe über die Natur des Credits zu gerathen, während Horn
den Credit ſo ſehr in Anſpruch nimmt, daß wir für ihn mehr
von der proſaiſchen als von der poetiſchen Gerechtigkeit beſorgen.
Von den beiden Helden, die creditbedürftig durch das Drama
gehen, ſcheint mir jedoch Law der creditwürdigere zu ſein, denn
von ihm bekommen die Gläubiger für ihr Geld wenigſtens Miſ-
ſiſſippi-Actien, von dem Grafen jedoch, der von dem Grundſatze
ausgeht: Standesperſonen zahlen nach Belieben, bekommen ſie gar
nichts. Ja, ſie müſſen noch froh ſein, wenn der Held nicht mit
ihnen, wie er es mit ſeinem Hauptgläubiger Bourdon macht, ſeine
tragiſche Schuld contrahirt, indem er dieſem am Verfallstage
niederſticht. Law wird uns als ein Schwärmer vorgeführt, der
an einer volkswirthſchaftlichen Gemüthskrankheit leidet; er ſieht
den Schwindel wie ein Kunſtwerk an, und in ſeinem Ringen nach
dem Credit-Ideale ſchafft er eine von den irdiſchen Schlacken
einer Metallbedeckung völlig reine Zettelbank. Er dichtet Miſſiſ-
ſippi-Actien und man wundert ſich, daß er nicht auch Actien auf
den Mondſchein ausgibt. Der edle Charakter Graf Horn iſt
wenn man ihn genau betrachtet, ein liederliches Tuch, von der
Sorte der Militärtücher. Der Hallunke iſt vor ungefähr zwei
Decennien, nachdem er eine Geliebte ſitzen gelaſſen, nach Ungarn,
das ſchon damals ein beliebtes Reiſeziel für Durchbrenner geweſen zu ſein ſcheint, durchgegangen, um, wie er wenigſtens an-
gibt, mit den Kaiſerlichen gegen die Türken zu ziehen. Sicherer
iſt, daß er während dieſer Zeit ſehr häufig „auf Paris gezogen"

und tapfer Schulden gemacht haben muß, da sonst der Intriguant
nicht Gelegenheit gehabt hätte, die kleinen Tratten des Herrn
Grafen zusammenzukaufen und ihn so in seine Macht zu bekommen. Der umsichtige Krieger hatte der verlassenen Geliebten
seine Adresse nicht mitgetheilt, so daß diese ihm die Anzeige ihrer
mittlerweile erfolgten glücklichen Entbindung nicht zukommen lassen
konnte. Glücklicherweise fand die verlassene Ariadne einen Greis,
der sie heirathete und zur Marquise Lusignan machte; allein die
der Verführung sehr zugängliche Marquise ließ sich vom Intriguanten Bourdon verleiten, auf der Börse zu speculiren, und obwohl ihr, wie wir gesehen, das Glück in der Liebe nicht lächelte,
hatte sie doch ebensowenig Glück im Spiele. Oder richtiger, der
Marquis hatte kein Glück in ihrem Spiele, denn die Undankbare
verspielte sein Geld, und dieser wußte den Hals nur aus der
Schlinge zu ziehen, indem er sich ihn abschnitt.

Erst nach diesen ereignißreichen zwei Decennien geht der
Vorhang in die Höhe. Die Marquise ist nicht, wie wir nach
ihrem Vorleben erwartet hätten, eine Courtisane geworden, die
eine Spielhölle hält, wobei ihr allenfalls der mildernde Umstand
zugute kommen mochte, daß sie vom Intriguanten Bourdon hiezu
verführt worden wäre. Weit gefehlt! Herr Weilen hat aus diesem
wurmstichigen Holze seine Tugend geschnitzt. Und die alternde
Marquise ist eine sehr prüde Tugend. Wir finden sie nämlich
unbegreiflicherweise in tausend Aengsten darüber, daß sie von dem
allmächtigen Staatsmanne Law eingeladen wurde, bei einem von
ihm veranstalteten Feste, welches die höchste Gesellschaft besuchen
wird, die Honneurs zu machen, während doch die Dame die Gelegenheit einer solchen Rehabilitation mit Freuden ergreifen sollte.
Sie, die ja sonst, wenn ihre Tugend in wirklicher Gefahr schwebte,
sich zu helfen wußte, indem sie ganz einfach ihre Tugend im
Stiche ließ, ist vor dieser eingebildeten Gefahr ganz rathlos. Da
erscheint mit einemmale ha ha ha (wer lacht da? der Intriguant
Bourdon!) nach ungefähr zwanzigjähriger Abwesenheit der unge-
treue Geliebte Graf Horn, tritt bei der Geliebten ein, und die

Beiden stürzen sich in die Arme, als wenn nichts vorgefallen wäre, als wenn er etwa von einem kleinen Ausfluge gegen die Ungläubigen zurückgekommen wäre, und sie die Zwischenzeit benützt hätte, um einige kleine Einkäufe zu besorgen. Kein Theil macht dem andern Vorwürfe; der Graf wirft der Marquise nicht, wie sonst untreue Liebhaber zu thun pflegen, seine Fehler vor, die Marquise dem Grafen nicht sein schändliches Verfahren. Ja, sie erzählt ihm nicht einmal, wahrscheinlich, weil sie fürchtet, daß er noch zu sehr ermüdet von der Reise sein werde, daß er Vater einer nunmehr erwachsenen und bereits verliebten Tochter Blanche sei, und behält sich die Discussion dieses anregenden Themas für die späteren Acte vor. Der Graf sucht die Marquise von der Abendunterhaltung bei Law's zurückzuhalten, geht aber, da ihm in einem anonymen Briefe für den Fall seines Erscheinens auf dem Balle interessante Details über seine Activen und Passiven versprochen werden, selbst auf denselben.

Der Prinzregent, welcher das Fest mit seiner Gegenwart beehrt, sieht bald ein, daß der Abend langweilig zu werden drohe. Er erinnert sich wahrscheinlich des Aushilfsmittels, welches der Landgraf Hermann von Thüringen zu ergreifen pflegte, wenn die Unterhaltung auf der Wartburg ins Stocken gerieth, nämlich einen kleinen Sängerkrieg zu veranstalten, und arrangirt ein neues Gesellschaftsspiel in dieser Manier, indem er die Anwesenden auffordert, ihm die Wahrheit, frei von der Leber weg, ins Gesicht zu sagen. Der Prinzregent kennt seine Pappenheimer! Kein Einziger sagt ihm die Wahrheit, Keiner sagt ihm, daß er ein liederlicher Patron sei, der den Staat ruinire. O nein, die Herren sagen einander die Wahrheit, ihm sagt sie Keiner. Zuerst tritt der Herzog St. Simon auf, der schon während des ganzen Abends mit der nur dem Journalisten verständlichen Unbehaglichkeit eines Menschen umherschleicht, welcher weiß, daß er über die Vorgänge des Festabends in seinen Memoiren werde referiren müssen. Er beginnt den Wahrheitskrieg, indem er ein Exposé über die „Lage" vorträgt und auf ihn folgt Law, der ein rührendes Abendlied auf

den Credit zum Besten gibt. Da bricht sich mit einemmale der
Graf Horn Bahn durch zwei Statisten und plaidirt mit großer
Erregtheit gegen die Theorie Law's für „Ehre" und Vaterland".
Man wird es verzeihlich finden, daß ein durch häufiges In-
spruchnehmen des Credits so heruntergekommener „Cavalier" nicht
gut auf dieses Capitel der Volkswirthschaft zu sprechen ist. Wie
aber dieser Mädchenverführer und Schuldenmacher so protzig mit
der Ehre thun darf, wie dieser Soldat, der so lange Jahre als
Söldner in einer fremden Armee gedient hat, während das eigene
Vaterland seinen Degen bedurft hätte, auf einer Soirée als Vorkämpfer für das Vaterland sich breit machen kann, ist unbegreiflich. Die Gäste gerathen in Verwirrung und Law, welcher
fürchtet, die Morgenbörse könnte hiedurch „flau" werden, stellt
den Grafen der Gesellschaft als Gouverneur von Louisiana vor.

Graf Horn sieht in dieser Ernennung eine Beleidigung, er
stürzt nach Hause und erwartet dort den von ihm geforderten
Law, der auch bald hereinstürmt. Law ist der Ansicht, seine
Herausforderung durch den Grafen könne ihren Grund nur darin
haben, daß dieser über die Theorie des Credits noch nicht im
Reinen sei und entwickelt ihm dieselbe noch einmal, worauf Horn
dem National-Oekonomen neuerdings den Zweikampf anbietet.
Nun erklärt ihm Law, daß es auch bei einem Duelle nicht nur
auf das Angebot, sondern ebenso auf die Nachfrage ankomme und
daß also, da die letztere im vorliegenden Falle nicht vorhanden
sei, das Geschäft nicht perfect werden könne. Nach Law erscheint
der Intriguant Bourdon auf dem Zimmer und dieser muß jetzt
das tragische Bad ausgießen. Er ist, wie er erzählt, Leibeigener
des Grafen und hat die Schulden des letzteren, der ihn und
seinen Vater brutal behandelt habe, aus Rache aufgekauft. Er
droht seinem Schuldner, beschimpft diesen und der Leibeigenen-
schinder, Weiberverführer und Schuldenmacher scheut auch vor
dem Aeußersten nicht zurück und ersticht den Hausknecht, ein Fall,
der bekanntlich nicht mehr zu den seltenen gehört.

Der Mörder wird ins Gefängniß geworfen und zum Schaffot verurtheilt, das er redlich verdient hat. Der andere Held, Law, hat inzwischen ebenfalls, jedoch ohne weiteres Blutvergießen, abgewirthschaftet und flieht vor dem wüthenden Volke in ein milderes Klima, wo man nicht fürchten muß, todtgeschlagen zu werden. Fräulein Blanche, Tochter der Marquise Lusignan und Herr Gustav Hautville, Maler unverkäuflicher Allegorien, empfehlen sich als Verlobte.

Theater, gerichtlich erhobener Blödsinn und Gemeinderath.

4. December 1870.

Endlich ist ein Theater-Intendant ernannt worden, von dem man sich versprechen darf, daß er die Intendantenloge ganz aus= zufüllen im Stande sein werde, ein beleibter Herr, der die so nothwendige Reform des Burgtheaters wohl mit der Erweiterung der engen Sperrsitze desselben beginnen dürfte. Herr Graf Wrbna (ich bitte mein schwaches Gedächtniß zu entschuldigen, wenn ich einen Consonanten vergessen haben sollte), Ex=Habitué des Carl= theaters und activer Habitué des Ballets, ist ein liebenswürdiger Lebemann, er hat freundliche Augen und ein rundes, glattrasirtes Gesicht, auf welchem die weisen Lehren Epikur's nicht eingegraben, sondern mit glänzenden Farben aufgetragen sind. Der neue In= tendant macht den Eindruck, als wenn er bei einem neuen Stücke, das im Burgtheater eingereicht worden wäre, sich vor Allem er= kundigen würde: Kommt etwas zum Essen darin vor? und man traut ihm zu, daß er etwa neugierig nach der Zahl der Acte eines Dramas in harmloser Vergessenheit fragen könnte: Wie viel „Gänge" hat dieses Stück?

Daß der neue Intendant vom Theater nichts versteht, wissen wir aus einer verläßlichen Quelle; er selbst hat nämlich dem Theaterpersonale, welches ihm seine Aufwartung machte, diese bescheidene Mittheilung gemacht und dabei nur als mildernden Umstand hervorgehoben, daß er ein „Kunstfreund" sei, worauf die Schönen vom Ballet erröthend in den Schoß schauten. Ich muß gestehen, daß mir ein Feldmarschall=Lieutenant am liebsten ist, wenn er begraben wird; ich halte jedoch den Umstand, daß ich ein Freund militärischer Leichenbegängnisse bin, nicht für genügend, um mich auf Grund desselben um die Stelle eines Chefs des Generalstabes zu bewerben, obwohl mir scheinen will, daß ich hiezu dieselbe Berechtigung hätte, wie ein „Kunstfreund", der nichts von der Kunst versteht, zu der Leitung eines Kunst=Institutes.

Ich weiß nicht, welche Anforderungen der Herr Graf an einen guten Koch stellt, und ob er sich zufrieden erklären würde, wenn der Bewerber um die Stelle eines solchen ihm mittheilen würde: Ich verstehe zwar gar nichts vom Kochen, ich bin aber Freund einer nahrhaften Kost; fragen Sie mich nicht, wie man eine Eierspeise macht, ich weiß es nicht, setzen Sie mir aber einen Schöpsenrücken mit Teltower Rüben vor, und Sie sollen sehen, wie es mir schmeckt. Ich glaube kaum, daß dieser Freund der Kochkunst Aussicht hätte, die Stelle eines Leiters der gräflichen Küche zu erhalten.

Außer dem Gebiete des Theaters hat sich in dieser Woche wenig Neues zugetragen, man müßte es denn als Neuigkeit be=trachten wollen, daß wieder „ein Stück Altwien", der bekannte Reiter Graf Sándor, als blödsinnig erklärt wurde, und so durch die Bemühungen des Gerichtes dieses ehrwürdige Familiengeheimniß zum Gemeingute der Gesammtheit gemacht wurde. Aber nicht nur unter den berittenen Bewohnern Wiens zeigten sich solche be=denkliche geistige Störungen. Auch auf der Börse, welche die Lügendepesche: Trochu habe sich durchgeschlagen, glaubte, und aus „Furcht vor der Freude" mit einer Baisse begrüßte, unter der Studentenschaft, welche den großen Krieg zu einer kleinen Keilerei benützte, und im Gemeinderathe, wo die Debatte um die Mauern von Straßburg tobte, hätte sich dem Seelenarzte eine reiche Fund=grube zerrütteter Verstandeskräfte eröffnet.

Im Gemeinderathe protestirte der Hausherr Melingo gegen jede Theilnahme Wiens an der Unterstützung zum Wiederaufbau Straß=burgs, weil der Krieg „kein deutscher Krieg" sei, wie etwa das Schützen=

feſt ober der Juriſtentag und weil er angeblich nur „gerne der ſchwarz=
roth=goldenen Fahne folgen" würde, „nimmer aber der ſchwarz=
weißen". Wenn der Gemeinderath aufgefordert worden wäre, ſich an
einer allfälligen Subſcription zur Anſchaffung einer Schnupftabaksdoſe
für den König von Preußen zu betheiligen, dann hätte der ſchwarz=
roth=goldene Hausherr gegen eine ſolche, da ſie nur einer ſchwarz=
weißen Naſe zugute komme, Einſprache erheben können. Die
Straßburger jedoch ſind, wenn man ſchon nach der Farbe des
Unglücks fragen ſoll, in keinem Falle ſchwarzweiß, und ſie ſind
es ja, denen geholfen werden ſoll, und nicht etwa die Preußen,
die ſich ziemlich wohl befinden.

Der Gemeinderath Herr Dr. Schrank gab, indem er ſich gegen
die Unterſtützung Straßburgs ausſprach, das geflügelte Wort zum
Beſten: „Ich verachte den Krieg als Demokrat." Herr Schrank
hätte ſogar in ſeiner untergeordneten Beſchaffenheit als Menſch
recht, den Krieg zu verabſcheuen, aber einerſeits kommt dieſe Er=
klärung jetzt, wo der Friede vor der Thür ſteht, zu ſpät, und
andererſeits iſt ſie ganz überflüſſig, da es ſich nicht um die Unter=
ſtützung des Krieges, ſondern um die Unterſtützung eines Opfers
des Krieges handelt. Wenn der ergrimmte Gemeinderath meinte,
es handle ſich bei der Unterſtützung Straßburgs nicht um einen
humanitären Zweck, ſondern um eine politiſche Demonſtration, ſo
war er inſoferne im Rechte, als es ſich ſowohl um einen humani=
tären Zweck, wie um eine politiſche Demonſtration handelt. Die
letztere beſteht aber darin, daß eben alle deutſchen Städte zum
Wiederaufbau dieſer jedem Deutſchen theuren Stadt beitragen
wollen, und darin liegt, wie der geehrte Vorredner des Herrn
Schrank ſich ausdrücken würde, ein ſchwarz=roth=goldener und kein
ſchwarz=weißer Hintergedanke.

Das Beethoven-Jubiläum.

Der Zudrang zu den Festlichkeiten, welche aus Anlaß des Beethoven-Jubiläums stattfinden, ist ein überraschender. Trotzdem sich die ältesten Börsianer an eine Symphonie Beethoven's nicht erinnern können, wurde in der Strauchgasse dennoch für die Logen und Sperrsitze zu den Festvorstellungen ein kolossales „Aufgeld bewilligt". Und obwohl das Beethoven-Comité die so wünschenswerthe ungehemmte Circulation im Musikvereinssaale herzustellen bemüht war, indem es durch hohe Preise das Kommen zu erschweren und durch einen Prolog Weilen's das Gehen zu erleichtern suchte, war der Saal dennoch zum Ersticken überfüllt. —

Ein Banquier, der keine erste Vorstellung versäumt und dem eine Loge zur neunten Symphonie auf der Börse zum Kaufe angeboten wurde, erklärte gereizt, er sei nicht gewohnt, neunte Symphonien zu besuchen; es liege ihm nichts daran, den fünffachen Preis für eine Loge zur ersten, oder im schlimmsten Falle zweiten Symphonie zu bezahlen, aber erst zur neunten Symphonie zu gehen, verbiete ihm seine gesellschaftliche Stellung.

Nur zu dem Festbankete wagt sich das kunstsinnige Publicum noch immer nicht heran. Das Comité hat die Leitung der Küche dem Gastwirthe des Musikvereins überlassen, welcher durch seine unzerreißbaren und daher besonders als Spielzeug für Kinder zu empfehlenden Filets und anderen Braten, die jedoch in Anbetracht des kleinen von ihnen beanspruchten Raumes leicht transportabel sind, einen in der Kunstwelt gefürchteten Namen sich zu machen gewußt hat. Das Comité hat, wahrscheinlich um die Schrecken dieses Bankets noch zu vergrößern, angeordnet, daß dasselbe bei Nacht stattfinden solle, und um dem bescheidenen Nachtessen den Anstrich des Phantastischen zu geben, den Preis für jedes Couvert auf zwölf Gulden festgesetzt.

Da hienach, und wie ich glaube mit Recht, anzunehmen war, daß an dieser kostspieligen Ovation für den unsterblichen Meister nur solche Kunstfreunde theilnehmen würden, die sich eines aus= giebigen Bankcredits erfreuen, so wurde, um den berechtigten An= forderungen derselben zu genügen, einer der Directoren der National= bank, Herr Dr. Egger, eingeladen, den standesgemäßen Toast auszubringen. Man erwartet, daß derselbe hiebei Anlaß nehmen werde, über die Verbuchung der 80=Millionen=Schuld des Staates an die Bank, welche in neuester Zeit die Gemüther so sehr be= ängstigt, die anwesenden Beethoven=Freunde zu beruhigen.

Die Prologe, welche die erste Festvorstellung und das erste Festconcert eröffneten, verdanken wir den Dichtern der innern Stadt, den Herren Mosenthal und Weilen. Uebelwollende Be= urtheiler der beiden, das Repertoire des Burgtheaters in schöner Abwechslung beherrschenden Dichter, denen die Liebhaber der dramatischen Kunst so viele theaterfreie Abende verdanken, gaben wohl zu verstehen, daß sich allenfalls bei einem Jubiläum zu Ehren des verdienten Capellmeisters des Carltheaters, Herrn Suppé, für die Beiden eine passende Gelegenheit geboten hätte, das Wort an die begeisterte Menge zu richten, nicht aber bei einem Beethoven=Jubiläum. Möchten aber doch die Freunde der Gerechtigkeit bedenken, daß, sowie die heiligen Nothhelfer in Feuer= und Wassernöthen von den nicht assecurirten Angehörigen der katholischen Kirche angerufen werden, auch zu diesen dichterischen Nothhelfern die von Festnöthen heimgesuchten Comité=Mitglieder ihre Zuflucht zu nehmen gezwungen sind. Daher rührt es ja, daß der poetische Schnittlauch dieses Dioscurenpaares auf allen Festsuppen zu finden ist; das sind die Dichter, welche man nie liest, aber fortwährend zu hören bekommt.

Man denke sich nunmehr aber die Verlegenheit des Comités, welches sich gebildet hat, um das bevorstehende und von mehreren Zeitungen bereits wohlwollend begrüßte Jubiläum eben dieses Dichters, Mosenthal, in würdiger Weise zu feiern. Wer schreibt den unerläßlichen Prolog, da wohl der Jubilar sich selbst zu besingen Anstand nehmen dürfte, dem anderen poetischen Nothhelfer aber, Herrn Weilen, ein Prolog zu dieser Feier um so weniger anvertraut werden kann, als die beiden dramatischen Concurrenten einander spinnefeind sind und ihre betreffenden Leistungen sehr abfällig beurtheilen. Es stünde daher zu befürchten, daß der Sänger, falls er die poetische Vertrauensmission dennoch übernähme, diese dazu benützen könnte, in den Lorbeerkranz des Gegners einige Brennnesseln zu flechten. Wenn aber Weilen keinen Prolog zum Jubiläum Mosenthal's dichtet, wer wird dann das ebenso unausbleibliche Jubiläum Weilen's mit den weihevollen Worten des Dichters verschönen? Möchte doch die Ueberzeugung von der praktischen Nothwendigkeit einer Versöhnung der beiden Dichter zu einer solchen auch wirklich führen!

Die krankhafte Neigung unserer geehrten Mitbürger, einander durch Jubiläen zu überraschen, welche von den Seelenärzten Jubiläomanie genannt wird, ist in fortwährender Steigerung begriffen, wenn man schon gezwungen ist, zu Jubiläen von Männern zu schreiten, deren Berühmtheit ebenso rasch verfliegt, wie eine Militärhose des Consortiums Skene. Früher feierte man die großen Todten; es ist schön, daß man jetzt auch die Lebenden nicht vergißt. Aber auch die Todten feiert man nur mehr um der Lebenden willen, denn jedes Jubiläum endet in unserer Zeit damit, daß ein Dutzend Handlanger desselben sich die Knopflöcher füllt. Bin ich gut unterrichtet, so geht man auch schon mit dem Entwurfe einer Beethoven-Jubiläums-Ordensliste schwanger!

Ein Vademecum für einen vornehmen Japanesen.

8. Jänner 1871.

An Seine des Herrn Mutzu Gonoskie, Verwandten des Mikado von Japan, Hochwohlgeboren.

Sehr geehrter Herr Mutzu!

Aus den Zeitungen habe ich erfahren, daß Sie einen Abstecher nach dem kleinen Europa gemacht haben, um hier die modernen politischen Institutionen kennen zu lernen. Ich entnehme die Bescheidenheit der Ansprüche, welche Sie in dieser Beziehung machen, aus dem Umstande, daß Sie Ihre Studien mit Oesterreich beginnen und vorläufig Ihren Aufenthalt in Wien genommen haben. Sie haben vielleicht insoferne Recht, als Sie bei uns, von den Schulgesetzen angefangen bis zu den Hinterladern herab, alle möglichen europäischen Institutionen, nur keine österreichischen, finden werden, so daß es Sie überraschen wird, auf dem österreichischen Wappen einen zweiköpfigen Adler statt eines doppelköpfigen Papageies zu finden. Die einzige originale Schöpfung seit dem dreißigjährigen Kriege sind die Correspondenzkarten zu zwei Kreuzern, welche von der Bevölkerung hauptsächlich dazu benützt werden, um ihren Mitbürgern auf schriftlichem Wege Ehrenbeleidigungen zuzufügen.

Oesterreich ist ein nicht regiertes Land; Sie würden aber irren, wenn Sie daraus entnehmen wollten, daß wir uns keiner Regierung erfreuen. Im Gegentheile findet bei uns ein so häufiges Kommen und Gehen von Ministern statt, daß man schon ernstlich daran gedacht hat, den Sitz der Regierung in das Grand Hotel zu verlegen. Nach diesem fortwährenden Wechsel unserer Staatsmänner könnte es scheinen, als besäßen wir keine staatsmännischen

Talente. Doch nein, wir haben deren in Menge, die augenblick=
lich im Stande wären, sich an die Spitze der Regierung eines
kleinen Staates zu stellen, um denselben zertrümmern zu helfen.
Aber Oesterreich ist ein großer Staat und schwer zu regieren.
Was die Größe betrifft, so würden Sie, falls Sie die Geschichte
unseres Staates studirten, über die große Menge von Trauungs=
sporteln staunen, welche der Anwachs dieses Reiches gekostet hat.
Daß Oesterreich schwer zu regieren ist, ist ein Ausspruch, den
man bis jetzt noch jedem, selbst dem schweigsamsten österreichischen
Minister nachgesagt hat. In Oesterreich fällt nämlich Alles schwer;
jeder Theater=Director erklärt, das Theater sei in Oesterreich schwer
zu leiten; jeder Bürgermeister, die Straßen seien in Oesterreich
sehr schwer zu reinigen; jeder Polizei=Director, die Mörder seien
in Oesterreich schwer zu erwischen und die Satyriker behaupten,
es sei schwer, in Oesterreich keine Satyre zu schreiben.

Wenn man schon nicht im Stande ist, das Gesetz, welches
die Hunde ins Wirthshaus mitzunehmen verbietet, durchzuführen
wegen der bekannten Schwierigkeiten, die es in Oesterreich hat,
einen Hund nicht ins Wirthshaus mitzunehmen, wie sollte es mög=
lich sein, die Verfassungsgesetze aufrechtzuhalten? Alle unsere hyste=
rischen Nationalitäten fürchten ja, durch diese germanisirt zu wer=
den, obwohl eine solche Furcht ganz ungegründet ist, da es noch
nicht einmal vollständig gelungen ist, die Deutschen in Oesterreich
zu germanisiren. Man hat die erwähnten Regierungs=Schwierig=
keiten dem Constitutionalismus in die Schuhe geschoben, und wir
müßten für denselben ernste Besorgnisse hegen, wenn wir nicht
eine Magna Charta unserer Freiheiten hätten — das Deficit.
Das Deficit ist unser Talisman gegen die Reaction! Um dieses
schaaren sich daher alle wahren Patrioten und suchen dasselbe mög=
lichst zu vergrößern. Wer in sich die Unfähigkeit fühlt, dem Lande
in einer anderen Weise zu dienen, läßt sich wenigstens pensioniren
und erweitert derart mit seinen schwachen Verstandeskräften die
Kluft zwischen den Activen und Passiven, in welcher die Freiheit
wohnt. So sühnen auch die abgewirthschafteten Größen ihre

9*

Fehler, indem sie sich in die stillen Positionen des Budgets zurück-
ziehen, das ihnen einige tausend Gulden jährlich zuwirft, und sie
in dieser Weise zwingt, durch Vergrößerung des Deficits an dem
Weiterausbau unserer Freiheit indirect mitzuwirken. Denken Sie
sich die Seelenqualen eines pensionirten Reactionärs, welcher, indem er einen Theil der Steuern verschlingt, sich sagen muß, daß
er vielleicht die Preßfreiheit mitverschuldet, die er verabscheut.

Unsere Armee ist eine der merkwürdigsten Europas. Sie hat
nämlich die unglückliche Eigenthümlichkeit, in dem Augenblicke, da
ein Krieg erklärt wird, sogleich auf die Hälfte herabzusinken. Es
hat sich schon der Fall ereignet, daß dann eine Armee welche
nach der Versicherung unserer Strategen 800,000 Mann stark
war, über Nacht, ohne daß der Feind die Grenzen des Landes
noch überschritten hätte, schon 400,000 Mann einbüßte, wonach der Frieden bei uns leider weit blutiger ist, als der blutigste
Krieg. Erst unlängst wurde in der Delegation erklärt, daß wir
über eine Armee von 1,200,000 Soldaten verfügen, und es sollte
uns wohl schmerzen aber nicht wundern, wenn schon in diesem
Augenblicke, mitten im Frieden, 600,000 dieser tapferen Krieger
den Tod für das Militärbudget gestorben wären. Widmen Sie,
geehrter Herr, diesen Helden, welche ohne die Freuden des Lebens
jemals gekostet zu haben, bereits in das Schattenreich hinunter-
gestiegen sind, eine Thräne des Mitleids. Zum Schlusse erlauben
Sie mir noch, Sie auf eine interessante moderne Armee-Institution
aufmerksam zu machen, auf den „Vorschußfonds für Officiere", durch
welchen verschämten Banquiers, die in diesen Fonds tapfer hineinzahlen,
zum Ritter––be verholfen wird. Zugleich dient derselbe dazu,
wißbegierige Militärs mit den Anfangsgründen des Schuldenmachens
auf eine praktische und leicht faßliche Weise vertraut zu machen.

Indem ich Ihnen, sehr geehrter Verwandter des Mikado
von Japan, diesen kleinen Bädecker durch das Labyrinth unserer
modernen politischen Institutionen zur Benützung anbiete, bitte ich
den Himmel, daß Sie eine derselben in Ihrem Vaterlande ein-
zuführen, niemals in die unangenehme Lage kommen mögen.

Eine neue Classification der Oesterreicher.

22. Jänner 1871.

Der achtzigste Geburtstag Grillparzer's ist, man darf es wohl behaupten, von der ganzen deutschen Bevölkerung Oesterreichs festlich begangen worden. Die Grillparzer-Feier war eine stehende Rubrik in den Zeitungen. Von der Deputation im schwarzen Frack bis zum Telegramm herunter waren sämmtliche Formen der Beglückwünschung vertreten, und die ganze leichte Pegasus-Cavallerie war zu diesem Geburtstags-Manöver in Paradeversen ausgerückt.

Was mich überrascht hat, war, daß in den meisten Glückwünschen Grillparzer als „guter Oesterreicher" gefeiert wurde, ja manchmal hatte es den Anschein, als ob man nicht so sehr erfreut gewesen wäre, daß ein großer Dichter, wie daß ein guter Oesterreicher achtzig Jahre alt geworden sei. Es freut mich selbstverständlich auch, daß Grillparzer ein guter Oesterreicher ist, obwohl ich bekennen muß, daß ich nicht weiß, was man unter einem guten Oesterreicher versteht. Man versteht ja in jenen Kreisen selbst, welche hierüber Auskunft ertheilen könnten, unter einem guten Oesterreicher in jedem Mondviertel etwas Anderes. Ich habe schon, und ich könnte bekannte Namen anführen, schlechte Oesterreicher gute und gute Oesterreicher schlechte werden sehen, und zwar aus keinem anderen Grunde, als weil sie immer dieselben geblieben waren. Um daher zu allen Zeiten ein guter Oesterreicher zu sein, muß man vor Allem ein sehr geübter Oesterreicher sein.

Ich glaube, daß die bestehenden großen Unterschiede zwischen den Völkern Oesterreichs vorläufig genügen und daß es nicht nothwendig erscheint, dieselben noch durch die so schwierige Unterscheidung zwischen guten und schlechten Oesterreichern zu vermehren.

Nach der Ansicht allerdings, welche Herr Kuranda unlängst in der Delegation zum Besten gab, würde diese Unterscheidung noch nicht einmal hinreichen, denn nach ihm zerfällt der gute Oesterreicher wieder in den guten Deutsch-Oesterreicher und in den guten Gesammt-Oesterreicher. Auch Herr Kuranda zerfällt, wie wir aus seiner Rede entnahmen, in diese beiden, denn er erklärte, er würde sich „an dem Waffenglanze des deutschen Volkes berauscht haben", wenn nicht die Rücksicht auf das „österreichische Gesammtvaterland" ihn zur Nüchternheit gezwungen hätte. Wenn daher der Deutsch-Oesterreicher in Herrn Kuranda ein Seitel „Waffenglanz" über den Durst getrunken hat, gibt ihm dieser einen Schluck Doppelösterreichischen, oder setzt ihm „das Gesammtvaterland" als saueren Häring vor, um ihn wieder zu ernüchtern.

Die Rede dieses Delegirten gehörte in die große Reihe jener Meisterwerke, welchen derselbe seine intimen Beziehungen zu fast sämmtlichen Witzblättern der österreichisch-ungarischen Monarchie zu danken hat. Nachdem der gewiegte Diplomat seine lange Forschernase in die deutsche Frage gesteckt hatte, zog er sie mit geringer Befriedigung wieder aus derselben zurück. Wie sich früher der Deutsch-Oesterreicher in ihm an dem Waffenglanze des deutschen Volkes fast berauscht hätte, so berauschte sich jetzt der Gesammt-Oesterreicher in ihm an dem Glanze des deutschen Bundestags, indem er in vollen Zügen „die Wohlthaten desselben für die ganze Welt" schlürfte. Herr Kuranda legte aber dem Gesammt-Oesterreicher gegenüber nicht dieselbe Strenge an den Tag wie gegen den armen Deutsch-Oesterreicher in ihm, indem er jenen ruhig sich seinen Rausch antrinken ließ, ohne daß er den Versuch gemacht hätte, ihn zu ernüchtern.

Auch die „Pentarchie“, diese alte Eintheilung Europas in fünf Polizei-Bezirke, sah der besorgte Staatsmann durch die Einigung Deutschlands gefährdet, und wenig hätte gefehlt, so würde er sogar dem Fürsten Metternich seine collegiale Bewunderung nicht vorenthalten haben. Schließlich zeigten sich jedoch bei Herrn Kuranda bedenkliche Symptome seines Waffenglanzrausches, indem er dem Grafen Bismarck drohte, Oesterreich werde es nicht dulden, wenn er den deutschen Staatenbund in einen Bundesstaat umzuwandeln sich erlauben sollte. Da Graf Beust in dieser Beziehung anderer Meinung ist wie Herr Kuranda, und in seiner Note sogar mit der Politik Bismarck's sich einverstanden erklärt hat, so scheint es, als wenn der ehrgeizige Rivale des Reichskanzlers sich mit dem Gedanken trüge, das Staatsruder in seine eigene bewährte Hand zu nehmen, und so einen Strich durch die verfrühte Rechnung des Bundeskanzlers zu machen. Nur möchten wir dann für den Fall, als Herr Kuranda vorhätte, mit gewaffneter Faust die Einigung Deutschlands zu hindern, ihn höflichst ersuchen, die auf dem voraussichtlichen Siegesmarsche nach Berlin befindliche Armee nicht unverrichteter Sache umkehren zu lassen, wie er dies aus Rücksichten der Humanität der deutschen Armee vor Paris empfohlen hat.

Doch nein, Herr Kuranda ist viel zu menschlich, als daß man annehmen könnte, er habe die Drohung, die er in der Delegation ausgestoßen, ernst gemeint und beabsichtigt, einen wirklichen Krieg, der leicht wirkliche Todte und wirkliche Verwundete zur Folge haben könnte, zu führen. Es wird sich wohl wieder nur um einen jener Schreckschüsse handeln, mit denen dieser unerschrockene Gesammt-Oesterreicher, ohne Jemandem erhebliches Leid zuzufügen, die Machtstellung Oesterreichs nach Außen aufrecht zu erhalten sucht.

Das wahrhaft österreichische Ministerium Jireček-Habietinek.

12. Februar 1871.

Es ist erstaunlich, wie weit es der Fortschritt gebracht hat! Das Mißachtetste, Unbedeutendste und Werthloseste erlangt Beachtung, Werth und Bedeutung: man verwandelt heutzutage Kehricht in Gold, gewinnt aus den unanständigsten Abfällen Parfüms und macht aus den unbedeutendsten Männern Minister. Muß da der Mensch nicht sein Haupt in Demuth neigen, wenn er sieht, wie in der Schöpfung noch dem kleinsten Staubkorn und dem böhmischsten Hofrath eine so bedeutende Rolle angewiesen ist? Wenn die muntere Erzählerin Scheherzad, welche den Sultan tausend und Eine Nacht hindurch mit ihren pikanten Causerien derart zu zerstreuen weiß, daß dieser jedesmal vergißt, sie am Morgen köpfen zu lassen, von dem Lande erzählt hätte, in welchem es so lustig herging, daß man mit jedem Carneval eine neue Aera beginnen ließ, und wo man endlich die Lachmuskeln mit einem Ministerium Jireček-Hahahabietinek zu kitzeln versuchen mußte, dann würde der sonst so leichtgläubige Sultan doch in die Glaubwürdigkeit der „Correspondenz Scheherzad" Zweifel gesetzt und lächelnd ausgerufen haben: Se non è vero è ben trovato!

Die Wiener-Zeitung hat zu dem neuen Ministerium einen erläuternden Text veröffentlicht, denn unsere Minister sind, wie die Ballette, ohne Programm nicht recht verständlich. Wenn die Prima-Ballerina sich auf die Spitze des rechten Fußes stellt und das linke Bein gegen die Logen erhebt, dann macht uns der Text des Ballets aufmerksam, es habe dies in der Blumensprache der

Füße zu bedeuten, daß in Fatimens Herzen der Kampf zwischen Liebe und Neigung auf das Heftigste entbrannt sei. Und wenn neue Minister bei uns auftreten, die Keiner kennt, da sie bisher geschwiegen und gefeiert haben, dann erklärt uns das Minister=programm, dies bedeute so viel, als das neue Ministerium sei ein „wahrhaft österreichisches Ministerium".

Nach meiner Ansicht kann es nur dazu beitragen, die Be=griffe noch mehr zu verwirren, wenn man das neue Ministerium mit zwei Unbekannten, wie die Mathematiker sagen würden, als ein wahrhaft österreichisches hinstellt. Ich habe erst neulich dar=auf hingewiesen, wie unklug es sei, die thatsächlichen großen Unterschiede zwischen den Völkern Oesterreichs durch die in jüngster Zeit officiell gewordene Unterscheidung zwischen guten und schlechten Oesterreichern noch zu vermehren.

Nicht zufrieden damit, für die österreichischen Völker eine neue Eintheilung ausfindig gemacht zu haben, fängt man nun auch an, die österreichischen Regierungen in neuer Weise zu unter=scheiden. Denn da wir in Zukunft eine wahrhaft österreichische Regierung bekommen sollen, haben wir uns wahrscheinlich bis jetzt nur scheinbar österreichischer Regierungen zu erfreuen gehabt.

Es wird die Schwierigkeit einer genauen Bestimmung des „wahrhaft Oesterreichischen" vielleicht klar machen, wenn ich hier erzähle, wie neulich ein Bekannter, mit dem ich zu Mittag speiste, und der mir den „Schmarrn" des Gasthauses, in welchem wir uns trafen, wärmstens empfahl, auf meine Bemerkung, daß ich gegen diese Speise eine unüberwindliche Abneigung empfände, un=willig erwiderte: Dann sind Sie kein wahrhafter Oesterreicher. Wenn ich nun auch nicht glaube, daß die Vorliebe für den „Schmarrn" eine Regierung zu einer wahrhaft österreichischen macht, so kann ich doch nicht auffinden, wodurch sie denn zu einer solchen eigentlich wird.

Noch überraschender war aber die Hinweisung des Programms auf die „erhabene sittlich=humane Mission für Europa", welche Oesterreich zukomme. Es scheint, die Bemerkung Larochefoucauld's,

daß die Greise es lieben, gute Lehren zu geben, um sich darüber
zu trösten, daß sie nicht mehr im Stande seien, schlechte Beispiele
zu geben, gilt auch von den alternden Staaten. Jedes neue
Ministerium entdeckt eine neue Mission des armen alten Oester=
reich, nur finde ich leider, daß dieselbe immer erhabener wird.
Man hat uns zwar seit jeher ziemlich broblose Missionen zuge=
wiesen, wir haben ihnen jedoch wenigstens mit der Faust Nach=
druck zu geben versucht. Jetzt, da es uns etwas schwer wird,
diese zu ballen, offerirt man uns nur mehr die reine Dulder=
mission des Pädagogen, wobei es freilich fraglich bleibt, ob Europa
damit einverstanden sein werde, seine sittlich=humane Erziehung den
Tschechen, Slovenen, Bocchesen, sowie den anderen, von den neuen
Ministern zur Europagogie berufenen Völkern Oesterreichs anzu=
vertrauen.

Vielleicht ist es aber mit der sittlich=humanen Mission Oester=
reichs nur auf die Deutschösterreicher abgesehen, und vielleicht sind
nur sie berufen, Europa durch das Beispiel erhabener christlicher
Duldung zu veredeln. Die schöne Redewendung würde dann so
viel bedeuten wie: Wenn Dir der Magyare einen Schlag auf
die rechte Wange gibt, so reiche dem Tschechen die linke hin.

Lustiges während der Fasten.

26. Februar 1871.

Das Faschingsmärchen ist erzählt, das Spiel der Geigen ist
verstummt, und walzersatt hängt der Genußmensch seinen siegreichen
schwarzen Frack in dem heimischen Kleiderkasten auf. Er wirft
noch einen schmerzlichen Blick auf die Trophäen dieses Winter-
feldzuges: auf Dominoschleifen, welke Blumen und die schriftlichen
Belege seiner Unwiderstehlichkeit, deren orthographische Sünden
durch alle Wohlgerüche von Treu und Nuglisch nicht verdeckt werden können. Und wohl ihm, wenn in dem reichen Sortiment
seiner Gefühle die Reue fehlt, und er dem mächtigen Drange,
seinem Quadrille-vis-à-vis auf dem vielbetretenen Insertionswege
ein Ständchen darzubringen, männlich widerstanden hat. Die
schöne Frau legt seufzend ihren Fächer weg, diese kleine Coulisse,
aus welcher so manches reizende Lächeln hervorhüpft, so mancher
Liebesblick als schüchterner Anfänger sich hervorwagt, hinter welcher
Triumphe gefeiert und Niederlagen verborgen werden, ein Seufzer
erstickt, eine Thräne zerdrückt wird, unter deren Schutz man den
Muth in sich fühlt, ein kühnes Wort zu hören, ein furchtsames
„Ja" auszusprechen.

Die Faschingsscherze sind vorüber, und nichts ist übrig geblieben von ihnen, als das Bischen Jireček-Habietinek. Die Delegirten können, daß sie, wie in dieser Woche entdeckt wurde,
einige Millionen ins Budget einzutragen vergaßen, nicht mehr
mit den Pflichten entschuldigen, welche die Elitebälle dem mit
Einladungen überhäuften Staatsmanne auferlegen, und der Herr
Reichskanzler wird das Vertrauen, welches die Ballcomités in ihn
gesetzt, denen er sein Erscheinen zugesagt, wieder schmerzlich ver-

missen. Wir können leider von unserer officiellen Statistik, die
über viel wichtigere Fragen ein unverbrüchliches Schweigen beobachtet, nicht verlangen, uns Aufschluß zu geben, wie viele Ehen
auf den Elitebällen dieses Faschings beschlossen wurden. Die
Frage gewinnt jedoch an Bedeutung, nachdem Herr P. Klinkowström
in der Fastenpredigt, die er vor einigen Tagen gehalten, erklärt
hat, Gott wünsche, daß die Menschen sich durch die Ehe vermehren, „bis er ihrer eine genügende Anzahl im Himmel habe,
worauf die Welt zugrunde gehen werde."

Leider hat dieser Fastenprediger, der sonst über die Intentionen des Schöpfers genau unterrichtet zu sein scheint, nicht angegeben, wie groß denn ungefähr der Bedarf des Schöpfers an
himmelsfähiger Mannschaft sei, in jedem Falle scheint derselbe
zum Heile der Welt unermeßlich zu sein, da die großen Con-
tingente, welche die Recruten-Aushebungen seit Adam und Eva
geliefert haben, noch immer nicht genügen. Der Redacteur der
Kirchen-Zeitung, Herr P. Wiesinger, predigte, wie die Zeitungen
berichten, über die schweren Prüfungen, mit welchen die gläubigen
Katholiken durch Garibaldianer, Demokraten u. s. f. heimgesucht
würden. Da Herr P. Wiesinger schon seit Jahren auf seiner
Zeitschrift den Ehrentitel „Doctorand" führt, so scheint es, daß
er die zur Erlangung des Doctorgrades nothwendigen Rigorosen
noch immer nicht abgelegt hat und wir können daraus wenigstens
den Trost schöpfen, daß dieser gottgefällige Doctorand bis jetzt
nur zu den durch Garibaldianer und Demokraten, nicht aber zu
den überdies noch durch Professoren der Theologie schwergeprüften
Katholiken gehört.

Nicht nur von der Kanzel, auch von der Rednerbühne aus
wurde in dieser Woche so manche Kurzweil geboten. Während
die Linke des Abgeordnetenhauses dem neuen Dilettanten-Ministerium
den Fehdehandschuh hinwarf, brachte der Abgeordnete Herr Baron
Kotz der „unbekannten Regierung" seine Huldigung dar — der
Unbekannte der Unbekannten! Er schrie so laut er konnte, daß er
ihr sein volles Vertrauen entgegenbringe, und erklärte kreischend,

wie ein vom Vertrauen Besessener, daß er ihr Alles bewilligen werde, was sie begehre. Nachdem er eine so große Freigebigkeit mit seinem Vertrauen und dem Gelde der Anderen an den Tag gelegt, deren Unschädlichkeit freilich durch die allgemeine Heiterkeit des Hauses constatirt wurde, tobte er gegen die Delegirten, weil diese sich gegen die Armee knauserig gezeigt hatten, und überhäufte, einem mit erneuerter Heftigkeit wiederkehrenden Wuthanfalle nachgebend, die Deutschen, „die nicht berechtigt seien, in Oesterreich zu herrschen", mit Verwünschungen.

Auch der galizische Abgeordnete Zyblikie u. s. w. (der beschränkte Raum gestattet mir nicht, den Namen vollständig zu Ende zu führen) huldigte den zu so schneller Unpopularität gelangten Unbekannten. Er bewies neuerdings, daß die Nase nicht, wie Leichtgläubige meinen, zum Riechen, sondern vor allem zum Sprechen berufen sei.

Im Herrenhause hat der neue Präsident desselben, Herr v. Schmerling, dem Mißtrauen der Bevölkerung gegen die Novitäten auf der Ministerbank beredten Ausdruck gegeben. Er bedauerte, daß das österreichische Bewußtsein nicht allenthalben zum Durchbruch gelangt sei, und geißelte die politischen Bestrebungen der Tschechen, Slovenen und anderen „wahrhaft österreichischen" Völker. Leider haben seine Bemerkungen über den deutsch-französischen Krieg verrathen, daß bei diesem Deutsch-Oesterreicher das deutsche Bewußtsein noch nicht zum Durchbruche gelangt ist. Der Arrangeur des deutschen Fürstentages wußte nur „den schönsten Patriotismus", sowie „die größte Tapferkeit" der Franzosen zu rühmen, und andererseits die Verwüstung des Landes, die Zerstörung der Städte und den Umstand zu beklagen, daß Frankreich der „Gnade des Siegers" überlassen sei.

Sollens uns nachmachen die Deutschen, und statt den armen Franzosen einige Millionen Thaler abzunehmen, noch jedem fünfundvierzig Gulden baar auf die Hand geben. So viel ist nämlich in Folge der unter dem Namen der „Pacifirung Dalmatiens" zu schneller Berühmtheit gelangten Geldoperation auf jeden pacificirten Aufständischen entfallen."

—

Frühling, Dr. Mosenthal und Schmeißfliegen.

25. März 1871.

Der Frühling klopft an die Scheiben und neugierig öffnet der Mensch das Fenster, durch welches die Grillen entfliehen, die ihn während des langen Winters geplagt. Mit neuen Hoffnungen sieht er in die Zukunft, wenn ihm die Sonne so warm ins Gesicht scheint, das Zwitschern der Spatzen auf den Dächern klingt ihm wie eine neue Melodie, und der blaue Himmel über ihm, der in seiner Einfalt fortwährend lacht, rührt sein Herz.

Noch ist über die neue Frühjahrsmode kein endgültiger Beschluß gefaßt worden, wenn aber die gegenwärtige Hausse auf der Börse noch einige Zeit andauert, dürften die zerrissenen Stiefel heuer sehr beliebt werden. Der Corso auf der Ringstraße ist belebter denn je, und das schöne Wetter lockt unsere Selbstmörder, welche sonst erst die Rechnungsabschlüsse der Gründungsbanken abzuwarten pflegen, schon jetzt ins Freie. Auf der Prag=Duxer Eisenbahn hat sich, obwohl noch nicht einmal der Bau derselben in Angriff genommen worden ist, doch schon der erste bedauerliche Unglücksfall ereignet, indem die zur Subscription aufgelegte Zahl der Actien derselben einigemale überzeichnet wurde. Das große Börserennen steht für die nächsten Wochen zu erwarten, es werden nach altem Brauche die Verwaltungsräthe die Steeple=Chase=Tantièmen einziehen, und die Actionäre das übliche „Reugeld" zahlen.

Eine fröhliche Frühjahrsüberraschung hat den Wienern der dramatische Dichter Herr S. H. Mosenthal bereitet, indem er sich neuestens in Uniform photographiren ließ, eine Photographie, welche in dieser Woche fortwährend ein großes lachlustiges Publicum vor den Schaufenstern des Photographen Oscar Kramer auf dem Kohlmarkte versammelte. Es scheint, daß den eitlen Dichter die Lorbeern der uniformirten deutschen Heerführer, deren Photographien man in sämmtlichen Schauläden sieht, in seinem Bureau nicht mehr schlafen ließen. Und wirklich, wenn man den Mann in zweifarbigem Tuche und die Brust mit sieben Orden in wirklicher Größe bedeckt sieht, könnte man glauben, einen General, und nicht einen unbedeutenden Poeten, der nur harmlose Besucher des Burgtheaters in die Flucht geschlagen, vor sich zu sehen.

Rückt man vorsichtig dem tapferen General auf den Leib, so merkt man allerdings die Täuschung; man sieht dann, daß man keinen Blumenthal, nur einen Mosenthal vor sich hat; keinen großen deutschen Feldherrn, sondern einen kleinen österreichischen Beamten. Nun tragen aber die österreichischen Beamten nicht mehr die Uniformen, in welche sie unter Bach gesteckt wurden, und es läßt sich daher nicht errathen, weßhalb Herr Mosenthal, wenn er mit diesem Verkleidungsscherze nicht darauf abzielte, mit Roon oder Moltke verwechselt zu werden, diesmal in Uniform vor dem Publicum erschien. Wollte er uns etwa zeigen, wie er es nicht nur als Dichter, sondern auch als k. k. Beamter erstaunlich weit gebracht, oder wollte er vielleicht durch die kleidsame Tracht seine schönen Körperformen in ein vortheilhafteres Licht stellen? Es verräth jedoch kein großes Herz, in der Brust von Briefträgern und Practikanten den Stachel des Neides zu erregen, indem man ihnen zeigt, daß man selber es bis zum Official gebracht hat, und Dichter sollten doch nicht mit Cadeten in der Bloßstellung ihrer körperlichen Reize zu wetteifern bemüht sein, wenn ihnen auch der Erfolg gewiß wäre.

Doch nein, wir thun vielleicht Herrn Mosenthal Unrecht, und er hat möglicherweise nur die Uniform gewählt, um eine Collectiv-Ausstellung seiner Orden, welche durchschnittlich die Größe eines ausgewachsenen sogenannten Kipfel-Erdapfels erreichen (je kleiner der Souverän, desto größer der Orden) bequemer veranstalten

zu können, da der schwarze Frack eine solche übersichtliche
Gruppirung nicht gestattet. Oder der kluge Dichter beabsichtigt
gar nur, dem hohenwärtigen Ministerium eine kleine Huldigung
darzubringen, indem er gerade jetzt erst seine Beamten=Uniform
zur Schau trägt, wo viele seiner Collegen im Herzen wünschen,
sie hätten diese nie angelegt.

Die Antwort, welche der Minister=Präsident auf die Inter=
pellation des Abgeordneten Herbst gegeben, wird wohl nicht dazu
beitragen, die „Schmeißfliegen" Oesterreichs, wie die Deutschen in
der Blumensprache des neuen Ministeriums genannt werden, zu
beruhigen. Se. Excellenz hat nur die eine beruhigende Ver=
sicherung gegeben, daß er für die Sprache der amtlichen Zeitungen
nicht einstehen könne, woraus hervorgeht, um wie viel angenehmer
es ist, ein verantwortlicher Minister zu sein, als ein verantwort=
licher Redacteur, dem man es nicht freistellt, nur für jene Dinge
einzustehen, für die es ihm einzustehen beliebt. Nichtsbestoweniger
hat der unverantwortliche Minister die Confiscationen unabhängiger
Blätter damit zu rechtfertigen gesucht, daß diese die Grenzen der
Preßfreiheit überschritten hätten. Gewiß wird man doch das Eine
zugeben, daß die unabhängige Presse bis jetzt die Grenzen der
officiellen Zoologie noch nicht überschritten hat. Man gebe uns
diese frei, und wir verpflichten uns mit diesen, ohne uns eines
Plagiats an dem Grazer Amtsblatte und den anderen officiellen
Zeitungen schuldig zu machen, während der Dauer des gegen=
wärtigen Ministeriums vollständig auszureichen.

Ein Seeheld und ein Maulheld.

16. April 1871.

Es steht uns jetzt, nachdem Tegetthoff gestorben ist, kein Hinderniß mehr im Wege, auch zur See tüchtig geschlagen zu werden. Man hat von diesem Seehelden wenig gesprochen, als er noch lebte, und auch jetzt, da er begraben ist, weiß man von ihm nichts zu erzählen, als daß er die Feinde geschlagen, und bekommt keine jener rührenden Anekdoten zu hören, welche sonst nach dem Hinscheiden berühmter Landratten dutzendweise veröffentlicht werden. Es ist uns aus dem Leben dieses Seemannes keiner jener kräftigen Züge mitgetheilt worden, von welchen sonst die Charaktere unserer irdischen Feldmarschall-Lieutenante zu strotzen pflegen; er hat bei Helgoland und Lissa gesiegt und damit basta. Welche Cigarren er aber besonders geschätzt, welche Witze er bei Tische zu machen pflegte und welche merkwürdige Proben von Leutseligkeit er zum Besten gegeben, darüber schweigt die Geschichte. Er scheint im Leben ein ganz simpler Mensch gewesen zu sein und im Kanonenfeuer mehr Geistesgegenwart an den Tag gelegt zu haben, als bei Diners und auf Bällen.

Sein Leichenbegängniß war prächtig, aber von den Honoratioren, die an demselben theilnahmen, will ich nur des Leibpferdes erwähnen, das hinter dem Leichenwagen einhertrabte, wahrscheinlich weil er dasselbe in so mancher heißen Seeschlacht geritten hatte. Ich gebe zu, daß es mit größerer Unbequemlichkeit ver=

10

bunden gewesen wäre, ein Linienschiff dem Sarge des Admirals folgen zu lassen, es hätte jedoch ein solches mehr für sich ge= habt als das Pferd, welches ja höchstens dazu gedient hat, Jenem eine gesunde Leibesbewegung vor Tische zu verschaffen. Ich glaube, ohne mir übrigens ein Urtheil in strategischen Dingen anmaßen zu wollen, daß mit Demselben oder mit noch größerem Rechte die Hauskatze oder der Papagei des tapferen Admirals unter den geladenen Trauergästen hätten figuriren können.

. Unter den Leidtragenden hat nicht nur das Trauerpferd durch seine Anwesenheit, sondern auch Herr Eduard Mautner durch, ein Gedicht überrascht, welches er in der „Neuen Freien Presse" ver= öffentlichte. Dieser in den weitesten Kreisen zum Speisen ein= geladene Dichter, der seinen Namen gerne mit wichtigen Ereignissen der österreichischen Zeitgeschichte in Verbindung bringt und selten verfehlt, die hiebei betheiligten Civil= und Militär=Autoritäten mit einem kleinen lyrischen Bückling zu begrüßen, hat auch diesmal nicht versäumt, den Manen des dahingeschiedenen k. k. Vice= Admirals in einigen warm servirten Strophen sein ergebenstes Compliment zu machen. Das Gedicht war jedoch, wie wir gerne zugestehen, ziemlich traurig und gleich der übrigen von der so ver= läßlichen Entreprise de pompes funèbres besorgten Leichenaus= stattung standesgemäß.

Da ich heute nicht, wie an gewöhnlichen Sonntagen, von den profanen Ereignissen der Woche spreche, so benütze ich den Anlaß, um in diesen sonst nur dem Irdischen zugewendeten Spalten der neuen Religion zu erwähnen, deren Stiftung wir der freundlichen Bereitwilligkeit des Herrn Hippolyt Tauschinsky verdanken. Während die früheren Herren Religionsgründer eine solche in der Regel mit Beziehung auf detaillirte Vorbesprechungen stifteten, die sie mit dem lieben Gott gehalten, hat der Herr Prophet Tauschinsky seine neue Religion, wie er den Gläubigen mittheilt, einfach „mit Beziehung auf das Gesetz vom 25. Mai 1868" gestiftet. Wir glauben, daß eine k. k. niederösterreichische Statthalterei, bei welcher man den Betrieb einer neuen Religion anmeldet, den berechtigten Anforderungen der Gegenwart jedenfalls mehr entspricht, als ein brennender Dornbusch, und die Publicität, welche dem neuen Unternehmen durch die Veröffentlichung des ziemlich abwechslungsreichen Programms in den gelesensten Tagesblättern gesichert ist, dürfte in unserer Zeit der Eisenbahnen ausreichen, um dieser soliden Religion den entsprechenden Kreis von Theilnehmern zu gewinnen.

Die neue Religion, welche als „die Botschaft der Wahrheit, der Freiheit, der Liebe" firmirt und ihren Sitz in Wien hat, versucht es, einem längst gefühlten Bedürfnisse abzuhelfen, indem sie die beschränkte Zahl der zehn Gebote auf (wenn ich mich nicht im Addiren geirrt habe) achtzehn erhöht. Und zwar sind diese mit einem großen Sinne für Symmetrie in der Weise eingetheilt, daß auf die drei Botschaften der Wahrheit, der Freiheit, der Liebe je sechs Gebote entfallen. Es wird jedenfalls der Kritik vorbehalten sein, in eine ausführliche Beurtheilung der Programmspunkte einzugehen und vielleicht hier Zusätze, dort Abstriche vorzuschlagen. Es sei mir nur gestattet, an dieser Stelle mit Genugthuung hervorzuheben, daß sich unter den „Geboten der Freiheit" auch eines befindet, welches dem bekannten Satze, daß man den Culturgrad eines Volkes an dessen Verbrauche von Seife zu messen vermöge, Rechnung zu tragen scheint. Das nicht genug zu beherzigende vierte Gebot der Freiheit lautet nämlich: „Sei reinlich", ein Gebot, welches der neuen Religion von vornherein die Sympathien der Seifensieder zu gewinnen nicht verfehlen wird.

Nur ist es fraglich, ob jene Herren, denen gegenüber es nothwendig erscheint, die Botschaft der Reinlichkeit zu verkünden, sich in den etwas dunkeln Glaubenssätzen der neuen Religion zurechtfinden werden. Denn diese macht von dem „Weltgeist" (nicht Seifengeist) einen ziemlich verschwenderischen Gebrauch. Nun ist der Weltgeist zwar für die Gewaschenen ein ziemlich alter Bekannter, dürfte jedoch den Ungewaschenen bisher nicht vorgestellt worden sein. Für diese Letzteren wird allerdings eine Gebrauchs-

10*

anweisung mitgetheilt, indem der Weltgeist als „die schöpferische Energie" der Welt erklärt, die Menschheit als „eine der unzähligen Formen, in denen der Weltgeist in der Reihe seiner Entwicklungen sich darlegt" u. s. f. u. s. f. bezeichnet werden. Doch fürchte ich, daß die Jünger der Tauschinsky'schen Religion noch viele Stücke Seife verbrauchen werden, bevor sie auf jenen Standpunkt gelangen, „wo man dem Weltgeist näher steht als sonst!"

Frankl's Todtenklage.

23. April 1871.

Es hat sich in dieser Woche eigentlich nicht viel Neues er=
eignet. Nur aus Frankfurt wurde von einem neuen artilleristischen
Versuche berichtet, indem dort der Baron Rothschild von einem
Franzosen bombardirt wurde. Es scheint jedoch, daß die Bomben
sich im Kleinverkehre nicht bewähren, denn der Banquier blieb,
obwohl gänzlich unbefestigt (nur die Nase soll etwas gewölbt sein)
dennoch unversehrt und der Artillerist wurde, wie dies kühnen
Neuerern gegenüber so häufig geschieht, irrsinnig erklärt. Man
sieht, wie gefährlich es ist, ein Welthaus zu sein: Der Pariser
Rothschild wird von der Commune gebrandschatzt, der Frank=
furter mit Bomben beworfen und der Wiener Rothschild soll gar,
wie ich neulich las, Credit=Actien gekauft haben.

Ein allgemein geachtetes Mitglied unserer Aristokratie ist
wegen endlich auch gerichtlich erhobenen Blödsinns unter Curatel
gesetzt worden und es liegt vielleicht hierin der Grund, daß der
neue Pairsschub, von dem ein sonst wohlunterrichtetes Provinz=
blatt zu melden weiß, sich noch immer verzögert. Dasselbe Blatt
berichtet auch, daß außer dem Minister ohne Portefeuille, Herrn
Grocholski, durch welchen das verfassungstreue Ministerium sich
verstärkt hat, noch die Herren Baron Giovanelli und Graf Clam=
Martinitz ein Ministerium ohne Portefeuille erhalten sollen. Ist
denn nicht vielleicht auch für den Baron Kotz kein Portefeuille
noch zu haben?

Wir haben endlich auch in dieser Woche wieder einen großen
Todten und mehrere Nekrologe über ihn zu beklagen. Der Um=

stand, daß Tegetthoff eine Woche vor Oppolzer gestorben war,
hat Viele, welche das journalistische Todtenbeschreibamt versehen,
zu der Geschmacklosigkeit verleitet, eine Parallele zwischen dem
tapferen Admiral und dem berühmten Arzte zu ziehen, die in den
meisten Fällen mit einem ansehnlichen Guthaben für den er-
probten Kliniker abschloß. Am Weitesten hierin ist wohl Herr
Dr. Ludwig August Frankl gegangen, welcher in der „Neuen
Freien Presse" eine Art nadowessischer Todtenklage um den dahingeschiedenen Diagnostiker erhob, und gleich in der ersten Strophe
eine gewisse gereizte Stimmung gegen die Verfasser jener gereim-
ten und ungereimten Nekrologe, deren Helden „Helden" sind, und
gegen diese Letzteren selbst an den Tag legte.

Mit einem hämischen Seitenblicke auf Tegetthoff und den
rhythmischen Lärm, welchen dessen Tod hervorgerufen, erklärt der
auf seinen Todten stolze Dichter:

> „Es mögen And're melden
> Und singen von den Helden,
> Die Schlächterarbeit thun,
> Die mit den Feuerbomben
> Hinopfern Hekatomben —
> Laßt unbeweint sie ruh'n!"

Nachdem er so ein Exempel an Tegetthoff statuirt und mit
diesen Versen, deren Rhythmus an den Trab der berittenen
Polizeiwache erinnert, welche bei großen Leichenbegängnissen ausrückt,
den Nekrologisten des Admirals ein kräftiges „Zaruck!" entgegen-
bonnert, tritt er selbst mit entschlossenem Schritte und neun um-
florten Strophen als poetischer Todtenbeschauer an den Sarg
Oppolzer's. Er constatirt, daß er „entschlummert liegt" und mit
dem Vornamen „Johann" geheißen habe, ein Umstand, der in
ihm die fettgedruckte Vermuthung wachruft, der Verstorbene sei
„ein echter Johanniter" gewesen.

Sodann gibt er ein kleines „Lebensläufel" desselben zum
Besten: wie dieser auscultirt, percutirt und klinische Vorträge ge-

halten habe für Jünger, von welchen der Dichter uns mit=
theilt:

> „Das sind die Apostolen,
> Die jetzt' nach allen Polen
> Sein Wort verkünden gehen."

Ich weiß nicht, ob die Schüler Oppolzer's sich wirklich so
sehr nach den Polen hingezogen fühlen, möchte jedoch diese
warnen, sich durch die Worte Frankl's „nach allen Polen" nicht
irre machen zu lassen, da es nach der Versicherung von Fach=
männern nur zwei Pole gibt, nämlich wie bisher auch fernerhin
einen Nord= und einen Südpol, so daß die Polarpraxis keine be=
sonders ergiebige sein, und hinter der interpolarischen in jedem
Falle zurückstehen dürfte. Der Dichter zieht dann ein Resumé
und meint:

> „Nicht Eine That, errungen
> Durch Kraft und halb gelungen,
> Erwarb ihm seinen Ruhm.
> So lang sein Dasein währte,
> War Arbeit ihm Gefährte,
> Bei schlichtem Menschenthum."

Ich glaube, daß selbst langjährigen Schülern Oppolzer's die
richtige Diagnose dieses Wortgeräusches schwer fallen werde. Das
Versmaß jedoch, das Herr Frankl gewählt, will seine Opfer
haben, und so scheint die That, welche durch Kraft errungen,
aber nur halb gelungen ist und in dieser Weise den Gegensatz
zur Arbeit bildet, die Oppolzer's Gefährte bei schlichtem Menschen=
thume war, ein auf den Altar des Schönen dargebrachter Unsinn
zu sein. Noch weiter in die Detailschönheiten dieser Elegie ein=
zugehen, muß ich mir versagen, ich überlasse dies Anderen, oder
um mit den schon zu Anfang citirten Worten des Dichters
empfindungsvoll abzuschließen:

> Es mögen And're melden
> Und singen von den Helden,
> Die Schlächterarbeit thun.

Eine Selbstschau.

7. Mai 1871.

Ich habe neulich in einem hiesigen Blatte ein Inserat ge=
lesen, in welchem eine „junge, schöne und geistreiche Dame" den
Wunsch aussprach, mit einem Herrn in Correspondenz zu treten.
Die Unbekannte verlangte „die politischen und religiösen Anschau=
ungen der Correspondenzwerber, sowie deren Ansichten über die
Ehe" kennen zu lernen, und Aufschluß „über das Aeußere, die
Gemüthsart und die Lebensstellung" des Candidaten zu erhalten.
Mit einer jungen, schönen und geistreichen Dame ein Correspon=
denz=Verhältniß anzuknüpfen, schien mir sehr verführerisch, obwohl
ich mich eine zeitlang des Mißtrauens nicht erwehren konnte, es
könnte unter der Dame, die sich Jugend, Schönheit und Geist
nachrühmte, ein pfiffiger Journalist verborgen sein, der die Ein=
läufe, welche darauf berechnet wären, das Herz einer Dame zu
gewinnen, im Wege der Blüthenlese zu Zeitungsartikeln miß=
brauchen könnte. Deßungeachtet beschloß ich, die Mitbewerbung
zu versuchen. Ich ging also an die verlangte Selbstschau, fand
aber, daß es das Portrait eines sehr gewöhnlichen Menschen war,
das ich entworfen hatte, in keiner Weise geeignet, ein Plätzchen
in dem Herzen einer schönen, jungen und geistreichen Dame zu
erobern. Ich entschloß mich daher, dasselbe in den mir einge=
räumten Feuilletonsspalten auszustellen, so daß meine Furcht vor
dem Journalisten, der die Correspondenzen mißbrauchen könnte,
nur zu gegründet war.

Junge, schöne und geistreiche Unbekannte! Ich bin keine
kriegerische Natur. Meine Handschuhnummer übersteigt kaum 6 3/4,

und ich liebe daher nicht das Faustrecht. Ich bin einer von den
Sonderlingen, die ihren Fuß lieber in der Hand eines unbekann=
ten Schusters, als in der des renommirtesten Chirurgen sehen.
Doch gehöre ich nicht zu jenen steuerzahlenden Brahmanen, welche
die heilige Dreiheit: Ruhe, Ordnung und Sicherheit anbeten, zu
jenen Fanatikern der Objectivität, welche sich die Weltgeschichte
immer auf fünf Schritte vom Leibe zu halten suchen, und die
nur dann Geschmack an den großen Ereignissen finden, wenn
zwischen diesen und ihrem Nabel sich ein Telegraphendraht von
einigen hundert Meilen befindet. In der Politik habe ich mir
den Ausspruch eines englischen Staatsmannes zu Herzen genommen,
der diesen auch durch Beispiele nachgewiesen hat, daß die Mino=
rität zuletzt immer Recht behalte. In neuester Zeit jedoch fange
ich an, große Vorsicht an den Tag zu legen, da ich die Bemer=
kung gemacht habe, daß das Schimpfen auf die Majorität be=
reits die Majorität für sich hat, und nur die Minorität es noch
mit der Majorität hält.

Was meine religiösen Anschauungen betrifft, so ziehe ich
unsere irdische, wie ich zugeben muß, ziemlich schlecht dotirte
Jammerfiliale des Himmels dem Hauptsitze des Unternehmens,
von wo uns seit geraumer Zeit keine Ausweise mehr zukommen,
entschieden vor, und bin bescheidener als die alten Betschwestern,
welche glauben, daß sie für den lieben Gott noch immer gut
genug sind. Sowie es Menschen gibt, die so lange schlechter
Laune sind, als sie nicht gefrühstückt haben, so gibt es Andere,
die nur nach dem Mittagessen religiöser Laune sind. Wenigstens
kann man die Bemerkung machen, daß dann die Meisten zu fasten
bereit sind.

Ich bin nicht mehr ganz jung, trage dies aber den Jüngeren
nicht nach. Ich schmeichle mir, daß ich nicht zu Jenen gehöre,
denen man auf den ersten Blick ansieht, welche Mühe es ihnen
kostet, nicht auf allen Vieren zu gehen. Obwohl die Zeit nicht
spurlos an mir vorübergegangen ist, so vermag doch glücklicher=
weise mein Kopf nicht jene bescheidenen Wünsche zu erfüllen, die

man in der Regel bezüglich der Milch hegt: Kein Haar dort zu
finden. Meine Nase ist nicht klein, sie gehört aber auch nicht zu
jenen Großnasen, bei welchen man, wenn die Sonne sie bescheint,
niemals die Besorgniß unterdrücken kann, diese würde auf ihr,
wie in dem Reiche Karl des Fünften, niemals untergehen.

Obwohl mich mein Beruf zwingt, vor die Oeffentlichkeit zu
treten, so bin ich doch einer von den Wenigen, welche die Journalistik nicht fürchten, denn wenn es finster wird, schreibe ich
selbst in die Zeitung. Da es, wie man behauptet, mehr Talent
erfordert, das Gute anzuerkennen, als das Mittelmäßige zu tadeln,
so begnüge ich mich mit der bescheideneren Aufgabe des schwächeren
Talentes. Ich ahme jedoch nicht jene ernsten Leute nach, welche
fortwährend in Angst sind, man könnte glauben, sie unterhielten
sich, und halte es nicht mit jenen Grobianen, von welchen man,
wenn man sie einmal nicht sieht, zu vermuthen pflegt, daß sie
wegen einer Ehrenbeleidigung eingesperrt seien. Uebrigens kann
man sich bei Jenen, welche Jedermann loben, nie des unheim-
lichen Gefühls erwehren, diese seien vollständig vorbereitet, auf
Jedermann eine Grabschrift zu machen. Ich bin zwar nicht so
allgemein bekannt, wie der geheime Plan eines Generals, zähle
jedoch unter den Wenigen, die mich kennen, sehr viele Feinde.
Namentlich haben meine häufigen Kämpfe mit den gefeiertsten
Schöngeistern der Residenz öfter den Unwillen zarter Leserinnen
erregt. Sowie man jedoch das schöne Geschlecht auch das schwache
nennt, sollte man diese Schöngeister lieber Schwachgeister nennen,
und man würde dann mein Vorgehen weniger verdammenswerth
finden.

Ich bin endlich nur noch mit meinem Gutachten über die
Ehe im Rückstande. Ich war aber leider nie verheirathet und
bin es glücklicherweise noch immer nicht. Es fällt mir nur ein,
daß ich vor langen Jahren einmal einer Dame Treue bis in den
Tod geschworen habe, wobei ich jedoch ausdrücklich hervorheben
muß, daß damals die Cholera sehr stark grassirte. Es bleibt mir
demnach nur übrig, aus den Erfahrungen, welche Andere in der

Ehe gemacht haben, einen Schluß zu ziehen. Nur zwei meiner
Freunde haben es glücklich getroffen. Der Eine hat in der Ehe
eine neue Form der Langweile gefunden; der Andere hat sich an
die Ehe wie an ein chronisches Leiden gewöhnt, das ja der Ge-
wohnheitsmensch endlich auch lieb gewinnt.

Dies war beiläufig der Inhalt des Schreibens, mit welchem
ich die Correspondenz mit der schönen, jungen und geistreichen
Dame aus der Inseraten-Beilage zu eröffnen gedachte.

———

Zahme Steuerverweigerer.

11. Juni 1871.

Juchhe, der Geldbrief ist da, das Ministerium ist wieder kreuzfidel und lacht die Verfassungs-Philister aus, die ihm ein Bein stellen wollten. Die Budgetverweigerung sollte zwar nur eine Comödie sein, und unsere Verfassungstreuen beabsichtigten nichts weiter, als den traurigen Vorfall, der sich einmal in einem anderen constitutionellen Lande ereignet haben soll, daß nämlich einem Ministerium die Steuern verweigert wurden, auf die Bühne zu bringen.

Das Ganze erinnerte an die lustigen Handwerker im „Sommernachtstraum", welche die schreckliche Geschichte von Pyramus und Thisbe aufführen wollen und fürchten, ein hohes verehrungswürdiges Publicum könnte die Geschichte ernst nehmen und erschrecken. Der Weber Zettel jedoch weiß sich mit einem Prolog zu helfen, der „verblümt zu verstehen geben soll, daß wir mit unseren Schwertern keinen Schaden thun wollen und daß Pyramus nicht wirklich todt gemacht wird, und zu mehr besserer Sicherheit sagt ihnen, daß ich Pyramus nicht Pyramus bin, sondern Zettel der Weber". Und ebenso muß dort der Löwe, um den Damen keine Furcht einzujagen, erklären, daß er von hausaus kein Löwe sei „und dann laßt ihn nur seinen Namen nennen und rund heraussagen, daß er Schnock der Schreiner ist".

So hat auch der Verfassungslöwe Herr Dr. Giskra, damit das hohe Ministerium nicht erschrecke, indem es glauben könnte, es handle sich um eine wirkliche Steuerverweigerung, die man daran erkennt, daß die Steuern nicht gezahlt werden, rund her-

ausgesagt, daß gar nicht „eine Steuerverweigerung, womit ängst=
liche Gemüther eingeschüchtert werden sollen, eine Steuerver=
weigerung in der Absicht, Jemanden auffordern zu wollen, seine
Steuern nicht zu bezahlen", beabsichtigt werde, sondern blos „die
Wahrung des kostbaren Princips des Constitutionalismus". Als
aber der edle Principien=Bewahrer mit den Augen blitzte und mit den
Zähnen knirschte, da entdeckte das Publicum das flackernde Licht
der Coulissenlampen, es sah die Schminke und den falschen Bart,
es roch aus der Rüstung des Helden den Buchbinderkleister her=
aus und erkannte in dem pathetischen Steuerverweigerer, der den
Principien=Schimmel ritt, unseren ersten constitutionellen Lieb=
haber, den Verfassungs=Sonnenthal Dr. Giskra.

Und als dann die Wogen der Begeisterung immer höher
gingen, da mußte man doch mit stiller Wehmuth an den fidelen
Sachsen denken, welcher erzählte, er und seine Gesellschaft seien
gestern so lustig gewesen, daß sie fast Wein getrunken hätten. Sie
nahmen die Steuerverweigerung so ernst, daß sie fast die Steuern
verweigert hätten. Es mußte ja den Steuereinhebern das Herz
im Leibe lachen, wenn sie hörten, wie diese Steuerverweigerer
für das pünktliche Eingehen der Steuern besorgt waren, und es
hätte nicht der fortwährend erneuerten Versicherung ausgezeichneter
Loyalität von Seite der Steuerverweigerer bedurft, um deren
Ungefährlichkeit darzuthun.

Aber selbst dieser Sturm in einem Glas Wasser erschreckte
sieben tapfere Verfassungsschwaben so sehr, daß sie, nachdem sie
vorher „die großen Wasserstiefel" angelegt hatten, vorsichtig reti=
rirten.

Man kann das den armen Hasenfüßen nicht übel nehmen.
Sollte etwa der Edle v. Plener seinem Schwager, dem Freiherrn
v. Holzgethan, der erst so kurze Zeit Finanzminister ist, die
Steuern verweigern und diesen gar um sein Portefeuillebrod
bringen? Nein, wegen eines Bischen Verfassung wird man doch
zwei Herzen, die schwägerliche Liebe für einander fühlen, nicht
auseinanderreißen wollen? Oder kann man von dem Baron Lasser

verlangen, er solle für die zehn Gulden Diäten,. welche er bezieht,
seine Ueberzeugung verkaufen, daß er nächstens selbst ein Porte=
feuille erhalten werde? Und der Bankengründer Ritter von Lipp=
mann, verpflichtet ihn nicht die Ritterlichkeit dazu, dem Ministerium,
von welchem er noch so viele „Concessionen" erwartet, auch eine
Concession zu machen. Weshalb aber der „ehrliche" Brestel für
das Ministerium gestimmt hat, weiß Keiner, seine Ehrlichkeit jedoch
berechtigt uns zu der Vermuthung, daß er über die Gründe, welche
ihn hiezu bewogen, nicht besser unterrichtet ist als die Anderen.

Die ritterlichen Polen, welche noch immer, sobald es sich um
unser Geld handelt, sich sehr coulant gezeigt haben, wollten selbst=
verständlich noch weniger davon wissen, dem Ministerium ihres
Vertrauens die Steuern zu verweigern. Nur nahm ein Pole,
Herr Dr. Weigl, aus der Budgetverweigerung Anlaß zu einem
fetten Abstriche. Er strich nämlich einem Redner, welcher Börne's
Vergleich der Minister mit Butterbroden, die immer auf die fette
Seite fielen, citirt hatte, die Butter, und fragte, warum dem
Herrn nicht Goethe's Vers eingefallen sei: Wer nie sein Brod
(ohne Butter) mit Thränen aß. Ich glaube allerdings, daß das
erwähnte Gedicht eine Anwendung auf unsere Minister zuließe,
nur müßte man sich dann entschließen, statt des ersten Verses, wie
Herr Weigl vorschlägt, den letzten Vers zu citiren: Denn jede
.Schuld rächt sich auf Erden! Da Herr Dr. Weigl schon in einer
Kritik der Citate begriffen war, benützte er die Gelegenheit, um
das, wie er bemerkte, immer gegen die Polen citirte Gedicht
Heine's „Krapulinski und Waschlapsky" „widerwärtig und lächer=
lich" zu finden. Hätte vielleicht Heine, da er die beiden edlen
Schnapsbrüder besingen wollte, auch Goethe's Vers: „Wer nie
sein Brod mit Thränen aß", einfallen sollen?

————

Die Geheimnisse der Cavallerie.

16. Juli 1871.

Wenn sich jetzt zwei Feuilletonisten auf der Straße begegnen, lachen sie wie die Auguren über einander, sobald sie aber ihre beiderseitigen humoristischen Feuilletons lesen, hören sie auf, über einander zu lachen. Das öffentliche Leben ist bis auf das Bischen Reiterei, welches noch immer im Circus Beust zum Besten gegeben wird, langweilig geworden; in den Theatern hat sich zwischen dem Souffleur und den Schauspielern, welche in dieser Einöde nur auf einander angewiesen sind, ein intimeres Verhältniß herausgebildet und der Director des Carltheaters hat sich in Berücksichtigung des Umstandes, daß die Mäuse jetzt die alleinigen Habitués seines Kunsttempels bilden, veranlaßt gesehen, eine Hauskatze zu einem größeren Gastspiele einzuladen.

Wir Unglücklichen, für welche die Freuden des Sommers nur in sauren Gurken bestehen, geben uns im Stadtparke ein abendliches Rendezvous. Dort starren wir, wenn die Sonne untergeht, in ein Glas Bier wie Lebensüberdrüssige, welche mit Selbstmordgedanken umgehen, in einen Teich. Erscheint dann der Mond das lüsterne Schiefmaul, welcher der Erde, obwohl sie an den beiden Polen leider abgeplattet ist, schon eine Ewigkeit nachläuft, dann läßt uns die Wehmuth des Alleinseins tiefer aufseufzen, so daß der in schläfrige Nachtgedanken versunkene Zahlkellner an uns mit der Frage herantritt: Bitte, haben Sie „Zahlen"! gerufen? Und ohnehin elegisch gestimmt, denkt man bitter lächelnd: Was bin ich dem Egoisten? Eine Quelle, die drei Kreuzer Trinkgeld sprudelt.

Doch der Feuilletonist soll wie die Nürnberger, die Keinen hängen, den sie nicht haben, nicht den Kopf hängen lassen. Er halte sich stets das geflügelte Wort gegenwärtig, mit welchem Se. Excellenz der Herr Reichs-Kriegsminister Baron Kuhn neulich der Delegation eine so angenehme Zerstreuung geboten hat. „Das Cavalleriepferd muß springen können!"

Es kann allerdings nur wünschenswerth erscheinen, wenn das Pferd, welches die militärische Carrière gewählt hat, neben seinen anderen Tugenden auch die des Springens besitzt: Wir haben uns selbst zu oft überzeugt, wie bei großen Feierlichkeiten, bei welchen, um Unglücksfälle zu verhüten, Cavallerie gegen die Zuschauer ausgerückt war, ein springendes Pferd Hunderten von Frauen und Kindern einen panischen Schrecken eingejagt hat, als daß wir die strategischen Vortheile springender Pferde irgendwie zu verkleinern dächten. Da jedoch der Herr Kriegsminister die Behauptung, das Cavalleriepferd müsse springen können, aufstellte, um sich Jenen gegenüber zu entschuldigen, welche, wie er erklärte, der Kriegsverwaltung den Vorwurf gemacht hätten, „die Pferde gingen vor der Zeit zugrunde", so scheint es, daß diese gymnastische Uebung unseren Cavalleriepferden nicht ganz gut bekommt. Unsere Cavallerie hat daher einen ähnlichen Unfall zu beklagen wie jener rationelle Pferdezüchter, dessen Roß gerade in dem Augenblicke zugrunde ging, wo es, wie der trostlose Hinterbliebene erzählte, sich schon daran gewöhnt hatte, nichts mehr zu fressen, indem die Cavalleriepferde bedauerlicherweise dann zugrunde gehen, wenn sie eben daran sind, springen zu können.

Ich glaube meine Schuldigkeit als Patriot gethan zu haben, indem ich den Pferden, die für das Vaterland im tiefsten Frieden in den Tod gesprungen sind, dies kleine Nachwort gewidmet habe. Ich sehe mich dagegen zu einer ernsten Interpellation an den Herrn Reichs-Kriegsminister verpflichtet und zwar in Ansehung einer anderen tragischen Enthüllung, welche er über die Reiter der unglücklichen Pferde in der Delegation gemacht hat. Damen, welche in der Lecture meines Feuilletons bis hieher gelangt sein sollten, muß ich, wenn sie nicht über besonders starke Nerven zu verfügen haben, bringendst ersuchen, hier abzubrechen, da es sich in dem Folgenden um nichts weniger handeln wird als um — Hosen, und zwar (ich hoffe, die Damen haben sich schon aus dem Staube gemacht) um die Hosen unserer Cavalleristen, ja, da alle Hosen gerissen sind, um noch Aergeres als Hosen, um Ohnehosen.

In der Verwirrung des Schmerzes darüber, daß dem Cavalleristen gegenwärtig nur eine, wenn auch eine rothe Hose zur Verfügung stehe, entschlüpfte nämlich Sr. Excellenz das unglückselige Bekenntniß, welches wir, um dem Gewichte desselben keinen Abbruch zu thun, hier wörtlich mittheilen wollen: „Ich war daher bemüßigt, die Tragzeit der Hosen von zwölf Monaten auf acht Monate herabzusetzen." Der gewandte Mathematiker wird hienach sogleich eine unbedeckte Lücke von vier Monaten entdeckt haben, während welcher also der achtmonatliche berittene Hosenträger mit dem Tragen von Hosen pausiren mußte. Es muß daher für den Militärfreund die Frage entstehen, wie der Cavallerist während der vier hosenlosen Monate den Unbilden der Witterung vom Rocke abwärts zu trotzen im Stande war und wie es ihm, ohne die Gebote der unumgänglichsten Schamhaftigkeit zu verletzen, über die sich ja auch der geübtere Reiter nicht hinwegsetzen sollte, möglich war, seinen Pflichten als Dragoner, Mensch und Geliebter nachzukommen.

Wie manche sanguinisch=cholerische Mehlspeisköchin mochte nicht der Bürger'schen Leonore gleich aus schweren Träumen emporfahrend gerufen haben: „Bist untreu, Wilhelm, oder todt?" da auch ihr geliebter Cavallerist, wohl nicht „in die Prager Schlacht" gezogen, jedoch zur Parade ausgerückt war, „und hatte nicht geschrieben, ob er gesund geblieben", während doch der Wilhelm jun., weder untreu war noch todt, sondern für ihn ganz einfach „die Tragzeit der Hose" abgelaufen war, so daß er nicht in der Lage sich befand, bei Leonoren vorzusprechen. Ich frage nun ganz im Ernste, gibt es für einen vaterländischen Balladendichter einen schöneren Stoff, als: der Cavallerist und sein Pferd? Das poetische Wasser läuft Einem ordentlich im Mund zusammen, wenn man an all das Unglück unserer Rosse und Reiter denkt!

11

Herbst.

24. September 1871.

Die schönen Tage von Vöslau sind nun vorüber; die Claviere
der landesfürstlichen Stadt Baden ertönen nicht mehr unter den
Fingern heirathsfähiger Banquierstöchter, und döblingmüde kehrt
der Börsianer, der unter den wilden Stämmen jenseits der Thury-
Brücke eine neue Heimath gesucht, in die theure Stadtwohnung
zurück. Noch rauschen die Fontainen in den Gärten, aber der
Sand knirscht nicht mehr leise unter dem schönen Fuße schmach-
tender Frauen, nicht mehr bannt silbernes Mädchengelächter den
Schritt des einsam wandelnden Junggesellen, und schwermüthig
schütteln die hohen Bäume ihre Wipfel und streuen gelbe Blätter
auf das stille Plätzchen, wo junge Liebe sich ihre Noth geklagt.
Der Gärtner trägt die schönen Blumen in ihr warmes Gefängniß
zurück und nur hie und da vermißt er eine Blüthe, die eine kleine
Hand als Selam gepflückt hat. Vom Balcon sind die Anemonen
verschwunden und nur die Hausmeisterin beugt sich dort herunter
und erzählt der horchenden Freundin die Geheimnisse dieses
Sommers.

Der Tourist, der als Pionnier der Wiener Gemüthlichkeit
seinen Plaid über die Alpen getragen, kehrt wieder, und drückt
gerührt den heimischen Speisezettel, den er erst im Elend der Er-
holungsreise lieben gelernt, an seine Lippen. Er erzählt von
hohen Bergen und wie die Nausikaa der Alm den irrenden
Odysseus gepflegt, von grünen Seen und Forellen, von Sterz
und Zitherklängen, — dann aber hält er sein Bierglas gegen das
Licht, schaut mit feuchtem Auge in das klare Gelb des langver-

mißten Getränkes und ruft: Ich bin doch froh, daß ich wieder
zurück bin. Der Unglückliche aber, dessen beschauliches Leben den
Neid der mißgünstigen Götter wachgerufen, trifft gewiß einen
Freund, der zu seiner Erholung die Schlachtfelder des vorigen
Jahres bereist hat, und ihm nun die glorreichen Kämpfe von
Wörth bis Sedan ausführlich wieder erzählt.

Auch Herr Laube gehört zu diesen Touristen, er ist zu Reise=
beschreibungszwecken an den einer besseren Sache würdigen Rhein
gezogen und hat in der „Neuen freien Presse" nunmehr für Ein=
jährig=Freiwillige einen Cyclus strategischer Vorträge eröffnet. Der
gewiegte Theater=Director macht uns nicht mehr auf Mißgriffe
jugendlicher Liebhaberinnen, sondern auf die Ungeschicklichkeiten
französischer Feldherren aufmerksam, er kritisirt nicht mehr Mimik
und Declamation, sondern feindliche Stellungen und Artilleriegefechte.

Wir erfahren, allerdings nicht zum ersten Male, daß die deutschen
Truppen gesiegt haben, die Franzosen dagegen unterlegen seien
und wir können zwischen den Zeilen lesen, daß das Letztere nicht
der Fall gewesen wäre, wenn statt der Generale Mac Mahon und
Bazaine, der Director Heinrich Laube den Oberbefehl geführt
hätte, sowie ja bekanntlich nach der Ansicht dieses Strategen unser
Theater nur dadurch in Verfall gerathen ist, daß der Commando=
stab sich nicht mehr in den Händen des Herrn Laube befindet.
Doch finden wir in den strategischen Kritiken des Herrn Laube
nicht dieselbe Mißgunst, wie in seinen Theaterkritiken und der
Moltke des Burgtheaters läßt dem Laube des Kriegstheaters die
volle Gerechtigkeit widerfahren.

Der Sommer, dessen Freuden uns so karg zugemessen waren,
ist nun zu Ende, die Sonne gibt nur mehr ihre Abschieds=
vorstellungen — ach! die Zeit vergeht so schnelle, wenn man nicht
gerade einen Artikel der officiellen „Wiener Abendpost" liest.
Diese hat es unternommen, unser tschechisches Ministerium zu ver=
theidigen, und die Arbeit häuft sich so, daß sie damit unter drei
Spalten jetzt gar nicht mehr fertig wird. Aengstliche Abonnenten
des Blattes sprechen schon die Befürchtung aus, daß sie, wenn die

11*

Regierung noch länger am Ruder bleiben sollte, nächstens um den Roman kommen werden. Während so „die Abendpost" die Feinde der Regierung einzuschläfern sucht, legen die tschechischen Blätter eine wahre furia česká an den Tag und hoffen so die Deutschen einzuschüchtern. Eines dieser Blätter, welches sich das „Vaterland" nennt, hat sogar schon gedroht, die Wiener niederzusäbeln zu lassen, ein Wunsch, den die „Abendpost" liebenswürdig abwehrend eine „Schrulle" nannte, sowie man es etwa eine Schrulle nennt, wenn Einer, der es nicht nöthig hat, im Winter in Nanking-hosen spazieren geht. Daß da die Prager Zeitungen nicht zu-rückbleiben dürfen, versteht sich von selbst, sie zeigen uns den Hausknecht, wenn er die Kette bricht. Hat doch schon das böh-mische Blatt Narodny Listy den Deutschen, falls sie unterliegen, mit Kerker und Galgen gedroht. Richtet ihn nur auf den Galgen, aber sorgt dafür, daß er recht geräumig werde, denn in dem Buche Esther heißt es: „Also henkte man Haman auf den Baum, den er Marbachai gemacht hatte."

Ja, der Deutsch-Oesterreicher, das ist der arme Marbachai, der vor dem Thore des Königs sitzt und wartet. Und einmal, da König Ahasveros eine schlaflose Nacht hatte, da ließ er sich die Chronica und die Historien bringen und vorlesen. Es traf sich aber, daß dort die großen Verdienste des Marbachai um den Staat verzeichnet standen. Und der König Ahasveros fragte, was man dem Marbachai Ehre und Gutes dafür gethan, aber man antwortete ihm: Es ist ihm nichts geschehen.

Ahasveros aber, der da König war von Indien bis an die Mohren über hundert und siebenundzwanzig Länder, beschloß, das Versäumte wieder gut zu machen, und dem Marbachai große Ehren zu erweisen. Und glücklicherweise saß dieser noch vor dem Thore und wartete. Es hätte aber auch möglich sein können, daß Mar-bachai sich gedacht hätte: Hol der Teufel die Indier und Mohren und inzwischen fortgegangen wäre.

Rührender Abschied.

Herr Graf Beust hat, seitdem er das Minister=Portefeuille niedergelegt, von allen Seiten die rührendsten Beweise des Vertrauens erhalten. Am meisten wird es den zukünftigen Geschichtschreiber überraschen, daß auch der Vorort Unter=Meidling den scheidenden Reichskanzler durch eine Deputation begrüßt und ihm die Zufrieden= heit mit seiner Amtsführung ausgedrückt hat. Unter=Meidling hat bis jetzt in der Geschichte keine Rolle gespielt; so wechselvoll sich auch bis zum heutigen Tage die Geschicke Europas gestaltet haben, Unter=Meidling bewahrte ihnen gegenüber eine reservirte Haltung, es beobachtete und schwieg. Weder das Concordat noch der Dualismus, welche unseren Staat so gründlich umgestaltet haben, daß ihn seine besten Freunde nicht wieder erkannten, vermochten Unter=Meidling, die Rolle des contemplativen Zuschauers aufzu= geben und seine Ansicht über die jeweilige Sachlage kundzuthun. Aera folgte auf Aera, Unter=Meidling schwieg.

So kam es, daß Unter=Meidling bisher von den Staats= männern fast gar nicht beachtet wurde. Erst durch den Rück= tritt des Grafen Beust ist ihm die Zunge gelöst worden, denn das philosophische Unter=Meidling hat endlich das lange Schweigen gebrochen und seine Jungfernrede gehalten, indem es den Ex= kanzler seines Vertrauens versicherte. Aber was bisher den Tragöden des Meidlinger Theaters nur selten vergönnt war, den Hörer zu rühren, gelang den schlichten Deputirten Unter=Meidlings ohne die geringste poetische Gerechtigkeit, denn kaum hatten sie ihr Sprüchlein aufgesagt, so erklärte auch schon der Kanzler, daß er

von den Gesinnungen Unter-Meidlings tief gerührt sei. Hatten
die Unter-Meidlinger den Grafen Beust gerührt, so rührte wieder
vice versa Graf Beust die Unter-Meidlinger, indem er ihnen
mittheilte, „daß er Unter-Meidling von seinen Spazierritten her
kenne", und bei dieser Gelegenheit bemerkt habe, „daß dort viele
Schornsteine emporragen." Wenn man daran denkt, zu welchen
gründlichen Studien über Land und Leute so ein Spazierritt vor
dem Mittagessen einen Minister veranlassen könne, möchte man
fast als Patriot die kleine Mehrausgabe für Heuportionen nicht
scheuen, um sämmtliche Minister beritten zu machen. Uns, die
wir nicht spazieren zu reiten gewohnt und daher genöthigt sind,
unsere Wahrnehmungen zu Fuße zu machen, wie schon der Titel
unserer Plaudereien bescheiden kund gibt, hat sich die Bemerkung
aufgedrängt, daß in der erwähnten Deputation nur die Unter-
Meidlinger vertreten waren, nicht aber die Ober-Meidlinger, aus
welchem Grunde wir die Besorgniß nicht unterdrücken können, daß
Ober-Meidling nicht dasselbe Vertrauen in die von dem Grafen
Beust eingeschlagene Politik setze, wie das tiefergelegene schorn-
steinreiche Unter-Meidling. Freilich dürfte ein Programm für
unsere auswärtige Politik, welches Gesammt-Meidling befriedigen
würde, auch schwer zu finden sein.

Da endlich auch die Schneider in der letzten Genossenschafts-
Versammlung beschlossen haben, eine Deputation an den Grafen
Beust zu senden, so dürften dann so ziemlich alle gründlicheren
Politiker diesem ihr Einverständniß mit seinen diplomatischen Ab-
sichten zu erkennen gegeben haben. Der Sprecher, der Schneider-
Deputation wird etwa folgende Ansprache an den Reichskanzler
richten: „Euer Excellenz! Mit tiefen Bedauern haben die Schneider
Wiens vernommen, daß Sie das Amt, welches Sie durch fünf
Jahre zur allgemeinen Zufriedenheit bekleidet haben, anderen
Händen überlassen müssen. Euer Excellenz verdanken wir den
dualistischen Zuschnitt unseres Staates, Ihren Maßnahmen den
Schoß des Friedens, in welchem wir ruhen, und Sie haben endlich
unsere guten Beziehungen zu Deutschland eingefädelt. Ihr Macher-

lohn war aber Undank. Erlauben Sie, Excellenz, daß die Schneider
Wiens Ihnen, als dem wahrhaft staatsmännischen Gunkel, ihr
Vertrauen ausdrücken und das Diplom eines Ehrenmitgliedes ihrer
Genossenschaft überreichen." Wir finden es gewiß rührend, wenn
die Schneider, ohne Unterschied des Geschlechts, d. h. Herren- und
Damenschneider, gute Patrioten sind und als solche den Rücktritt
des Grafen Beust bedauern, nur läßt sich nicht einsehen, welche
triftigeren Gründe diese haben, das Vertrauen, welches sie in die
Beust'sche Politik setzen, dem Urheber derselben auszudrücken, als
andere wackere Patrioten, wie namentlich die Bierversilberer,
Damenniedermacher und Südfrüchtenhändler. So sehr ich auch
die Intervention des Grafen Beust in der Luxemburger Frage zu
würdigen mich bemühe, so kann ich doch die besondere Beziehung
derselben zu dem Schneidergewerbe nicht ergründen, und wenn ich
auch die Gasteiner Convention vollkommen billigte, so habe ich
doch meiner Freude über dieselbe nicht dadurch Ausdruck gegeben,
daß ich die Zahl meiner Beinkleider vermehrt hätte. Und Andere
gewiß ebensowenig.

Madeleine Morel.

26. November 1871.

Seit dem „Schulz von Altenbüren" galt der kaiserliche Rath Herr Ritter von Mosenthal für einen Mann des besonnenen Fortschritts. Er stehe, meinte man, für den Fortschritt ein, soweit dieser dem Avancement nicht im Wege stehe, und verlange unerschrocken alle jene Freiheiten, die im Reichsgesetzblatte seit längerer Zeit publicirt seien. Er galt demnach als ein entschiedener Gegner der Negersklaverei, als ein verläßlicher Widersacher der Tortur, als ein abgesagter Feind aller Hexenprocesse. Seit dem „Schulz von Altenbüren" sind mehrere Jahre vergangen, aber die stets wachsende Zahl der Orden auf der Brust des Dichters ließ nicht errathen, welche gefährliche Regungen in derselben wach geworden waren. Die französische Juli-Revolution, deren vortheilhafte Seite wir im „Schulz von Altenbüren" kennen gelernt, indem durch ihren Ausbruch der conservative Schulze rasch belehrt wird, so daß dem endlichen Fallen des Vorhanges kein Hinderniß mehr im Weg steht, hat nicht nur den Schulzen, sondern leider auch Herrn Mosenthal angesteckt.

Unser Dichter, in dessen Keuschheit man noch vor Kurzem solches Vertrauen setzte, daß man ihn zum Vorstande der „Künstlerabende" wählte, die bekanntlich von den erwachsensten Töchtern aus den ehrbarsten Familien besucht werden, hat durch sein neuestes Stück, „Madeleine Morel", verrathen, daß er die revolutionären Lehren der französischen Socialisten über das Weib, in sich aufgenommen habe, und nicht nur über das Weib, sondern auch über das Eigenthum, indem er für seine Madeleine die „Cameliendame" des Herrn Dumas „frei benützt" hat. Von seinem socia-

liftischen Standpunkte aus weist Herr Mosenthal nach, daß die
Verantwortlichkeit für die Schuld seiner Magdalena nicht diese
treffe, sondern die „Gesellschaft". Die schuldige Gesellschaft wird
durch die Familie des Marquis von Gervais repräsentirt, und
die letztere büßt reuig den sündhaften Lebenswandel jener Magdalena, indem der Stammhalter der Familie die schöne Sünderin
zum Altare führt.

Was hat die Gesellschaft (die Familie des Marquis) verbrochen?
Der alte Morel, Magdalenens Vater, ein Beamter des Marquis,
hat sich als solcher, wie uns mitgetheilt wird, „einige Unregel-
mäßigkeit" zu Schulden kommen lassen. Der Marquis, welchem
von einem Gegner Morel's eingebildet wurde, dieser habe eine
Defraudation begangen, entließ den Beamten. Der alte Morel
ging mit seinem Töchterlein nach Paris und starb daselbst. Die
17jährige Magdalena, der größten Noth preisgegeben, wollte
ihrem Leben ein Ende machen, wurde aber, da sie sich in die
Seine stürzen wollte, von einer Dame gerettet, welche die Unglückliche mit sich nach Hause nahm. Die Retterin war Merope,
eine Schauspielerin. Das Theater ist ein Paradies, in welchem
es zwar Schlangen giebt, aber keine verbotenen Früchte, und
Merope ist, wenn auch keine verbotene Frucht, so doch eine kleine
Schlange. Sie verführt Magdalenen, denselben Weg einzu-
schlagen, den sie selbst geht, ein Gehen, welches ein fortwähren-
des Fallen ist. Durch ihren großen Consum von Liebhabern hat
Merope eine bedeutende Platzkenntniß erlangt, und vermittelt die
Bekanntschaft zwischen ihrem Schützling und einem reichen Engländer. Kaum beginnt aber Magdalena sich ihres neuen glänzenden Lebens zu freuen, so beginnen auch schon die Gewissensbisse
in der Familie des Marquis. Der Marquis ist in das schlechtere
Jenseits hinüber gegangen, in welchem es keine Marquis giebt,
und die Sonne hat mit der üblichen kleinen Verspätung die Unschuld des alten Morel an den Tag gebracht. Dieser hat sich nur
„einige Unregelmäßigkeiten" zu Schulden kommen lassen, jedoch
keine Defraudation, der brave Mann war nur liederlich, nicht schlecht.

Die Marquise will ihr Unrecht sühnen und schickt ihren jungen
Sohn Heinrich in Begleitung eines greisen Dieners nach Paris,
damit er die Unschuld verfolge, oder richtiger, Magdalenen aufsuche.
Der junge Marquis trifft in Paris ein und besucht, da eben der
Vorhang in die Höhe geht, seinen zukünftigen Schwager, den
Vicomte de Clers, der die Schwester Henri's, Irene, heirathen
soll. Er trifft diesen mit befreundeten Lebemännern in banger
Erwartung mehrerer Damen, die er noch einmal, bevor er die
theure Irene für immer sein nennen darf, zu einem Diner mit
Austern und Champagner geladen hat. Die drei Damen erscheinen:
erstens eine Jüngerin Melpomenens, die Sängerin Merope,
zweitens eine Jüngerin Terpsichorens, die Tänzerin Phöbe und
endlich eine dritte Dame, die von einem zwischen Gesang und
Tanz in der Mitte liegenden Metier lebt, die Maitresse des Lord
Durley, Magdalena Morel. Die drei Bajaderen werden dem
jungen Mahadöh aus der Provinz als ehrbare Damen vorgestellt, und man eilt ins Nebenzimmer, um zu diniren. Schon nach
wenigen Minuten jedoch wankt der arme Henri aus dem Speise-
zimmer auf die Scene, so daß man, wenn die Zeit nicht zu kurz
gewesen wäre, glauben würde, der Champagner sei ihm zu Kopfe
gestiegen. Der Arme ist nicht benebelt, nur verliebt, und zwar in
Magdalenen. Wieder nach wenigen Minuten wankt Magdalena
auf die Scene, nicht benebelt, sondern verliebt, und zwar in Henri.
Und wieder eine kleine Weile später, wankt Merope auf die Scene,
nicht verliebt, sondern benebelt, und zwar durch Champagner. Die
kleine Bacchantin entdeckt Henri, wer die Damen seien, dieser er-
fährt, daß Magdalena den Lord Durley als lucrative Nebenbeschäftigung betreibe, zugleich aber, daß sie Magdalena Morel sei,
die er zu suchen gekommen. „So jung, so schön, wie schade!"
ruft Henri aus, denn der junge unerfahrene Mensch aus der
Provinz weiß noch nicht, daß nach alten, häßlichen Maitressen fast
keine Nachfrage besteht. Im 2. Acte erscheint Henri im Salon
der Phryne; um aber nicht unlauterer Nebenabsichten verdächtig
zu werden, hat er seinen greisen Diener als Ehrenwache mit sich

genommen. „Einige Unregelmäßigkeiten" liegen einmal im Charakter der Morel'schen Familie und so bedeckt er auch den etwas unregel= mäßigen Lebenswandel Magdalenen's mit dem Schleier christlicher Liebe und hält ohne weiteres um die Hand der Maitresse des Lord Durley an. Diese willigt in den angebotenen vortheilhaften Tausch ein und sie flieht mit Henri zu der präsumtiven Schwiegermama. Lord Durley kann also am andern Tage seinen Freunden und Be= kannten die Nachricht mittheilen, daß ihn seine geliebte Magda= lena gestern Mittags mit einem Nachfolger überrascht habe.

Die Marquise und deren naives Töchterlein Irene herzen und küssen die wiedergefundene Magdalena, und wenn auch die Marquise aus Aeußerungen der Letzteren entnommen hat, daß deren Un= schuld in den Stürmen des Pariser Lebens die sogenannte Havarie erlitten habe, drückt sie doch als fromme Christin ein Auge zu.

Nur berührt es die fromme Frau unliebsam, als Henri ihr mittheilt, er wolle die Sünderin zum Altar führen. Sie erhebt im Hinblicke auf die englische Vergangenheit Magdalenen's einige schüchterne Einwendungen, die aber Henri aus der Bibel zu wider= legen weiß, so daß sie beschämt schweigt. Inzwischen ist aber der Bräutigam der naiven Irene, den wir als Veranstalter kleiner Diners mit Damen im ersten Acte kennen gelernt haben, einge= troffen. Er theilt Magdalenen mit, daß sie nach dem Testamente des verstorbenen Marquis Henri im Falle einer Mesalliance das Marquisat verlieren solle, und bewegt so Magdalenen, die lieder= lich, aber nicht schlecht ist, ganz wie ihr seliger Vater, zur Flucht.

Die Marquise, Henri, Irene und der Bräutigam der Letzteren setzen der Entflohenen nach, und treffen sie als Reconvalescentin in einem Dachstübchen. Die braven Leute erhalten die Verzeihung Magdalenen's, und Henri tritt als Gemahl derselben in alle Rechte des Lord Durley. Der Bräutigam Irenen's aber erklärt, er wolle, da das Marquisat Henri's durch dessen Mesalliance an ihn falle, den ersten Sprößling Magdalenen's zum Erben des Mar= quisats einsetzen. Wenn nur nicht Lord Durley Prioritätsrechte geltend macht!

Ein Kapuziner als Don Juan.

31. December 1671.

Die kleine Geschichte von der Bekehrung einer sündhaften
Nähterin durch einen frommen Karmeliter, welche die „Deutsche
Zeitung" in dieser Woche erzählte, hat in allen Kreisen lebhaftes
Interesse hervorgerufen. Wäre nicht Linz der Schauplatz der Erzählung gewesen, so hätte man glauben können, eine Geschichte aus
dem Decameron des Boccaccio zu lesen. Das Mädchen war brav,
gottergeben und nähte. Die körperlichen Vorzüge desselben hatten
die Aufmerksamkeit eines Mönchs auf sich gezogen, den die Vorsehung zur Rolle eines Bonvivant berufen hatte, ohne ihn jedoch
mit den Mitteln auszustatten, welche dieser kostspielige Beruf erfordert. Wollte der Mann seine Talente nicht ganz verkümmern
lassen und seine Neigung zum Lebensgenusse ohne Arbeit nicht
gewaltsam unterbrücken, so blieb ihm nichts übrig, als ins Kloster
zu gehen. So legte der Mann, der in sich den Drang zu einem
Theater-Habitué fühlen mochte, und der, unter einem günstigeren
Sterne geboren, vielleicht ein ganzes Corps de Ballet in seine
Arme geschlossen hätte, das Gelübde der Keuschheit ab und wurde
Karmeliter. Wenn ihm jedoch auch das Betteln eine kleine Zerstreuung bot, so konnte doch dieses allein die Leere in seiner Brust
nicht ausfüllen, und wenn er auch immer barfüßig ging, so konnte
ihn doch das Bewußtsein, seine Berufspflichten regelmäßig erfüllt
zu haben, nicht vollkommen befriedigen. Der unglückliche Karmeliter fing an, sich entsetzlich zu langweilen, und nur wenn ihm
andere, glücklichere Menschen ihren fröhlichen, sündhaften Lebenswandel beichteten, empfand er jene Genugthuung und Anregung,

deren er bedurfte. Namentlich aber interessirten ihn die kleinen Verirrungen der schönen Linzerinnen, und so beschloß er denn, sich als Specialist für Frauensünden im Beichtstuhle zu habilitiren. Bald erfreute er sich unter den Linzer Magdalenen eines schönen Renommées, und es wurde insbesondere der ungezwungene Ton, der in seinem Beichtstuhle herrschte, gerne hervorgehoben. So jagte dort ein Scherz den anderen, die verfeinerte Aristokratin wie das schlichte Bauernmädchen fanden in dem muntern Mönche ihren Mann, und ohne daß just blinde Kuh gespielt worden wäre, fühlten sich doch Alle angenehm berührt. Aber die Olympischen verdroß das Glück, welches der Karmeliter bei den Linzerinnen hatte. Der Don Juan des Beichtstuhls hatte sein Auge auf eine arme Nähterin geworfen, und er fand, daß sie gut gebaut war vor dem Herrn. Wäre er reich gewesen, so hätte er ihr versprochen, sie zu möbliren, um sie zu verführen, aber er war ein Bettelmönch und so konnte er ihr nur den Himmel zum Präsent machen, der dem armen Wesen, das ebenso dumm war als gottesfürchtig, ohnehin schon gewiß war. Der Genußmensch vom Berge Karmel lockte das Beichtkätzchen in die Kirche und ergänzte dort die Lücken der Bildung der armen Nähterin, indem er ihr die Geschichte von dem Apfel erzählte, welchem das Menschengeschlecht die intimeren Beziehungen zwischen Adam und Eva verdankt. Bis hieher ist die Geschichte eher komisch und es hätte sie, wie zu Anfang erwähnt, Boccaccio erzählen können: die Geschichte eines lüsternen Mönchs, der ein einfältiges Mädchen verführt. Aber die Geschichte hat einen Schluß, den der heitere Erzähler des Decameron nicht hätte gebrauchen können, denn das Mädchen verlor nicht nur die Ehre, sondern auch den Verstand, es lachte sich nicht im Stillen selbst aus über seine Einfalt und Leichtgläubigkeit, sondern es weint im Irrenhaus um den Himmel, der ihm offen stand und den es jetzt verschlossen wähnt. Die clericalen Organe, die sonst ein Geschäft daraus machen, noch so plump erfundene Lügen für religiöse Wahrheit auszugeben, erklären diese Begebenheit, deren Wahrheit durch die Aussage der unglücklichen Mutter der Verführten verbürgt ist, für eine plumpe Erfindung. Lüge ist ihnen Wahrheit, Wahrheit Lüge. Freilich können die Herren leicht lachen, denn was hat Einer, der zur Fahne des Cölibats geschworen hat, von den Karmelitern zu besorgen? Im schlimmsten Falle können diese ihm doch nur seine Köchin beschädigen. Das „Vaterland" hat gar der „Deutschen Zeitung" den Vorwurf gemacht, der Erzähler der Linzer Geschichte müsse ein diabolischer Jude oder Protestant sein, welcher den unglücklichen Karmeliter, der sich mit Rücksicht auf das Beichtgeheimniß nicht zu vertheidigen in der Lage sei, frech zu verleumden wage. Es scheint aber vielmehr, der Redacteur des „Vaterland" ein Jude oder Protestant zu sein, da er sonst wissen würde, daß erotische Uebergriffe, wie sie dem Karmeliter zur Last gelegt wurden, vielleicht zu den Geheimnissen der Beichte gehören, in keinem Falle jedoch zu den Beichtgeheimnissen. Daß das Mädchen ins Irrenhaus gebracht wurde, findet das „Vaterland" sehr begreiflich, da „die Irrenhäuser in Folge der steigenden Aufklärung überfüllt seien". Wahrscheinlich verhält sich also die Sache umgekehrt und hat eine aufgeklärte Linzer Nähterin einen edlen, unaufgeklärten Karmeliter verführt. Die Potiphar freilich hat es gut, sie geht einfach ins Irrenhaus, das sich die Aufgeklärten, die ihren Vortheil immer im Auge behalten, errichtet haben. Was fängt aber der keusche Karmeliter-Joseph an, dem das Beichtgeheimniß die Lippen schließt? Er duldet und schweigt. Wäre es nicht Sache der großherzigen, unaufgeklärten Frauen, die ihren Namen in den letzten Tagen schon auf so viele Adressen des Severinus-Vereines gesetzt haben, auch an den stillen Linzer Dulder ein kleines Anerkennungs-Adreßchen zu richten?

Eine Ehrenrettung des Fürsten Windischgrätz.

24. März 1872.

Die „Rettungen" bisher verkannter geschichtlicher Persönlich=
keiten sind in unserer Zeit, welcher, ungeachtet der fortwährenden
Tax=Ueberschreitungen von Seite der Comfortable=Kutscher, ein
hoher Sinn für Gerechtigkeit nicht abgesprochen werden kann, in
auffallender Weise beliebt geworden. Kritische Forscher haben es
bekanntlich sogar unternommen, nachzuweisen, daß Kaiser Tiberius
eigentlich ein seelenguter Herr war, und der Präsident des Obersten
Gerichtshofes, Herr Ritter v. Schmerling, hat in der letzten Herren=
haus=Sitzung dem verkannten Fürsten Windischgrätz denselben Liebes=
dienst erwiesen.

Der erwähnte Staatsmann hat seiner Vorliebe für das
österreichische Militär aller Waffengattungen zu wiederholtenmalen
Ausdruck gegeben, und die stille Wehmuth, welche ihn hiebei jedes=
mal erfüllte, ließ uns errathen, daß er seinen Beruf verfehlt zu
haben erkenne und daß hier ein großes Talent für die Gendarmerie
im Keime erstickt worden sei. In dem ganzen Wesen Sr. Ex=
cellenz liegt etwas undefinirbares Einjährig=Freiwilliges, um seine
Lippen spielt etwas wie ein langjährig verhaltenes „Baruck", das
volle Militärmaßbewußtsein schwellt seine Nasenflügel, und wenn
er sie schneuzt, dann entfaltet er das Taschentuch wie eine geliebte
Fahne, die er vor dem Feinde in die hintere Rocktasche gerettet.
Wenn er in edler Wiener=Neustädtischer akademischer Haltung
über den Kohlmarkt marschirt, dann ist es, als wenn er einem
unsichtbaren Feldwebel folgte, und wer hat den herzhaften Mann

je von hier auf den Graben abschwenken gesehen, der sich nicht
versucht gefühlt hätte, ihn mit einem aufmunternden: „Halb rechts!"
in diesem Vorhaben zu unterstützen. Gebt ihm noch eine ange-
brannte „Virginier" in den Mund, stellt ihn an die Spitze einer
fliehenden Armee und der tapfere Feldherr ist fertig, wie er im
Buche steht.

Aber Se. Excellenz ist ein guter Oesterreicher, er holt sich
seine leuchtenden kriegerischen Vorbilder nicht aus dem ausländi-
schen Plutarch, sondern aus dem vaterländischen Militär=Schema-
tismus, sein Leonidas muß rothe Hosen tragen, und der Scipio,
der sein edles Herz in Wallung bringt, hat nicht Afrika erobert,
sondern Gaudenzdorf, und ist an der Spitze seiner Heersäulen als
Triumphator über ein Dutzend erbitterter Gegner in Wien ein-
gezogen. Muß da nicht ein Wiener wie Herr v. Schmerling
empört sein, wenn man den Eroberer seiner Vaterstadt zu „ver-
unglimpfen" sucht? Dennoch ist in einem Auszuge aus dem Hel-
fert'schen Buche, den das Feuilleton der „Neuen Presse" brachte,
diese Schandthat verübt worden. „Was geschah denn" rief Herr
v. Schmerling aus, „daß man Windischgrätz" „als Tyrannen, als
Egoisten" hinstellt? Nichts weiter, als daß „zwei bis drei hervorragende Männer und wenige unbedeutende andere Männer hin-
gerichtet worden sind." Und wegen eines so unansehnlichen Blut-
bades, in welchem ein proportionirt gebauter Tyrann kaum bis
an die Brust waten könnte, schmäht man einen einheimischen
General gleich einen Egoisten! Da pocht man immer darauf, Wien
sei eine Großstadt, und wenn man dann den Maßstab einer solchen
anlegt und zwei bis drei hervorragende und eine lächerlich kleine
Anzahl unbedeutender Menschen abschießt, ist das gleich ein
Stadtgespräch, und noch nach Jahren wissen die Journalisten ihre
Leser mit nichts Besserem als diesem Tratsch zu amusiren.

„Was hätte Fürst. Windischgrätz Anderes thun können?"
fuhr der Lobredner des tapferen Feldherrn hierauf fort. Die
Antwort, die wir auf diese schwierige Frage wüßten, ist so schlicht,
daß wir sie nur mit der größten Schüchternheit niederzuschreiben

wagen. Wir sind nämlich der Meinung, daß der Fürst die unglücklichen Opfer, welche er erschießen ließ, unter Anderem auch
hätte nicht erschießen lassen können. Dieser einfache Ausweg ist
aber wahrscheinlich dem mit Geschäften überhäuften Fürsten damals nicht eingefallen, was uns um so weniger überrascht, da
auch sein Vertheidiger, der doch mehr Zeit zum Nachdenken hatte,
nicht auf denselben verfallen ist. Es hat uns aber schmerzlich berührt, daß der Retter des Fürsten Windischgrätz nur der Feld-
herrntalente seines Schützlings gedacht hat, obwohl dieser doch als
Staatsmann noch weit bedeutender gewesen zu sein scheint, denn
als Feldherr. Hat man ihn doch in dem einzigen ernsthaften
Kriege, in welchem er den Oberbefehl führte, im Kriege gegen
die ungarische Revolutions-Armee plötzlich abberufen, um, wie es
damals hieß, „seinen Rath über wichtige innere Angelegenheiten
zu vernehmen", und man übertrug lieber dem Baron Welden den
Oberbefehl, ehe man auf die staatsmännischen Rathschläge des
tapferen Feldherrn verzichtet hätte. Ob man die Rathschläge,
welche er in Olmütz ertheilte, befolgte, ist nicht bekannt geworden,
doch scheint es, daß er den guten Rath, den man ihm dort
gab, ausgeführt hat, indem er sich auf seine böhmischen Güter
zurückzog.

Da die „Neue Presse" gleichzeitig mit dem Feuilleton über
Windischgrätz einen lobenden Leitartikel über Mazzini gebracht
hatte, beschwerte sich Herr v. Schmerling bei dem Ministerium
auch über diesen. Man besorgte schon, der Redner werde zum
Schlusse auch noch über den Inseratentheil dieses Blattes sprechen
und von dem Ministerium Aufschluß darüber verlangen, wer denn
das blonde Fräulein sei, das ein Herr daselbst so dringend zu
sprechen wünsche. Diese Furcht war jedoch unbegründet, indem
sich bei dem gesprächigen Greise bald die von erfahrenen Zu-
hörern erwartete Ermüdung einstellte. Herr v. Schmerling war
darüber erstaunt, daß man die Leistungen Mazzini's für Italien
bei uns so hoch anschlage, da ihn die italienischen Gerichte selbst
„einigemale wegen Hochverrathes verurtheilt haben". Ja, Herr

12

Präsident, das ist nur eine Revanche, die wir den Italienern
bieten. Auch ihre Zeitungen haben sich über die Leistungen eines
Oesterreichers wohlwollend ausgesprochen, der ähnliche Anstände
wie Mazzini bei den Gerichten gehabt hat. Allerdings ist aber
derselbe Mann jetzt Leiter unserer auswärtigen Politik. Die Zeiten
ändern sich eben, und zu beklagen ist nur der Kurzsichtige, der
glaubt, wir könnten warten!

Aus Baden.

14. Juli 1872.

Wenn man fortwährend in Wien unter dem schwülen Ministerium Auersperg herumgeht, fühlt man endlich doch das Bedürfniß, sich ein wenig zu decentralisiren und frische Luft zu schöpfen. Seitdem aber das große Verkehrshinderniß, welches von der Nase der Portiers im Westbahnhofe bis zu den Salzburger Alpen sich erstreckt, uns den Westen leider ganz verschlossen hat, und da von Seite der Westbahn für die Bequemlichkeit des Publicums nichts Anderes geschieht, als daß bei der Aufführung der einactigen Lustspiele des Secretärs dieser Bahn, Herrn Gründorf, stets sämmtliche Plätze im Theater zu haben sind, ist man einzig und allein auf die Südbahn angewiesen. Und so habe denn auch ich am letzten Sonntage eine kleine Orientreise nach Baden angetreten. Ich wollte anfangs in der Maske eines polnischen Juden erscheinen, um in allen Kreisen ungehindert Zutritt zu erhalten. Aber die Macht der Gewohnheit ist so stark, daß ich am Morgen frische Wäsche anzog und damit die Ausführung des Projectes auf mindestens vier Wochen vertagen mußte.

Man geht nicht nach Baden zu seinem Vergnügen, man will entweder die Heilkraft der Schwefelquellen an sich erproben, oder gar in einem der dortigen Gasthäuser zu Mittag essen. Dieses zuletzt erwähnte Mittel gegen die Fettleibigkeit führt der landesfürstlichen Stadt fast noch mehr Gäste zu, als deren warme Heilquellen. Die alten Residenz-Sünder sind in Baden fast vollständig beisammen, die Aerzte verordnen ihnen Tugend und warme Bäder, und so oft ich diesen Rheumatikern auf der Weilburgstraße

12*

begegne, nehme ich mir regelmäßig ein abschreckendes Exempel an ihnen und gelobe mir in meinem Innern, niemals einen Damen= besuch empfangen zu wollen, ohne sofort die Thüre luftdicht zu verschließen. Unter den Unglücklichen, die nach Baden kommen, um dort zu mittagmahlen, befindet sich auch der nicht gewöhnlich beleibte Bankiers=Sohn Baron S. Derselbe ist in seinen Muße= stunden Lieutenant bei der leichten Cavallerie, die jedoch durch seinen Eintritt sogleich um volle drei Centner schwerer geworden ist. Der überaus kräftige junge Mann ist durch unausgesetzten Gebrauch der Badener Küche soweit hergestellt, daß man hofft, er werde schon binnen Kurzem in der Lage sein, seine Beine wieder zu sehen. Wie rührend wird dies Wiederfinden zweier geliebter Beine sein, das ein unübersteigliches Hinderniß für immer ver= eiteln zu wollen schien!

Obwohl Baden mit dem Schnellzuge in einer halben Stunde von Wien aus zu erreichen ist, glaubt man sich doch, sobald man angelangt ist, schon in die hintere Türkei versetzt, nur merkt man sofort den Unterschied, wenn man eines der warmen Bäder auf= sucht, die an Comfort und Eleganz weit hinter den türkischen Bädern zurückgeblieben sind. Die Badehäuser sind unsauber, die Bassins klein und schmutzig und das Geheimniß der Bade=Cabinen scheint den Balneologen Badens noch nicht verrathen worden zu sein. Männer und Frauen baden dort in schöner Eintracht ge= meinschaftlich, so daß Jeder, der in der Verlegenheit sein sollte, nicht zu wissen, was sich ziemt, sich nach Goethe's Rath ohne= weiteres bei den edlen Frauen anfragen kann, die neben ihm herum= plätschern. Allerdings sind die edlen Frauen meist aus Lemberg und Czernowitz und dürften daher über manche Details selber im Unklaren sein.

Nicht Jeder trifft es so glücklich, wie mein lieber Freund Schelle, der bekannte Musikgelehrte und gefürchtete, unbestechliche Kritiker. Dieser liebenswürdigste aller gefährlichen Menschen, welcher noch vor Kurzem an den Mauern des Operntheaters tobte, ruht in Baden von seinen schweren Kämpfen gegen die Direction

und Intendanz der Oper aus, denn den armen Achilles mit den
„unnahbaren Händen" hat das Verhängniß ebenfalls beim Fuße
gepackt und der Dulder sucht jetzt in den warmen Schwefelbädern
die Heilung seines Leidens. Unlängst nun, da er, wie gewöhnlich,
im Herzogsbad zu schwimmen begann, theilte er plötzlich ein Ballet=
mädchen mit kräftigen Armen, welche, als sie den Directoren=
Bändiger erkannte, sofort ein freudiges Entrechat ausstieß und ehr=
furchts voll mit der Fußspitze seine Stirn berührte. Der gründ=
liche Forscher, der die Brille abgelegt hatte, hielt die italienische
Tänzerin anfangs für einen gelehrten Mönch vom Monte Casino,
wo er einst, wie er gerne erzählt, auf das Gastfreieste mit alten
Manuscripten bewirthet worden war. Ja er war sogar, da er
dem studirten Benediktiner etwas an den Leib rückte, in dem
Wahne befangen, derselbe habe zwei Pergamentrollen mit ins Bad
genommen, bis ihn das laute Lachen der holden Südländerin auf
seinen gelehrten Irrthum aufmerksam machte. Da sich Baden
auch eines eigenen Theaters erfreut, fehlt es selbstverständlich nicht
an einer Huldigung der Kritik durch die Künste, und diese wird
dem wohlwollenden Kritiker, der den musikalischen Zuständen Badens
jetzt seine volle Aufmerksamkeit widmet und auf die Direction der
Arena sein scharfes Auge gerichtet hält, in reichem Maße zu Theil.
      Wie es die Badener verstehen, mit möglichst geringen Kosten
große Ziele zu erreichen, verräth die Inschrift des sogenannten
Curhauses: „Der leidenden Menschheit gewidmete Wohlthat der
Natur." Ich wenigstens glaube, daß es kaum etwas Bequemeres
und doch zugleich Wohlfeileres geben dürfte, als Jemandem die
Wohlthaten eines Anderen zu widmen, und mit derselben Groß=
muth, mit welcher die Badener der leidenden Menschheit die Wohl=
that der Natur widmen, widme ich, indem ich jedoch auf jede
Danksagung im vorhinein Verzicht leiste, den Ueberschwemmten
Böhmens die wohlthätigen Geldspenden der Stadt Wien. Die
Natur gibt leider das Insectenpulver nicht umsonst her, wie das
Schwefelwasser, sonst würden die Badener Hausherren gewiß der
unter den Wanzen der Badener Wohnungen so furchtbar leiden=

den Menschheit einige Flaschen jener Wohlthat der Natur widmen. Vorläufig ist in dieser Richtung Jedermann auf die Selbsthilfe angewiesen, und wohl nur dem Umstande, daß die Fremden im Nachthemde und mit einem Lichte in der Hand so häufig umher- irren, um ihren kleinen Peinigern zu entrinnen, verdankt das Ge- rücht die Entstehung, daß der Somnambulismus in Baden epide- misch geworden sei.

Reisebriefe eines Wiener Spaziergängers.

I.

Weißenbach am Attersee, 9. August 1872.

Mir war der Aufenthalt in den Bleikammern Wiens unleidlich geworden und ich war gewillt, meiner Gefangenschaft ein Ende zu machen und zu fliehen. Ich wälzte mich unruhig auf meinem Strohsacke hin und her, studirte Karten und Pläne und beschloß endlich, mich in die westlichen Alpen zu schlagen. Mein Fluchtplan sollte am nächsten Sonntag zur Ausführung kommen, und man kann sich denken, mit welcher Unruhe und Aufregung ich diesen erwartete. Ich holte einen Bädeker, den ich in meinem Nachtkasten verborgen hatte, hervor, befestigte meinen Plaid an einige Riemen, thürmte meine Hemden auf die Strümpfe, die ich besaß, und versuchte das gefährliche Wagestück. Schon glaubte ich Alles gewonnen, als mich vor der Mariahilfer Linie die k. k. priv. Westbahn auf meinem Fluchtversuche ertappte. Ein Cassier nahm mir das Geld ab, das er in meinen Taschen vorfand, der Conducteur rasselte mit seinem Schlüsselbunde, öffnete eine kleine Thüre und schob mich in einen der durch ihre Schrecken berüchtigten Waggons zweiter Classe. Die Strafzelle war schon mit anderen Unglücksgefährten überfüllt und nur mit Mühe erhielt ich ein kleines Plätzchen zwischen einem greisen Polen, der Hasenfelle in einem westlichen Gouvernement abliefern sollte, und einer Dame, deren Mann sich an der letzten Hausse betheiligt hatte und welche jetzt in die Salzbergwerke von Reichenhall transportirt wurde. Wir verfielen Alle in dumpfes Hinbrüten über unser trauriges

Schicksal und senkten den Blick verzweiflungsvoll zu Boden, da die beschränkten Räumlichkeiten es uns nicht gestatteten, die Decke hoffnungslos anzustarren. Endlich zischte das siedende Wasser im Kessel, der Dampfkrebs bewegte langsam die eisernen Scheeren und erfahrene Westbahnsträflinge versicherten uns, daß sich der Zug in Bewegung gesetzt habe. Die unglückliche Frau, deren Bestimmungsort Reichenhall war, jammerte um ihren Mann und ihre angeblich noch unmündigen Kinder, die sie in Vöslau zurückließ. Der Gram hatte die Züge der Märtyrerin so entstellt, daß man um eine Flasche Champagner gewettet hätte, sie sei die bedauernswerthe Mutter heirathsfähiger Töchter. Der Polengreis war in schwermüthige Träumereien versunken, schnarchte aber dabei aus so tiefer Brust, daß wir uns entsetzt die Zeigefinger ins Ohr steckten.

Unter Fasten und Schimpfen gelangten wir endlich nach Linz, wo ich die unter den Conducteuren herrschende Verwirrung benützte und glücklich entwischte. Im Hotel „Erzherzog Karl" werden die höchsten Anforderungen der gewiß verwöhnten Wiener Wirthe an den Gast gestellt, dagegen übertrifft der Kaffee an Durchsichtigkeit den sächsischen, und die Retirade sowie der Zimmerkellner sind englisch. Gestatten Sie mir, über die erstere zu schweigen, dagegen traf ich aber den letzteren sehr aufgeräumt und seinen in englischer Manier zubereiteten Backenbart zufrieden streichend. Es waren nämlich zwei Söhne Albions im Hotel abgestiegen, die sehr fließend deutsch sprachen, so daß der englische Kellner sich mit ihnen auf das beste verständigte. Wenn diese bei ihm in deutscher Sprache eine Speise bestellten, antwortete er: „Yes, Yes", und blickte dann triumphirend, daß er die Conversation in der vornehmen fremden Sprache so fließend führte, um sich. Die Sehenswürdigkeiten von Linz sind, wenn man nicht die schönen Linzerinnen und die zu ihnen gehörigen Herren Kapuziner dazu rechnet, bald erschöpft. Die für den reisenden Strategen interessanten zweiunddreißig Thürme, welche der Erzherzog Maximilian in den Dreißiger-Jahren aufführen ließ, um Linz gegen feindliche Ueber-

fälle zu schützen, sind fast alle gefallen. Nachdem kein äußerer
Feind den Versuch unternommen hatte, sie zu überfallen, erbarmte
sich ihrer endlich der österreichische Generalstab, und sie konnten
in der That den kühnen strategischen Combinationen desselben nicht
lange widerstehen. Sie wurden nämlich im Auftrage desselben
von einer Schaar inländischer Maurer unter dem Kriegsgeschrei:
„Das Ministerium will es!" überrumpelt und dem Erdboden gleich
gemacht. Nur einer der Thürme gerieth in die Gewalt eines
gefährlichen äußeren Feindes, nämlich der auf dem „Freinberg"
befindliche, welcher den Jesuiten eingeräumt wurde. Diese haben
sich dort festgesetzt und werden wohl nicht so bald aus diesem
verschanzten Lager, das sie noch durch eine gothische Kirche und
ein Knaben=Seminar furchtbarer gemacht haben, zu vertreiben
sein. Als ich vorbeiging, um die schöne Aussicht vom „Jäger=
meier" zu genießen, sah ich drei Jesuiten auf dem Rücken in der
Sonne liegen; sie hatten es aber nicht nöthig, denn sie waren
schon ganz ausgedörrt. „Laßt wohlbeleibte Männer um mich sein,
mit glatten Köpfen und die Nachts gut schlafen!" rief ich und
ging in die Kapuzinerkirche. Statt eines lebenden Kapuziners aber
traf ich nur einen todten Löwen, das Grab Montecuculi's.

Um den Attersee zu erreichen, den ich als vorläufiges Reise=
ziel gewählt hatte, mußte ich neuerdings in die saure Westbahn
beißen. Nachdem ich noch auf dem Bahnhofe einigemale den
Waggon hatte wechseln müssen — den ersten, weil man mich in
ein Coupé gewiesen hatte, das schon bis an die Decke gefüllt war,
und den zweiten, weil man mich in ein Rauch=Coupé geschoben
hatte, in welchem, wahrscheinlich aus Rücksicht für ein Bullen=
beißerchen, das eine Dame als Keuschheitsgürtel trug, nicht ge=
raucht werden durfte — gelangte ich endlich ohne weiteren Wagen=
wechsel nach Vöcklabruck. Dies ist die letzte Eisenbahn=Leidens=
station für Jene, welche an den Attersee wollen. Mit Kreuz=
schmerzen steigt der Passagier=Dulder aus und eine Kutsche bringt
ihn in einer Stunde nach Kammer am Attersee.

Da lag er denn vor mir, der stille, große See mit seiner

herzerfrischenden Bläue! Hohe Berge lagern rings um ihn, die
schweigsamen Wächter seiner Einsamkeit. An seinen Ufern wohnen
Menschen mit Lodenjoppen, grünen Strümpfen und nackten Knieen,
und wenn sie schweigen, weiß man nicht, daß es Berliner sind.
Der See-Berliner versucht es, in der stärkenden Bergluft sein in
der Heimath etwas verweichlichtes „g" abzuhärten, er speist Forellen
und vergleicht das Aehnliche mit dem Unähnlichen, eine Definition
des Witzes, die, wie ich glaube, auch für den Kalauer gebraucht
werden könnte. Sehr häufig fahren überdies elegante Damen aus
Ischl nach Weißenbach und belecken den See mit Cultur. Weißenbach, das man von Kammer aus mit dem Dampfboote in anderthalb Stunden erreicht, ist der schönste Punkt am Attersee, der
hier in seiner ganzen Ausdehnung vor Einem liegt. Der Schaf-
berg beugt sich mit lümmelhafter Neugierde über die Schultern
der anderen Berge herüber, und jenseits der Zunge, die der un-
artige Westen über den See ausreckt, liegt der kleinere Mondsee.
In die östliche Ecke hat sich eine schroffe Felswand gekauzt, sehr
ungehobelten Aussehens, auf welcher sich noch der so umweltläufige
Steinbock scheu herumtreibt. Hier ist das Jagdrevier des Kaisers.

Der kleine Ort besteht nur aus einigen zerstreuten Bauern-
häuschen, deren Mittelpunkt das hübsche Gasthaus des Aegibi bildet.
Herr Aegibi ist der kleine Columbus, der auf einer seiner Fahrten
nach dem Westen Weißenbach eigentlich erst für den Touristen
entdeckt hat. Er war vormals Seemann, dann Officier, und ist
in seiner gegenwärtigen, jedenfalls beneidenswerthesten Verkörperung
Hofjuwelier in Wien. Der Juwelier hat sich eine recht hübsche
Villa auf einem Hügel gebaut, die der Seemann mit all den
Merkwürdigkeiten und Schätzen, die er von seinen Weltfahrten
heimgebracht, ausgestattet hat. So ist die Villa ein ziemlich reich-
haltiges, interessantes Museum, dessen Inhalt jedoch mit solcher
Geschicklichkeit geordnet und vertheilt ist, daß die Behaglichkeit
des Wohnhauses in keiner Weise beeinträchtigt wird. Der thätige
Mann hat jetzt auch das Gasthaus mit der dazu gehörigen Post
angekauft, so daß er zu der goldenen Last des Juweliers noch

die anderen Lasten des Wirthes und Postmeisters trägt. In der
Küche herrschen demzufolge die milden Satzungen des Wiener
Kochbuches, und Wiener Kellner predigen hier das Evangelium
des „Bitte sehr", „Bitte gleich", das den Barbaren sittigt und
ihn sanft daran gewöhnt, seine wilde Eßlust zu zügeln.

Wenn es freilich regnet, wie heute, wenn die Wolken wie
graue Möbelüberzüge die Berge einhüllen, wenn die Nebel aus
dem See steigen und das „Traunerl" leer und traurig in der
Bucht liegt, dann bleibt dem einsamen Fremden nichts übrig, als
dem Beispiele des Ritters Toggenburg zu folgen, der ein so treff-
liches Hausmittel gegen die Melancholie und Langeweile besaß:

> „Und dann legt' er froh sich nieder,
> Schlief getröstet ein,
> Still sich freuend, wenn es wieder
> Morgen würde sein."

II.

Jſchl, 16. Auguſt 1872.

Ich habe in Weißenbach eine furchtbare Angſt ausgeſtanden, ich glaubte ſchon, ich ſei verliebt. Von der trauten Heimath durch die Weſtbahn abgeſchnitten, an einem abgelegenen Orte, wo die zum Leben nothwendige Gendarmerie aus weiter Ferne ge= holt werden muß, an einem einſamen See, wo Einen kein Freund hilfreich „Eſel" nennen kann, fern von allen ſeinen Lieben ver= liebt zu ſein — der Gedanke iſt entſetzlich! Gott ſei Dank, ich bin diesmal mit dem bloßen Schreck davongekommen; ich nahm aber ſofort Extrapoſt und fuhr nach Jſchl. Die Gegend, durch die man fährt, iſt wildromantiſch, rauhe Felſen, von denen auf= ſchäumende Wäſſer toſend herabſtürzen, ſchauen dem Reiſenden trotzig entgegen, und dem kleinen Stillleben aus den Abruzzen fehlt nur der Reiz der Unſicherheit, denn die betreffenden Rinaldos ſtehen ſich in Jſchl als Hoteliers weit beſſer. Es war ein herrlicher Sonntags=Morgen und mir begegneten eine Menge Touriſten, in deren abgehärmten Geſichtern die Kreide der Jſchler Wirthe tiefe Furchen gezogen hatte.

Ah, endlich waren wir im ſchönen Jſchl, wo von den hohen Bergen reißende Seidenkleider niederrauſchen und kühn in die Wolken die Friſur der Damen ragt. Da in den Auguſt die Schurzeit, oder, wie es die Franzoſen weit milder benennen, die haute saison fällt, konnte ich in keinem Hotel ein Zimmer finden, und die Wirthe ließen mich weiter ziehen, indem ſie mir weh= müthig nachſahen, wie die Klapperſchlange, der noch ein Ochſe im Magen unverdaut liegt, dem Lämmchen. Allein ich verzagte nicht

in dem Kampfe um das Dasein, und ich muß wohl von guten
Eltern sein, denn ich fand endlich doch ein Zimmer. Leider war
das Stubenmädchen nicht so einladend, daß ich weitere Darwin'sche
Untersuchungen an mir vorzunehmen versucht hätte. Ich ärgerte
mich über die Liederlichkeit, mit der mein Koffer zu Hause be=
stellt worden war, denn obwohl ich erklärt hatte, ich würde nach
Ischl gehen, hatte man mir dennoch kein Monocle hineingepackt.
Nun war ich auf der Esplanade und Fräulein Rabatinsky saß
da, und ich war der Einzige, der die strahlende Coloratursängerin
mit unbewaffnetem Auge betrachtete. Aber was liegt endlich an
solchen Unglücksfällen, denen ja kein Reisender entgeht. Die
Ischler Luft ist so milde und gesund, daß man hier ältere Gouver=
nanten antrifft als irgendwo, und wenn man sieht, wie mager
diese sind, begreift man gar nicht, wie sie so alt werden konnten.
Ungeachtet dieser prächtigen, heilkräftigen Luft sehen doch merk=
würdigerweise gerade die Badeärzte hier sehr dick und gesund aus.

Die Esplanade ist der Alpen=Volksgarten; man glaubt, eine
gütige Fee habe diesen Wiener Unterhaltungsort mit allen seinen
Besuchern in ihr Sacktuch gepackt und durch die Luft hieher ge=
tragen. Eine traurige Musikcapelle spielt des Abends lustige
Weisen, und geputzte Damen und Herren schlürfen dazu Gefrorenes.
Wenn die Baukunst gefrorene Musik ist, so ist dagegen die Es=
planade musikalisches Gefrorenes. Trotz der allgemeinen Beleuch=
tung herrscht hier eine besondere Dunkelheit, und es soll der Fall
vorgekommen sein, daß sich sogar lange verheirathete Ehemänner,
die doch ihre Frauen im Griff haben, an ganz jungen fremden
Damen vergriffen. Minder lebhaft geht es auf der Esplanade
am Morgen zu. Nur wenige Damen lüften dann ihr Französisch
aus, das Orchester athmet Ruhe und Frieden, und der contem=
plative Kaffeetrinker wird nicht durch mürrische Ausbrüche übel
gestimmter Streichinstrumente in seiner Behaglichkeit gestört. Man
freut sich seines Lebens, und Einige, auf die Fortuna ihr Füll=
horn ausgeschüttet hat, essen sogar zwei kernweiche Eier.

Die Frühstückszeit vergeht auf das angenehmste. Das heitere

Fest beginnt in der Regel damit, daß von sämmtlichen Tischen eine halbe Stunde hindurch „Leopold" gerufen wird. Den Grund, aus welchem dies geschieht, habe ich nie erforschen können, da auf den Ruf gar Niemand erscheint. Vielleicht, daß durch diese oratorische Uebung die Lunge in ähnlicher Weise gekräftigt werden soll wie durch frische Schafmolken; möglich auch, daß der Gebrauch, den erwähnten Namen auszurufen, noch aus der alten Römerzeit datirt, worauf dann alsobald ein Sklave mit einer Portion Kaffee erschienen sein mag, während heute diese Ceremonie ganz inhaltslos geworden ist. Man merkt es auch, daß sich die Anwesenden bei dem Namen nichts denken, denn sie sehen ganz gleichgiltig und erwartungslos drein. Nur ein einziger blonder Jüngling im schwarzen Frack macht eine Ausnahme, und es scheint, daß ihn das Geschrei unangenehm berührt, denn er läuft mit Kaffeekannen und Brotkörben unruhig auf und ab, als wenn er von den Eumeniden wegen einer Portion Kaffee verfolgt würde. Doch liegt Methode in dem Treiben des blonden Wahnwitzigen, denn verlangt man Kaffee, so stellt er ein Glas Wasser auf den Tisch, während er, sobald man Wasser begehrt, betheuert, seine Cigarren seien leider zu Ende gegangen, doch erwarte er stündlich eine neue Sendung.

Auch ein sehr einflußreicher Theaterfreund, der liebenswürdige Intendant Graf Wrbna frühstückt regelmäßig auf der Esplanade. Sein Frühstück hat nie weniger als vier bis fünf Acte und nicht selten wird der schon etwas ermüdete Zuschauer noch durch ein kleines Nachspiel überrascht. Nach dieser ausgiebigen Stärkung zu schließen, wird die bevorstehende Theater=Saison die Kräfte des edlen Kau-Grafen sehr in Anspruch nehmen und wir werden uns wohl, wie ich fürchte, auf ein neues Ballet in mehreren Gängen gefaßt machen müssen. Zu den Frühstücks=Habitués der Esplanade gehört ferner der scharfe Kritiker unserer auswärtigen Politik, der Abgeordnete Herr Kuranda, diese in glücklichen Verhältnissen lebende Kassandra, die uns mit großer Unerschrockenheit stets darauf aufmerksam gemacht, daß wir an dem Rande eines Abgrundes

ständen. Der abgründliche Kenner unserer Verhältnisse erscheint
immer mit seiner würdigen Gemahlin, einer sorgsamen und tüch=
tigen Hausfrau, und einem niedlichen Töchterchen, das schon mit
dem ganzen Ernste des Vaters Strümpfe strickt. Unsere politische
Situation scheint bedenklicher zu sein, als wir Laien uns ein=
bilden; ich weiß allerdings nicht, was in der Luft steckt, doch kann
ich Ihnen im Vertrauen mittheilen, daß mir die Nase des Herrn
Kuranda ganz und gar nicht gefällt.

Schon am Tage nach meiner Ankunft traf ich den kleinen
Mann im grauen Rocke, der auf den Höhen von Ischl sein im=
posantes Hotel aufgeschlagen hat, den Napoleon unter den Ischler
Hotel=Autokraten — Bauer. Er ging, die Hände auf dem Rücken
und in Gedanken vertieft, den Blick zu Boden senkend. Die
Tripel=Allianz zwischen Rußland, Deutschland und Oesterreich be=
schäftigte den kleinen Mann im grauen Rocke. Nicht etwa, daß
er sich mit dem Plane trüge, sie zu sprengen, im Gegentheile, er
will die Tripel=Allianz zu einer Quadrupel=Allianz erweitern, und
zwar soll er der Vierte im Bunde sein. Die Aufgaben würden
in der Weise vertheilt werden, daß die drei Monarchen die Allianz
fertig brächten, Bauer aber die Subsidien, Kost und Quartier zu
besorgen hätte. Vom „Hotel Bauer" aus würde dann der euro=
päische Friede gesichert werden, und wenn Napoleon ein „Parterre
von Königen" aufgetrieben hat, warum sollte es nicht Bauer ge=
lingen, durch eine kluge Politik eine Table d'hôte von Königen
zu arrangiren? Die Politik allein jedoch kann diesen Mann nicht
ausfüllen, er hat auch ideale Bestrebungen. Sobald irgend ein
Stern der Kunst in Ischl aufgeht, ruht Bauer nicht eher, bis
der Stern in seinem Hotel zu Bette geht. So glänzt in diesem
Sommer die berühmte Lucca unter seinem Dache und morgen
Abends wird sie im großen Saale des Hotels vor den reichen
Fremden für die armen Einheimischen singen. Der Sitz kostet
zwar zehn Gulden, das ist aber bei den theuren Bougies in Ischl
kein Geld für einen Stern.

III.

Gmunden, 23. August 1872.

Der Ischler Regen macht Einen ganz dumm, denn man ist dann gezwungen, die Gesellschaft aufzusuchen. Ein tiefsinniger Arzt, den ich kennen lernte, versicherte mir wohl, es sei dem fortwährenden Regen in Ischl zu danken, daß dort die Hunde nicht wüthend werden; ich sehe jedoch nicht ein, was damit gewonnen ist, wenn zwar die Hunde sich einer ungetrübten Gemüthsstimmung erfreuen, die Menschen aber wüthend werden und Concerte, Kränzchen und Tombolas veranstalten. Ich habe das Tanzkränzchen im Ischler Casino nicht besucht, man hat mir nur mitgetheilt, daß dasselbe keineswegs einen vornehmen, großstädtischen Charakter an sich trug, indem es nur von Bewohnern des Landes besucht war, und zwar des gelobten Landes. Es ist merkwürdig, seitdem ich mich in den Alpen aufhalte, lerne ich immer mehr die Sitten und die Eigenthümlichkeiten der Berliner kennen. Ich habe in dieser Beziehung wieder eine recht interessante Entdeckung in Ischl gemacht, welche namentlich die Ethnographen zu weiteren Forschungen anregen dürfte, daß nämlich die Berliner, welche man hier antrifft, in der Regel aus Breslau sind. Doch leidet auch diese Regel manche Ausnahme, denn so ist z. B. die berühmte Berlinerin Lucca nicht aus Breslau, sondern aus Wien.

Nachdem ich schon einige Tage nichts Warmes zu mir genommen hatte, denn man muß in den Gasthäusern Ischls auf jede Speise so lange warten, bis deren Temperatur auf Null Grad Réaumur sinkt, übersiedelte ich in das „Hotel Bauer", welches so vortheilhaft gelegen ist, daß man von dort aus, um mich strategisch auszudrücken, Ischl mit Leichtigkeit bombardiren könnte. „Bettlerkinder erben nichts als des Vaters reinen Namen" singt Freiligrath, und für solche, sowie selbst für Bettler in reiferen Jahren wäre das „Hotel Bauer" allerdings kein ganz glücklich gewählter Aufenthaltsort. Der deutsche Reisende jedoch lebt hier nicht theurer, aber weit comfortabler als in den anderen Hotels der kleinen Barbaresken-Filiale Ischl. Der Russe mag sich dort oben wohl manchmal hinter dem Ohr kratzen, allein da nach dem bekannten Sprichworte bei dem Russen doch immer der Barbar zum Vorschein kommt, sobald man ihn kratzt, ist es ziemlich gleichgiltig, ob dies hinter dem Ohr geschieht oder anderswo. Von meinem Zimmer aus genoß ich die herrlichste Aussicht, es war förmlich mit den Bergen möblirt und ich hätte gar nicht mehr nöthig gehabt, die schöne Natur aufzusuchen, denn sie kam zu mir „fensterln".

In der über dem Hotel gelegenen Villa Bauer wohnte die kleine Lucca, und ich hatte am letzten Sonntag Gelegenheit, unsere anmuthige Landsmännin in einer Rolle zu sehen, in der sie bisher noch nicht photographirt worden ist — als Hausfrau. Sie, die am Abend vorher in dem Concerte, welches sie für die Armen Ischls gegeben hatte, in Seide und Brillanten gestrahlt hatte, saß im einfachen Hauskleide mit einem rührenden Häubchen auf dem Kopfe in unserer Mitte und trug uns einen warmen Kaffee mit einem so schmelzenden Gugelhupf vor, daß eine zeitlang in dem Zimmer lautlose Stille herrschte. An dem heimathlichen Gebäcke erkannte ich, daß die Primadonna, welche die Berliner mit Stolz ihr Paulinchen nennen, im Herzen eine gute Wienerin geblieben ist, und ich sagte mir: „Bei dem Gugelhupf magst du ruhig schlemmen, die Berliner essen Butterbemmen!" Je länger wir saßen und plauderten, desto wienerischer schaute und lächelte sie, und während sie nur noch hin und wieder die berechtigte Empfindlichkeit des anwesenden Justizrathes durch ein „Des is mir janz Schnuppe" schonte, sprach sie mit mir in dem so runden Dialekte unserer lieben Vaterstadt. Und jetzt, da ihr Blick den strengen kritischen Ausdruck der Berlinerin verloren hatte, thauten erst die

13

Grübchen in ihren Wangen auf und ihre kleine Wiener Nase fing an, sich in dem Gesichte heimisch zu fühlen.

Wie freudig war unsere Ueberraschung, als die Primadonna plötzlich aufsprang und sich bereit erklärte, uns mit einigen Arien zu bewirthen. Sie hüpfte zum Clavier hin und der sanfte Pianist und Compositeur lieblicher Lieder R. aus Wien, der nach den schwärmerischen Blicken, die er an den Plafond richtete, eben ein Lied an diesen zu componiren willens schien, folgte ihr und setzte sich an das Clavier, sie zu begleiten. Sie sang den verliebten Pagen Cherubin, Zerline und das „Kennst du das Land" aus „Mignon". Und als wir sie so sehnsuchtsvoll und schwermüthig das Lied „an die verlorene Heimath" singen hörten, dachten wir daran, daß die Koffer der kleinen-Lucca schon gepackt waren und daß die silberstimmige Wienerin jetzt in das Land der heiseren Yankees geht. Es war schon Nacht geworden und wir schieden. Der Regen fiel schwer in den Sand und wir gingen mit aufge= spannten Regenschirmen im Gänsemarsch nach Hause. Am nächsten Morgen fuhr ich mit dem liebenswürdigen Pianisten nach Gmunden; ich schwieg und er accompagnirte mich mit gewohnter Discretion.

Bei der Rivalität, welche zwischen Gmunden und Ischl auf allen Gebieten herrscht, regnete es selbstverständlich auch in der Seestadt. Die grauen Berge blickten düster in den Traunsee, der an ihnen unwirsch die Fußwaschung vornahm, die schmutzigen Wolken lagen wirr umher, wie von einer mißmuthigen Hand durcheinander geworfen, die Straßen waren leer und kothig und an den feuchten Mauern klebten unheimliche Concert=Anzeigen. Wie groß war meine Ueberraschung, als ich aus dem Dampf= boote ausstieg. Es rückte wohl nicht ein Wald gegen mich heran, wie gegen Macbeth, aber ein kleiner Traunstein, der Dichter der „Eglantine". Wenn derselbe schon früher in der Gmundener Ge= sellschaft einen hervorragenden Platz eingenommen hat, so muß er, nach seinem Aussehen zu schließen, jetzt einige hervorragende Plätze in derselben einnehmen. Wir Beide haben, wenn ich mich recht erinnere, in diesem Fasching eine kleine Zeitungspolemik mit ein=

ander geführt, das hindert mich aber nicht, vollkommen unpar-
teiisch zu sein und mitzutheilen, daß er im Sommer glücklicher
war und ungeachtet seines Leibesumfanges eine Gemsenjagd in
Gmunden mitgemacht hat. Er ließ sich für dieselbe eigens die
Tracht eines Gemsenjägers anfertigen: die mit Nägeln beschlagenen
Schuhe, welche den unwegsamen Felsschrofen trotzen, die kurzen
Lederhosen, die das gelenkige Knie des unermüdlichen Kletterers
freilassen, die wettertrotzende Lodenjoppe, welche der Elasticität
des Oberkörpers freien Spielraum gewährt, und den kleinen Hut
mit der Spielhahnfeder, den der Jäger, der auf schwindelnder
Höhe die Gemse erlegt hat, freudig jodelnd in die Luft wirft. Kurz,
Herr Mautner soll in diesem Anzuge wie sechs wirkliche Gemsen-
jäger ausgesehen haben; doch während er seinen Freunden einen so
hübschen Anblick gewährte, war es ihm selbst leider nicht vergönnt,
seine nackten Knie zu sehen. Die Jagd des Herrn Mautner fiel
sehr glücklich für die Gemse aus, allerdings aber hatte man ihm
einen solchen Standort angewiesen, daß die Gemse, welche den Staub
der Chaussée meidet, ihm nicht in den Schuß kommen konnte.

Einen glänzenden Sieg über Ischl hat das rivalisirende
Gmunden davongetragen, indem die Akademie des Improvisators
Herrn Kühne, „Schriftstellers der Gartenlaube", wie er sich auf
den Anschlagzetteln nannte, welche in Ischl nicht zu Stande kam,
hier stattfand. In Ischl hatten sich nur sechs Personen bereit
gefunden, diesen Dichter „à la minute", wie man in der Küchen-
sprache sagt, anzuhören, so daß der Schriftsteller der Gartenlaube,
der dem inneren Drange zu improvisiren nicht widerstehen konnte,
sich nach Gmunden wandte, wo die Zahl der Besucher der Akademie auf achtzehn anschwoll. Das poetische Fest fand im „Kogl-
bräu" statt, und während draußen der große Haufe gedankenlos
Bier trank, dichtete im Extrazimmer ein gottbegnadeter Sänger
mit der Schnelligkeit der Nähmaschine, und ein kleines Häuflein
Auserwählter lauschte dem behenden Jünger Apollo's. Das Reinerträgniß der Vorlesung sollte den Armen Gmunden's zugute
kommen. Die armen Armen!

IV.

Salzburg, 30. August 1872.

Der Regen in Gmunden wollte kein Ende nehmen. Nach=
dem ich ein Concert, eine Theatervorstellung und endlich sogar
eine Tombola mitgemacht hatte, war ich der Verzweiflung so nahe,
daß ich mich schon auf photographischem Wege verunstalten lassen
wollte. Manche erlauben sich auch wirklich den ziemlich unzarten
Scherz, sich hier photographiren zu lassen, um mit den Photo=
graphien ihre ahnungslosen Bekannten, von denen sie sich mit dem
besten Aussehen verabschiedet, zu erschrecken. So mag wohl das
Gerücht entstanden sein, daß auch in Gmunden Fälle von Blattern
vorgekommen seien, an dem glücklicherweise nichts Wahres ist, und
wenn auch wirklich einige Fremde sich der Revaccination unter=
zogen, so geschah dies nicht aus Angst vor der Epidemie, sondern
nur, um die Zeit todtzuschlagen. Ich beschloß jedoch, von dieser
Zerstreuung vorläufig noch Umgang zu nehmen und lieber mein
Heil in der so vielfach bewährten Flucht zu versuchen. Um in
Lambach den nach Salzburg gehenden Schnellzug zu erreichen, muß
man von Gmunden aus den gemischten Güterzug der Westbahn
benützen, denn, sagt unser Schiller, „des Lebens ungemischte
Freude ward keinem Irdischen zu Theil". Man trennt sich aber
sehr schwer von Gmunden, wenn man mit der Westbahn fährt, so
daß eine Dame, welche ihrem nach Lambach reisenden Gemahl das
Geleite gegeben hatte und im Vertrauen auf die Fahrordnung fünf
Minuten vor der Abgangszeit um ein Viertel Zwölf in convulsi=
visches Weinen ausgebrochen war, sich genöthig sah, noch zehn

Minuten nach drei Viertel Zwölf ihre Thränen auf den Perron
strömen zu lassen.

Sowie· die Direction der Westbahn nicht den Aberglauben
anderer Eisenbahn=Directionen theilt, als wenn ein Zug just zu
der in der Fahrordnung angegebenen Zeit abgehen müßte, zeigt
sie sich auch über Standesvorurtheile erhaben, und so befanden
sich bei unserem Zuge zur gerechten Strafe für die exclusiven
Reisenden keine Waggons erster Classe. Ein Engländer drohte
sogar, deutsch sprechen zu wollen, aber es half ihm nichts, er
mußte zu uns in einen Waggon zweiter Classe sammt seiner Frau
und Tochter. Die drei Familien=Mitglieder hatten unzählige
Sommersprossen, das war aber noch nichts gegen den kleinen
Groom, den sie mit sich führten, der nämlich gar ein Mohr war.
Möglich, daß der Engländer das Mohrenknäblein in der Er=
wartung mitgenommen hatte, es könnte, wenn irgendwo, in dem
regnerischen Gmunden weißgewaschen werden. Die Unterhaltung,
die wir genossen, war sehr einsylbig; die Engländer schrien fort=
während „Yes!" und die Kälber hinter uns „Muh", oder umge=
kehrt, so oft die Kälber „Muh" schrien, sahen sich die drei eng=
lischen Familien=Mitglieder erstaunt an, ob sie wohl recht gehört
hätten, und bestärkten sich in ihrem Verdachte durch ein gegen=
seitiges „Yes". So ging es unter einem fortwährenden „Muh —
Yes" weiter, das uns schließlich etwas langweilte. Ob sich das
Mohrenbürschchen besser unterhielt, konnte ich bei der Dunkelheit,
die in seinem Gesichte herrschte, nicht deutlich erkennen.

In Lambach, wo man eine Stunde auf den von Wien
kommenden Schnellzug warten muß, fand ich, daß die Bildung
noch lange nicht solche Fortschritte gemacht hat, wie man gewöhn=
lich annimmt. Die niedliche Kellnerin in der Eisenbahn=Restau=
ration hat noch nicht einmal den Petrarca gelesen, denn als ich
ihre Hand erfassend ausrief: S' amor non è, che dunque è quel
ch'i sento?" wischte sie mit der Serviette den Tisch ab und
richtete an mich die holdselige Gegenfrage: „Vielleicht ein schönes
Kälbernes oder eine weiche Rindsbrust?" Ich aber schüttelte

wehmüthig das Haupt, lümmelte mich in die Ecke und gähnte meinen Plaid an. Ich wußte nicht, welches gefährliche Spiel ich spielte, denn man sah mich sofort für eine Zweigniederlassung der dreiköpfigen englischen Familie an, und der Zahlkellner stürzte mit einem in der Eile zusammengerafften Amazonencorps auf mich zu und erklärte mir unter bekräftigendem Zunicken des weiblichen Gefolges, ich könne auch Thee haben. „Bier!" rief ich mit einer Stentorstimme, daß alle Chignons im Zimmer zu wackeln begannen. Der Nimbus war aber hiedurch von mir gewichen und man ließ mich fortan verächtlich in Ruhe.

Das schlechte Wetter in Salzburg kam mir sehr bekannt vor, ich mußte es schon irgendwo getroffen haben. Diesem regnerischen Himmel seiner Vaterstadt hat Makart offenbar das stimmungsvolle Grau entlehnt, welches er, da er leider kein Landschafter geworden ist, den Busen seiner Frauengestalten gibt, so daß man, wenn solch ein Busen leidenschaftlich wogt, immer fürchtet, er möchte wie der Vesuv Asche auswerfen. Während es übrigens in früheren Jahren, wenn der Himmel einmal recht im Zuge war, gleich fünf bis sechs Wochen geregnet hat, währt der Regen jetzt selten länger als drei Tage, da Dank den fortwährenden Deficiten unserer Finanzminister die Wälder Salzburgs immer mehr gelichtet werden. Ich verdanke diese Mittheilung zwar einer etwas befangenen Quelle, einem Regenschirm=Fabrikanten, dessen Bekanntschaft ich im „Stiegelbräu" machte, aber der Himmel wurde in der That schon nach zwei Tagen stellenweise blau, so daß ich einen kleinen Spaziergang auf den Kapuzinerberg wagte. Ich traf dort eine große Menge Touristen, die seit einigen Tagen aussichtslos waren und jetzt den Verlust so schnell als möglich hereinbringen wollten. Die „Aussicht nach Baiern" war in Folge dessen nicht mehr durch Wolken, sondern nur durch Plaids verhüllt. Auch meine liebe englische Familie fand ich dort wieder, welche mich zum Zeichen des Wiedererkennens mit großem Befremden ansah. Sie ließ sich von ihrem kleinen Mohren ein riesiges Fernrohr nachtragen, das der frühreife schwarze Knabe benützte, um die Waden der jungen Miß verstohlen zu besichtigen.

Es waren kaum einige Minuten vergangen, als plötzlich aus der Ferne ein kläglicher Ruf erschallte; wir horchten, und nach einiger Zeit wiederholte sich dasselbe unheimliche Rufen. Nach kurzen Pausen kehrte der Ruf, der wie ein Hilferuf klang, immer wieder, und wir konnten jetzt deutlich eine männliche und eine weibliche Stimme unterscheiden. Die Anwesenden liefen dem Walde zu, und nur die englische Familie ließ sich jetzt von ihrem schwarzen Fernrohrträger dies Instrument reichen und schaute angelegentlichst in das baierische Land hinaus, um die nach Hilfe Rufenden in dem Nachbarstaate zu suchen. Die Stimmen kamen immer näher, und mit einemmale hörten wir die männliche Stimme aus Leibeskräften „Constantinopel!" schreien. Bald darauf schrie auch die weibliche Stimme mit großer Kraftanstrengung „Constantinopel!" und nun erschallte es unaufhörlich „Constantinopel! Constantinopel!" Wir stutzten, denn wir konnten doch kaum annehmen, daß sich ein türkisches Ehepaar bei einem Spaziergange an den Ufern des Bosporus bis auf den Kapuzinerberg verirrt habe und nunmehr den richtigen Weg nach Constantinopel zu erfragen bemüht sei. Bald traten die Waldtürken aus dem Dickicht hervor, voran ein Mann mit einem verschnürten ungarischen Rocke, der sich mit dem Sacktuche die Schweißtropfen von der Stirne wischte, und hinter ihm eine beleibte Frau, die mühsam nach Athem rang. Als uns der Ungar sah, näherte er sich und fragte höflich, ob wir kein Echo gehört hätten. Da wir die Frage verneinten, sahen der Fremde und dessen Begleiterin einander bestürzt an und setzten sich dann bekümmert ins Gras. Nach einer Weile erzählte uns der Unglückliche, er und seine Frau seien erst gestern angekommen und bei dem Abendessen habe sich ein Handlungsreisender zu ihnen gesellt und erzählt, auf dem Kapuzinerberge halte sich ein fünfsylbiges Echo auf. Sie hätten daher beschlossen, dieses am nächsten Morgen ungesäumt aufzusuchen, da ein so gesprächiges Echo ihnen bisher niemals begegnet sei. Obwohl die ungarische Sprache an fünfsylbigen Wörtern keinen Mangel leide, sei es doch fraglich gewesen, ob das salzburgische Echo ungarisch

verstehe, und so seien sie auf das fünfsylbige Wort „Constan=
tinopel" verfallen. Nach dem Frühstück hätten sie sofort den
Wald nach allen Richtungen unter dem fortwährenden Rufe „Con=
stantinopel" durchstrichen, ohne daß ihnen jedoch bis jetzt auf ihre
dringende Anfrage auch nur mit einer Sylbe geantwortet worden
wäre. Nach einer Weile standen die beiden Echosucher auf und
gingen betrübt die Stufen des Kapuzinerberges hinunter. Noch
einmal drehten sie sich um und riefen ein klagendes „Constan=
tinopel!" in den Wald, aber kein Echo gab dem trostlosen Paare
den geliebten Namen der türkischen Haupt= und Residenzstadt
zurück.

Und jetzt ist es wieder prächtiges Wetter, nur hie und da
zieht ein marodirendes Wölkchen über die blaue Fläche hin und
die traumhäuptigen Berge recken ihre mächtigen Gliedmaßen in
der Sonne. Unten auf den Wiesen aber blüht schon die Herbst=
zeitlose und mahnt uns, rasch zu genießen. So will ich denn mit
Extrapost reisen, anstatt mit der Westbahn.

V.

Wenn man am frühen Morgen nach München kommt, dann liegen im Nebel die dicken Frauenthürme da wie ein baierisches Ehepaar im schweren Bierschlaf. Sie schnarchen einträchtig Bim-Bam und in den Straßen ist's ganz stille. Den Zimmerkellner in dem Gasthofe fand ich noch als unvollendetes Kunstwerk, aber der Hausknecht hielt in der erhobenen Rechten eine große Wurst, so daß er aussah wie Herkules mit der Keule. Ich drückte zweimal auf den Knopf bei der Thüre, worauf das vorschriftsmäßige Stubenmädchen erschien und mir einen baierischen Mocca vorsetzte, mit welchem Medea ihre zwei Kinder langsam hätte ermorden können. Der Versuch, die mit einem echt creolischen Namen getaufte Cigarre anzuzünden, gelang wohl endlich, aber nach den Feigen wollten die Kartoffel nicht mehr recht munden. Ich warf sie entschlossen in ein Cabinet, dessen Thüre wie die Spielbank in Baden-Baden ein Double-zéro hatte, das aber glücklicherweise den Einsatz nicht wieder herausgibt. Die Tochter des Wirthes, welche gerade in die Kirche ging, hielt ich, obwohl sie schon ziemlich vorgerückt war, anfangs für die Morgenstunde, denn sie hatte wie diese Gold im Munde, das Stubenmädchen aber verrieth mir, daß es von den falschen Zähnen herrühre.

Wenn man eine Weile in den schönen breiten Straßen spazieren geht und die classischen Bauten mit ihrer Säulenpracht schaut, glaubt man immer, es müßten Einem die sieben Weisen Griechenlands begegnen und ihre schönen Sinnsprüche hersagen. Die Weisen gedeihen jedoch unter dem Münchener Himmel eben-

sowenig wie die Fresken, die alle ein klägliches Bild des Ver=
falles bieten. Die Schönheit kommt im Norden ebensowenig im
Freien fort, wie das Feigenblatt, das sie als Symbol der Treib=
haus=Cultur trägt. Deßhalb hat sich Frau Venus in das warme
Innere des Berges zurückgezogen, und während ihr der Grieche
auf offenem Markte gehuldigt hat, besucht sie der Deutsche ver=
schämt in ihrem Berg mit separirtem Eingang. Die Fresken an
der Außenseite der neuen Pinakothek sind fast vollständig ver=
wischt, ebenso wie die landschaftlichen Fresken in den Arcaden des
Hofgartens. Nur von den Distichen des poetischen Landes=Groß=
vaters, welche die herrlichen Gegenden so lange unsicher machten,
sind diese durch den Zahn der Zeit noch immer nicht ganz ge=
säubert worden. Allerdings aber hat König Ludwig seine Verse
vorsorglich mit so vielen Füßen ausgestattet, daß man es gar
nicht merkt, wenn wirklich ein paar verloren gegangen sind. Auch
den Namen der Philhellenen, mit welchen die inneren Wände der
Propyläen vollgeschrieben sind, kann das schlechte Wetter leider
noch immer nicht beikommen, und man sucht, wenn man durch
das herrliche Thor geht, sich vergebens der Meinung zu erwehren,
es seien Haufen griechischer Kiselaks hier durchgezogen und hätten,
um ihren unbekannten Namen auf die Nachwelt zu bringen, diesen
auf die schönen Wände gekritzelt.

Doch sind die neuen Straßen mit ihrer griechischen Styl=
mustersammlung menschenleer und todt, und nur selten marschirt
ein Trupp baierischer Soldaten vorüber, die sie vielleicht auf
Commando beleben müssen. Wenn aber der Corporal nicht hin
und wieder „Rechts g'schaut!" oder „Links g'schaut!" riefe, sähen
sich auch diese die dorischen und jonischen Säulen nicht an. Vier=
zeilige jodelnd ziehen sie nach dem Exerciren durch das Sieges=
thor mit der Löwenquadriga, als wenn da oben eine Sennerin
die Löwen von der Alm heruntertreiben würde. So lange sich
nicht die Kunst mit dem Bier vermählt und Minerva Gambrinus
die Hand reicht, wird der Münchener gegen alle Verlockungen der=
selben sich in den Bräuhäusern zu stärken wissen. Erst wenn die

Dächer der Bräuhäuser auf korinthischen Säulen ruhen und die
Deckel der Bierkrüge Scenen aus dem trojanischen Kriege bringen
werden, wenn man den Hausknecht mit der Toga bekleiden und
die Kellnerin Nausikaa taufen wird, wird der Münchener die
Classicität schon mit dem Bier einsaugen. Und gerade das Hof-
bräuhaus, welches doch eine der wichtigsten Staatsanstalten ist
und mit dem sich gewiß die Glyptothek in Bezug auf allgemeine
Beliebtheit nicht zu messen vermag, dieses Forum des Müncheners,
auf welchem er, während er die dringendsten Geschäfte zu besorgen hätte, weilt, wo er vor der Arbeit ausruht und die wichtigsten politischen Fragen, scharf trinkend, bespricht, ist weder im
griechischen, noch im römischen, ja nicht einmal im späteren italienischen Renaissance-Styl gebaut, sondern ganz und gar im
homerischen Sauhirtengeschmack gehalten.

In den Bräuhäusern geht es jetzt nicht mehr mit der Ordnung und Pünktlichkeit von ehemals zu. Seit nämlich die baierische
Maß Liter heißt, verlor der Münchener den früheren Anhalts-
punkt, wann er genug habe, und er muß sich jetzt ganz auf das
in solchen Fällen ziemlich unbestimmte Gefühl verlassen. Die
Bräu- und Gasthäuser sind gedrängt voll, denn der stets auf die
Zukunft bedachte Biertrinker befürchtet, das Bier werde bald
schlechter werden. Aber das gute Bier allein vermag den ganzen
Münchener nicht auszufüllen. Als ich neulich beim „Oberpollinger"
speiste, bemerkte ich sofort auf den Gesichtern der zahlreich Versammelten die Zeichen großer, freudiger Erregung und ich dachte,
der Sturz des Ministeriums Lutz sei die Ursache dieser allgemeinen Gemüthsbewegung, von der die Zeitungen schon seit
einigen Tagen sprachen. Ich erfuhr jedoch, daß ich der Minister-
krise eine größere Bedeutung beigelegt hatte, als sie verdiente,
denn die gehobene Stimmung hatte ihren Grund darin, daß es
an diesem Tage dreimal Knödel gab: Schinkenknödel in der Suppe,
gewöhnliche Knödel als Beilage eines Ochsenschlepp und Kartoffel-
knödel als Mehlspeise. Die Kellnerin ging triumphirend zu jedem
neuen Gaste hin und theilte ihm die freudige Kunde mit. Buri-

dan's Esel war in einer weniger verwickelten Lage, als die
Münchener zwischen den drei Knödeln. Nur einige Männer der
That durchhieben den gordischen Knödel, indem sie denselben in
seinen drei Erscheinungsformen verschlangen. „Gelten S', so
sollt's alle Tag' sein!" sagte die Kellnerin zu dem Knödelesser
neben mir. Das phantastische Mädchen hätte aber das schöne
Wort Goethe's beherzigen sollen, daß sich Alles in der Welt er-
tragen lasse, nur nicht eine Reihe von glücklichen Tagen.

Bei dem vollständigen Mangel an regierungsfähigen Männern
ist die Zusammensetzung eines neuen Ministeriums noch immer
nicht gelungen. Leider ist die Ministerkrisis hereingebrochen, bevor
noch das Maximilianeum vollendet ist, welches eine politische
Pepinière werden soll, indem darin die Heranbildung von Jüng-
lingen mit Vorzugsclassen zu großen Staatsmännern geschäfts-
mäßig betrieben werden wird. Der Palast, welcher die Maximi-
liansstraße abschließt, liegt imposant auf der Gasteighöhe, und
bei den großen Dimensionen desselben ist nur zu besorgen, daß
der Staat für die große Zahl von bedeutenden Staatsmännern
der Zukunft etwas zu knapp bemessen sein dürfte. Es ist wohl
dafür gesorgt, daß die baierischen Genies nicht in den Himmel
wachsen und daß daher hie und da auch eines der vielen Zimmer
leerstehen wird, sonst müßten die Staatsmänner, sobald sie fix
und fertig aus der Pension kommen, sofort pensionirt werden.

Im Residenztheater wurde ein lustiger Schwank aus dem
Französischen: „Der Dank eine Bürde" zum erstenmale aufgeführt
und recht gut gespielt. Man sieht es dem kleinen Hause gar
nicht an, wie riesig leer es sein kann!

Daheim.

Ich habe dem Leser über meine Erlebnisse während einer sechswöchentlichen Abwesenheit in Reisebriefen genaue Rechenschaft gegeben, denn leider ist der Feuilletonist, wenn sich auch unsere journalistischen Verhältnisse wesentlich gebessert haben, noch immer nicht in der unabhängigen Lage Wallenstein's, der in den „Piccolomini" seinem Schwager Terzky, als dieser von ihm etwas Manuscript verlangt, ganz unumwunden erklärte: „Ich geb' nichts Schriftliches von mir, du weißt's." Freilich hat es dem armen Wallenstein wenig genützt, daß er nichts Schriftliches von sich gab, denn er wurde schließlich doch ermordet, und mehr kann einem Wiener Journalisten, selbst wenn er in eine Polemik geräth, auch nicht passiren. So hat denn jeder Beruf auch seine angenehme Seite, wie übrigens schon Horaz bemerkte; der Landmann prellt den Städter, der frische Luft schnappen kommt, der Börsianer bleibt, wenn die Kurse fallen, von der Börse aus, der Bankier besitzt die nothwendigen Mittel, um zur Linderung seiner Leiden seine Frau ins Bad zu schicken, und der Journalist bohrt wie wir täglich sehen können, seinem Berufsgenossen einen Stockdegen in den Bauch.

Ich benützte von Salzburg nach Wien den Schnellzug der Westbahn, um noch einmal die herrliche Landschaft an meinem Auge ganz langsam vorüberziehen zu lassen. Das häufige Stehenbleiben des Zuges gestattete den Reisenden den vollen Ueberblick über das reizende Panorama, und den vereinten Bemühungen des Bahnpersonales gelang es, die übliche Verspätung einzuhalten. In Folge des unausgesetzten starken Hin- und Herschaukelns der

Waggons wurden mehrere Damen unwohl, so daß der Umsatz in frischem Waffer, welches an den Stationen feilgeboten wurde, ein sehr lebhafter war und die Direction der Westbahn sich rühmen darf, den Verkehr in diesem früher wenig begehrten Artikel wesentlich gefördert zu haben. Neben dem Wafferhandel wird sich vielleicht längs dem Geleise der Westbahn mit der Zeit auch eine großartige Streichpflaster-Industrie entwickeln, welche bei dem fortwährenden Herabfallen von Handkoffern auf die Köpfe der Paffagiere, den Rippenstößen, die man in Folge der Purzelbäume des Nachbars erhält, und den blauen Flecken, welche Einem der Regenschirm des Vis-à-vis schlägt, voraussichtlich bald auf eigenen Füßen zu stehen vermögen wird. Erst in Wien hatte das tolle Würfelspiel ein Ende, und ich gelangte endlich mittelst der gewöhnlichen Tagüberschreitung nach Hause.

Die Saison war in üppigster Entfaltung. Der König von Schweden war bereits gestorben, in einigen Salons hatte man schon Einbruchsversuche gemacht und die Gründer des neuen Stadttheaters beriethen, ob es nicht zweckmäßiger wäre, dasselbe in einen Tanzsaal umzugestalten, als die bisher ziemlich verunglückten Theater-Experimente fortzusetzen. Ein poetischer Obergerichts-Anwalt hat zwar bei der Generalprobe im Namen des Directionsrathes ein Gedicht in elf Strophen, à sechs Verse, vorgetragen, in dem es heißt: „Allein wenn schweigsam werden die Gefilde und matter glänzt der Abendsonnenschein, dann naht man gerne, sich an dem Gebilde der ewig jungen Poesie zu freu'n", was wohl, in ungebundene Redeweise übersetzt, so viel heißen soll als: wenn es zeitlich finster wird, kauft man sich gerne einen Sperrsitz, um den Abend im Theater todtzuschlagen. Allein ich fürchte, daß die Stadttheater-Gebilde der jungen Poesie dem Abendsonnenscheine, ungeachtet seiner Mattheit, keine gefährliche Concurrenz bereiten und daß sie auch den Gefilden mit deren so anspruchsloser Schweigsamkeit die Besucher nicht abwendig machen werden.

Der Anwalt des Obergerichtes schloß seine längere poetische Vertheidigung des Stadttheaters mit den begeisterten Worten:

„Schon rauscht sie auf in ihrem mächt'gen Strahle, die Poesie, und wunderbar erhellt, erschließt sich uns das Reich der Ideale und vor uns liegt des Dichters Zauberwelt — Glück auf, Glück auf! — Naht euch mit off'nem Sinne — der Vorhang schwinde und das Spiel beginne!" Ich muß gestehen, daß ich, der Aufforderung des Dichters Folge leistend, „der bösen Stiefmutter" sowie dem „Stiftungsfest" mit off'nem Sinne genaht war, daß es mir aber bei der Art und Weise, mit welcher diese Gebilde der ewig jungen Poesie gespielt wurden, nur gelang, den Eingang, welcher zum Geschmackssinn führt, ununterbrochen offen zu halten, wogegen mich trotz der wunderbaren Erhellung des Reichs der Ideale fortwährend die Lust anwandelte, in der Zauberwelt der Herren Putlitz und Moser den Sehsinn zu schließen. So wurde in mir, während noch die Poesie in ihrem mächt'gen Strahle aufrauschte, der bescheidene Wunsch rege, das Spiel möge schwinden und der Vorhang beginnen.

Wie erfreut war ich am anderen Tage, aus den Herrn Laube befreundeten Zeitungen zu entnehmen, daß ich mich vortrefflich amüsirt hatte, denn ich las, daß die beiden Stücke ungemein spannend waren, daß das Publicum vor Lachen bersten wollte, daß jeder der Schauspieler durch sein meisterhaftes Spiel das. Publicum mit sich fortgerissen hatte u. s. f. u. s. f. Ich wünschte den betreffenden Herren Recensenten, die wahrscheinlich bis jetzt in einem Walde als Eremiten gelebt haben, daß sie ein glücklicher Zufall einmal in das Strampfer- oder gar in das Carl-Theater führen möchte. Da würden sie erst die Augen aufreißen und in die Hände patschen, denn dort ist's noch weit, weit unterhaltender, und dort lachen sogar manchmal Leute, die schon Theaterspielen gesehen haben. Ins Burgtheater müssen sich aber die Herren vorderhand noch nicht hineinwagen, denn wer schon durch das Spiel im Stadttheater so freudig aufgeregt wird, kann dort leicht vor Entzücken vom Schlage gerührt werden.

––––––––––

Die Corruption in Oesterreich.

29. September 1872.

Seit einiger Zeit spricht man von der „Corruption in Oesterreich", wie man von dem Typhus, den Blattern oder der Cholera
spricht, so daß es scheint, man habe es nicht mehr mit sporadischen
Fällen von Corruption zu thun, sondern mit einer Epidemie.
Während aber die ordinären Epidemien in den Armenvierteln aus-
brechen und dann mit einer gewissen socialdemokratischen Neigung
auch die unschuldigen Reichen heimsuchen, obwohl diese nicht ge-
hungert und gefroren haben und sich sonst keines Elendes bewußt
sind, grassirt die Epidemie der Corruption unter den oberen Zehn-
tausend und ergreift erst nach und nach die unteren Hunderttausend.
Es wird in anderen Ländern ebenso wie bei uns gestohlen, ein-
gebrochen und gegründet, und doch spricht man nicht von Corruption, denn diese ist eine Massenkrankheit und man sagt, daß
man bei uns zu ihr mehr inclinire als sonstwo. Doch eine Epidemie
erreicht ihren Höhepunkt und verschwindet dann; sie verschont Viele,
und Andere, die sie ergriffen, werden wieder gesund. Nicht so die
Corruption.

In einem Lande herrscht die Corruption — das ist, als ob
man sagte, in einer Gegend herrsche der Kropf. Die Leute gehen
dabei herum, arbeiten, zahlen Steuer, werden dick, heirathen, und
ihre Kinder bekommen wieder den Kropf. Und gerade so verhält
sich's bei der Corruption. In den Spitälern wird der endemische
Kropf ebensowenig geheilt wie in den Gerichtssälen die endemische

Corruption. Die gesundesten Menschen aus den gesundesten Gegenden kommen her, sie essen und trinken hier, lesen Zeitungen und gehen in die Kirche wie zu Hause, und doch sind sie nach einiger Zeit corrupt, die Ausländer nicht weniger oder noch mehr als die Eingeborenen. Das macht die Luft. Grillparzer hat noch von einem Capua der Geister gesprochen; das ist aber ein großes Compliment, denn ein weniger höflicher Mann könnte von den pontinischen Sümpfen der Geister sprechen.

Aber die Corruption hat nichts Widerwärtiges an sich, sie tritt in einer sehr gefälligen Form auf, und die Leute, welche schon längere Zeit mit ihr behaftet sind, haben schöne Frauen, große Häuser, lackirte Equipagen und werden nicht selten geadelt. In ihrer Biographie folgen immer die drei Capitel auf einander: eiserne Stirne, eiserne Kasse, eiserne Krone. Sie empfangen die beste Gesellschaft, denn nur der Anfänger wird verachtet; wird dieser aber einmal auf drei bis vier Millionen gering geschätzt, dann folgt auf solche Geringschätzung Neugierde und schließlich Hochachtung. Man sieht die Salons an, bewundert die Bilder und kostet endlich die Weine, und wenn der Salon elegant, die Bilder kostbar und die Weine ächt sind, findet man, daß auch ihr Besitzer nicht so übel ist. Früher hieß es: die kleinen Diebe hängt man, die großen läßt man laufen; jetzt aber: die kleinen Diebe hängt man, den großen läuft man nach. Dazu kommt noch die große Vergeßlichkeit einer Großstadt, die wirklich Staunenswerthes leistet. Man kann wohl behaupten, daß fast bei jeder Million irgend eine anrüchige Null vorkommt, aber bei der sechsten hat man gewöhnlich schon vergessen, wie die fünfte entstanden ist.

Uebrigens besitzen diese Millionäre soviel Geschmack, nicht besser scheinen zu wollen als ihr Ruf, ja sie ironisiren sich nicht selten selbst. So erzählt man von Einem derselben, daß er, bevor er in die Verwaltungsraths-Sitzung ging, seine Kinder umarmte und liebevoll lächelnd zu ihnen sagte: „Kinder betet, euer Vater geht stehlen!" Ist das nicht ein schönes Seitenstück, der corrupte Culturmensch zu dem naiven Naturräuber, der wirklich inbrünstig die Madonna um ihren Schutz anfleht und ihr ein kleines Trinkgeld verspricht, bevor er dem Forestiere in dem Hohlwege auflauert? Und man erzählt weiter von einem reichgewordenen Eisenbahn-Director, der seine Frau, als diese übereifrig ein Scheit Holz nach dem andern in den üppigen Kamin schob, mit geheucheltem Zorn anfuhr: „Glaubst du denn, ich habe das Holz auch gestohlen?"

Nur weil Herr v. Ofenheim auch Eisenbahn-Direktor ist, also aus rein stylistischen Gründen, sei es mir gestattet, an dieser verfänglichen Stelle seiner und seines Conflictes mit dem Handelsminister, der in dieser Woche so große Sensation hervorgerufen, zu erwähnen. Der Herr General-Director wurde während seiner Amtswirksamkeit bei der Lemberg-Czernowitzer Bahn schon zweimal versetzt, erst in den Ritterstand und jetzt in den Anklagestand. Er wählte das Adels-Prädicat „von Ponteuxin", das seinem an die bürgerliche Gemüthlichkeit des heimischen Herdes erinnernden Namen Ofenheim den stürmischen Beigeschmack des Schwarzen Meeres gab. Man will eben nicht an empfangene Wohlthaten gemahnt werden, sonst hätte er nicht dem Schwarzen Meere sondern dem Rothen Meere, das sich gegen seine Ahnen so zuvorkommend benommen hatte, diese kleine Aufmerksamkeit erwiesen. Am klügsten hätte der Herr Director jedenfalls daran gethan, im Hinblick auf seine Leistungen das Meer der Vergessenheit zu wählen.

Herr v. Ponteuxin erklärte zwar gegenüber den Drohungen des Ministers in seiner Rede an den Verwaltungsrath: „Ich bleibe General-Director", und erinnerte dabei an die schöne Arie, welche Fräulein Geistinger als beanstandetes Rosenmädchen im „Blaubart" singt: „Und justament jetzt spiel' ich mit!" Allein nachdem er die schweren Anschuldigungen des Erlasses zu entkräften versucht hatte, besorgten selbst seine Freunde, er werde diese Entkräftung nicht zu überstehen vermögen. Das werden jedenfalls die Lemberg-

Czernowitzischen Wöchnerinnen auf's tiefste bedauern, die er in Anerkennung ihrer Bemühungen um den Bevölkerungszuwachs aus Staatsmitteln subventionirte. Für die höheren Beamten aber, welche der Herr General-Director in Anbetracht ihres gemein= nützigen Appetits auf Staatsunkosten zum Mittagessen einlud, wird wohl der Himmel, der ja auch die Raben nicht aus Staatsmitteln nährt, zu sorgen wissen.

Der Proceß Karmelin.

13. October 1872.

Eure Excellenz! Ich weiß nicht, ob Sie ein Zeitungs-Abonnent sind, da ich aber in Ihren Reden hin und wieder Citate aus deutschen Classikern finde, so scheint es mir, daß Sie die Zeitungen wenigstens lesen, und nicht ohne Nutzen lesen. Dieser Umstand ermuthigt mich, Eure Excellenz auf einen sehr interessanten Bericht aufmerksam zu machen, welchen die Zeitungen in dieser Woche aus Stanislau gebracht haben. Schlagen Sie unsere Feinde sich aus dem Kopf, legen Sie auf eine Stunde die Kriegskarten weg mit ihren verführerischen Schlachtfeldern und unwiderstehlichen Festungen und lesen Sie den Proceß Karmelin.

Der Proceß wird Sie sehr interessiren, denn Sie spielen auch eine Rolle darin. Es handelt sich um ein neues System, das in unserer Armee eingeführt werden soll, um das System Karmelin. Der Name klingt etwas sonderbar, aber es wäre voreilig, daraus schließen zu wollen, daß unter dem System Karmelin ein neues Hinterladungs-System verstanden wird. Es ist nur ein neues Bestechungs-System, nach welchem zwanzig polnische Juden in der Minute auf den Leim gehen. Es ist ein Assentirungs-Manöver, bei dem „die Herren der Commission", welche, wie aus dem Processe hervorgeht, wirklich bestechlich sind, sich stellen müssen, als ob sie bestechlich wären, sowie etwa tapfere Krieger, welche schon blutige Schlachten mitgemacht haben, im Brucker Lager Scheinschlachten aufführen. Karmelin ist ein Armeelieferant, er fängt im Auftrage der Militärbehörde polnische Juden in der Falle und liefert sie dann nach Bedarf den Gerichten. Die Stanislauer Juden haben nämlich eine Abneigung dagegen, Gewehre zu schultern, welche jede Minute nicht nur losgehen, sondern ein paarmal losgehen können. Warum sie die militärische Laufbahn nicht lieben, weiß ich nicht; möglicherweise aus demselben Grunde, aus welchem die Stanislauer Christen dem Militärdienste nicht geneigt sind. Es scheint das jedoch bei den Stanislauern nicht blos Prüderie zu sein, da sie sogar bereit sind, bedeutende Geldopfer zu bringen, um von dem Militärdienste befreit zu werden — die Juden sowohl wie die Christen, wie Euer Excellenz im Proceß Karmelin lesen können.

Wenn ich nicht wüßte, daß Euer Excellenz der Furcht nicht zugänglich sind, würde ich sagen: erschrecken Sie nicht — denn aus dem Processe geht hervor, daß die Bestechung der „Herren der Commission", wie sie der höfliche Major Graf Ludolf in seinem Protokolle nennt, in unzähligen Fällen gelungen ist. Mein Gott, man nimmt es dem Staate gegenüber mit der Moral nicht genau! Die Wenigsten machen sich ein Gewissen daraus, Cigarren über die Grenze zu schmuggeln, indem sie sich sagen: Die paar Cigarren, die ich unverzollt verpuffe, werden die große Staatskasse nicht leer machen — und so dachten vielleicht auch die Herren der Commission: Auf ein paar Soldaten weniger, die in der Schlacht davonlaufen, kommt es in einem großen Kriege auch nicht an. Sieht man jetzt einen Stanislauer im unmilitärischen Kaftan auf dem Salzgries gehen, so denkt man unwillkürlich: Der arme Teufel! Wenn es noch ein Bischen Ehrlichkeit auf der Welt gäbe, könnte er vielleicht schon längst auf Krücken gehen. — Die oberste Militärbehörde ist aber nicht so in Nachdenken versunken, daß sie nicht wüßte, was um sie her vorgeht, und sie beschloß daher, dem Scandal ein Ende zu machen — nicht dem Scandal, daß die Herren der Commission sich bestechen ließen, sondern dem Scandal, daß die Stanislauer sie bestachen. Um kein Mißverständniß in dieser Beziehung aufkommen zu lassen, wurde den

Herren der Commission vor Allem für ihre frühere Bestechlichkeit
Straflosigkeit zugesichert, „denn die armseligen Mißbräuche der
Zeit haben Aufmunterung nöthig", sagt der alte Corps=Comman=
dant Falstaff.

Gleichzeitig gewann die Behörde für ihre auf die Erhöhung
des Effectivstandes der Armee gerichteten Zwecke einen musterhaft
lasterhaften Mann, Namens Karmelin, welcher die Stanislauer
Juden durch die Macht der Ueberredung verleiten sollte, den
mittlerweile für die Unbestechlichkeit gewonnenen Herren der Com=
mission entehrende Bestechungsanträge zu machen. Wer sich aber
nicht gutwillig zur Bestechung verleiten lassen wollte, der wurde
mit Gewalt dazu gezwungen. So wurde ein Krüppel, dessen
Vater sich halsstarrig geweigert hatte, auf die Intentionen der
hohen Behörde einzugehen und einen Bestechungsversuch zu unter=
nehmen, trotz seines eingedrückten Brustbeins zum abschreckenden
Exempel für Jene, welche etwa auf ihre Blindheit, Lahmheit oder
ihren Buckel pochen würden, für tauglich erklärt. Ich halte es
für meine Pflicht, falls Eure Excellenz sich keines glücklichen Ge=
dächtnisses erfreuen sollten, an dieser Stelle daran zu erinnern,
daß wir uns noch immer in Stanislau befinden und nicht etwa
im Innern von Rußland. In dieser Weise war es der hohen
Behörde binnen Kurzem gelungen, eine ansehnliche Verbrecher=
bande heranzubilden, welche nunmehr ihrer Bestrafung entgegen=
sieht — denn Gerechtigkeit geht vor Recht.

Uebrigens setzte die Militärbehörde dem Eifer ihres Ver=
mittlers, der leicht zu weit gehen konnte, gewisse Schranken. Sie
begnügte sich nämlich mit einer gewissen Feinschmeckerei, nur pol=
nische Juden durch ihn ködern zu lassen, und untersagte dem Kar=
melin, der seiner Thätigkeit einen interconfessionellen Charakter
gegeben hatte, die christliche Bevölkerung zur Bestechung zu ver=
leiten und die mit Bestechungslustigen eingeleiteten Präliminar=
Besprechungen weiter fortzusetzen. Allerdings muß man zur Ent=
schuldigung dieses Vorgehens hinzufügen, daß die polnischen Juden

nur sehr wenig Liebreiz besitzen, und man es also einer gut
aufgelegten Behörde nicht gar zu übel nehmen darf, wenn sie
denselben einen kleinen Schabernack spielt.

Ich aber schließe meine kurze Inhaltsanzeige der Stanislauer Scandalgeschichte, indem ich Eurer Excellenz noch einmal
empfehle: „Lesen Sie den Proceß Karmelin!"

Palacky's Abschiedswort.

27. October 1872.

Der große böhmische Gelehrte Herr Frantisek Palacky hat
durch seine jüngste politische Kundgebung neuerdings die herrliche
Wahrheit bestätigt, welche in der Jobsiade ausgesprochen wird:
„Denn es trifft leider manchmal ein, daß große Gelehrte meist
Narren sein." Das „Abschiedswort an die Nation", welches der
Tschechenführer dem letzten Bande seiner gesammelten Schriften
statt des sonst üblichen Druckfehler-Verzeichnisses beigegeben hat,
ist ein sogenanntes politisches Testament, in welchem der böhmische
Testator die große politische Unklarheit, deren er sich seit jeher
erfreute, in großherziger Weise seiner Nation vermacht. Eine
Frage, deren Erörterung ich jedoch gewiegten Juristen überlassen
muß, drängt sich beim Lesen dieses confusen letzten Willens auf,
ob nämlich der Erblasser zur Zeit der Abfassung desselben im
Vollbesitze seiner geistigen Kräfte gewesen sei und ob sich daher
die Giltigkeit dieses Testamentes nicht anfechten ließe?

Wenn auch der böhmische Historiker als Prosector ver-
storbener Nationen an seinem Platze sein mag, auf lebende
Nationen hat er sich nie verstanden. Er war als Politiker niemals ernst zu nehmen, denn er hat zwar die politische Lage
immer rasch aufgefaßt, aber seine Auffassung war immer eine
falsche. Das Wort des geistreichen Franzosen: Wenn Gott nicht
existirte, müßte man ihn erfinden, hat er im Jahre 1848 frei
bearbeitet, indem er Gott durch Oesterreich remplacirte und erklärte: Wenn Oesterreich nicht existirte, so müßte es erfunden
werden. Es wird bald Jedem freistehen, ein solches Privilegium

auf die Erfindung Oesterreichs zu nehmen, denn in seinem Ab=
schiedswort theilt uns das gelehrte Chamäleon mit, daß es sich
inzwischen eines Besseren besonnen habe und von nun an an dem
Fortbestand Oesterreichs zu zweifeln entschlossen sei. Da politische
Sentenzen ziemlich wohlfeil zu haben sind, könnte man das Wort
Pascal's: „An Gott zweifeln, heißt an ihn glauben" in Palacky's
Manier frei bearbeiten; gleich ihm Gott mit Oesterreich ver=
tauschen und antworten: „An Oesterreich zweifeln heißt an dieses
glauben." Doch wir wissen ja glücklicherweise, daß dem Urtheil
der Greise nicht immer ganz zu trauen ist; führt Einen vor die
Venus des Tizian und er wird euch sagen: Merkwürdig, wie
dieses schöne Weib heruntergekommen ist! Wie hat es mich noch
vor zwanzig Jahren gereizt, und jetzt läßt es mich vollständig
kalt. Herr Palacky ist vierundsiebzig Jahre alt, und er fühlt
daher das Ende — Oesterreichs herannahen.

Herr Palacky entschuldigt seinen früheren Patriotismus da=
mit, daß er nicht ahnen konnte, die Deutschen würden „das
Staatsgebäude auf Lüge und Unsinn errichten." Einen solchen
Versuch hat aber gerade das Tschechen=Ministerium Hohenwart=
Jireček unternommen, unter dem Böhmisch=wissen Macht war,
welchem das böhmische Staatsrecht als der wahre Rhabarber galt
und das den Fetzenstaat, von welchem diese politischen Harlekine
immer geträumt hatten, seiner Verwirklichung entgegenführen
wollte. Das böhmische Staatsrecht war eine grobe Lüge, und
der Gedanke, der tschechischen Nation, deren Führer nur politisch
reif für's Irrenhaus sind, die Herrschaft in Oesterreich zu über=
tragen, ein kolossaler Unsinn. Obwohl die Deutschen, fährt der
edle Greis fort, ihn seit jeher geschmäht hätten, wolle er doch
nicht „Gleiches mit Gleichem bezahlen", und im Gegensatze zu
diesen Schmähungen sagt der galante Tscheche den Deutschen, sie
seien „mit steigender Leidenschaftlichkeit von der Sitte abgefallen",
ihre Führer seien „jüdische Schmocks und Leute ohne Gewissen
und Schamgefühl" und sie hießen die „Wölfe, die da herüber=
laufen aus dem Reiche der Gottesfurcht und edlen Sitte", will=

kommen. Das Reich der Gottesfurcht und edlen Sitte ist eine schalkhafte Umschreibung des Deutschen Reiches.

Nachdem er so gegen die Deutschen das ganze Complimentirbuch erschöpft hat, wendet sich der greise Dulder gegen die Juden, „bei denen sich alle Gräuel und Schändlichkeiten, welche die Geschichte aufzuweisen hat, vereinigen". Die Juden verwüsten also ganze Länder mit Feuer und Schwert, zerstören Städte und Werke der Kunst, metzeln die wehrhafte Bevölkerung nieder, während sie Weiber und Kinder in die Sklaverei schleppen, stecken unaufhörlich Scheiterhaufen in Brand, auf denen sie Andersgläubige braten, kurz, sie sengen und brennen, martern und morden, und fügen zu allem dem noch einen Gräuel, den man weder im grauen Alterthum, noch im finsteren Mittelalter gekannt hat, sie speculiren in „Anglo". Mit dem Adlerauge des Forschers hat es nämlich Herr Palacky entdeckt, daß die Juden auf die Börse gehen. Ich glaube, der Genius der Menschheit geht selbst auf die Börse, sonst müßte er da sein Haupt verhüllen! Aber nicht nur in Oesterreich, nein, „der jüdische Stamm herrscht jetzt in Deutschland allgemein", behauptet der tschechische Herodot. Also ist die Kunde denn wahr, die bis zu uns gedrungen, daß Bismarck vormals ein Rabbinats-Candidat war und nur deßhalb die Einsamkeit in Varzin aufsucht, um dem Studium seines lieben Talmud ungestörter obliegen zu können? Während Herr Palacky die Deutschen „Wölfe" genannt hat, nennt er die Juden „Füchse", und da ist denn wahrscheinlich der Tscheche das Lämmchen, das zwischen Wolf und Fuchs gerathen ist und unschuldig „Stribro" blöckt.

Zum Schlusse wendet sich der tolerante Greis gegen die Magyaren, die aber noch schlechter fortkommen, als die Deutschen und Juden. Denn er „bürgt" dafür, „daß bei Beginn des zweiten Jahrtausends des Bestehens sie keinen Nachkommen übriggelassen haben werden". Mit dem alten Jeremias ist wahrhaftig nicht zu spaßen; wenn ihm kein Schimpfwort gegen eine Nation einfällt, dreht er ihr gar den Hals um. Aber die schönen magyarischen Frauen mögen sich trösten; so lange nicht die Quellen von Pyrawarth versiegen, wird es immer Nachkommen geben.

Mit dieser kleinen Verwünschung schließt der Weise von Hodslawitz sein politisches Testament. Die tschechischen Zeitungen haben es monumental genannt, weil der Fortbestand Oesterreichs darin geleugnet wird. Ich aber glaube, daß Herr Palacky damit nicht die Grundlagen des österreichischen Staates erschüttern wird, sondern höchstens das Zwerchfell einiger österreichischer Staats=bürger.

Die Vertheidigungsrede des Dr. Giskra.

10. November 1872.

Herr Dr. Karl Giskra ist todt. Er ist am letzten Donnerstag begraben worden und eine große Anzahl von Leidtragenden ging mit seiner Leiche. Das Begräbniß fand im großen Börsensaale statt und war höchst traurig und feierlich. Da oben auf der Tribüne stand wohl Einer mit blondem Haar und Bart, der die Augen rollte, sich auf die Stirne schlug und die Hand auf's Herz fallen ließ, wie der arme Giskra, als er noch lebte, aber es war nur der Archimimus, der bei den Römern hinter der Leiche ging und die Geberden des Lebenden nachäffte. Er hob und senkte die Stimme, er war pathetisch, zornig und gerührt, und nur daran merkte man die Posse, daß er nicht von den angeborenen und unveräußerlichen Menschenrechten sprach, wie der Idealist des Jahres 1848, sondern von den zwar angeborenen, aber veräußerlichen Gründerrechten.

Sollte der gewesene General=Director der Lemberg=Czernowitzer Eisenbahn Herr Ofenheim von Ponteuxim, jemals in die unangenehme Lage kommen, sich wegen seiner geschäftlichen Thätigkeit vor Gericht verantworten zu müssen, so würden wir ihm den Rath ertheilen, die Rede seines Collegen, des Verwaltungsrathes Dr. Giskra, Wort für Wort zu memoriren und zu seiner Vertheidigung vorzubringen.

Sie paßt merkwürdigerweise auch ganz auf ihn, ja man könnte sogar, wenn man sie liest, auf die Vermuthung gerathen, sie sei ursprünglich darauf berechnet gewesen, den Ritter des schwarzen Meeres weiß zu waschen. Scheint es nicht, als wenn die Rede für den Gerichtssaal bestimmt gewesen wäre, wenn Herr Dr. Giskra vor seinen Wählern, die er um sich zu rechtfertigen, berufen hatte, auf sein unbescholtenes Vorleben hinweist, sowie auf seine schuldlose Familie, und macht es nicht den Eindruck, als wenn hier eventuell für mildernde Umstände plaidirt würde? Der Redner erzählte, daß er in seiner Jugend „in den sieben Tagen der Woche drei- bis viermal keine warme Suppe genossen habe", und wie schwer es ihm gefallen sei, „sich ein Paar ganze Sohlen auf den Stiefeln zu schaffen". Um seinen Kindern diese Sorge zu ersparen, habe er getrachtet, Vermögen zu erwerben, und was er „in dieser Richtung" gethan, sei „für seine Familie" geschehen. Gewiß wird kein billig Denkender verlangen, die Kinder des Herrn Dr. Giskra mögen sich auf kalte Küche beschränken und in seinem Palais an der Ringstraße mit zerrissenen Stiefeln umherlaufen, nur verargt man es dem Abgeordneten der Stadt Wien, daß, während er im Interesse der Familienstiefel die Richtung Lemberg-Czernowitz eingeschlagen hat, die Actionäre dieser Eisenbahnstrecke barfuß zu gehen gezwungen sind.

Der zärtliche Vater war aber bestrebt, seinen Kindern nicht nur eine warme, sondern auch eine recht nahrhafte Suppe zu verschaffen, denn er kaufte, wie er erzählte, ein Haus in der Vorstadt, baute ein Palais auf der Ringstraße und ward Besitzer eines Landhauses. Der Herr Abgeordnete war gewiß nicht verpflichtet, uns mitzutheilen, woher er die Geldmittel zu diesen Häuserankäufen nahm, nichtsdestoweniger hob er hervor, daß er das Vorstadthaus „aus dem Vermögen seiner ersten und zweiten Frau" gekauft habe. Wir sind nun allerdings nicht neugierig, wir müssen aber, da der dreifache Hausherr doch so mittheilsam war, bekennen, daß uns noch eher interessirt hätte, zu wissen, aus welchem Vermögen er das Haus auf der Ringstraße gekauft habe, als das lange nicht so kostspielige Vorstadthaus. Freilich, um das Landhaus zu kaufen, bedurfte es mehr der geistigen Mittel des Herrn Doctors als der Geldmittel, denn er kaufte es, wie er erklärte, „so billig, daß man ihm, würde er es nicht gethan haben, ein

geistiges Armuthszeugniß hätte ausstellen müssen". Daß man
Landhäuser kaufen müsse, um nicht in den Ruf eines Schwach-
kopfes zu gerathen, haben wir hier zum erstenmale erfahren.
Skeptische Naturen möchten vielleicht, wenn sie das prächtige Haus
des Abgeordneten auf der Ringstraße sehen, den Kopf schütteln
und fragen: Wie kommt es, daß dieser Volksmann sein Vermögen
in Häusern anlegt und nicht in Creditactien? Um solche Zweifler
zu beruhigen, rechtfertigte der vorsichtige Kapitalist diese Kapitalsanlage damit, daß er mit Rücksicht auf den im Jahre 1870
drohenden Föderalismus, „da Oesterreich auf schwachen Füßen zu
stehen begann, seine Papiere verkauft und das Geld in einem
Hausbau angelegt habe". Dieses Palais auf der Ringstraße, das
der unermüdliche Vorkämpfer für die unbeweglichen Güter der
Nation mit Hintansetzung seiner liebsten Papiere gekauft hat, ist
also zugleich ein Wahrzeichen unverbrüchlicher Verfassungstreue,
das späteren Geschlechtern verkünden soll, wie ein Patriot, wenn
auch die Grundfesten des Staates erzittern, sein Kapital noch
immer sicher zu placiren weiß. Vielleicht wird hier ein pietäts-
voller Gemeinderath der Zukunft eine Gedenktafel anbringen lassen:
„In diesem Hause legte Dr. Giskra im Jahre 1870, da der
Föderalismus vor den Thoren stand, seine Verfassungstreue an."

Das Gebäude soll aber nicht nur eine gegen den Föderalismus gerichtete Kapitalsanlage sein; es hat neben seinem politischen und volkswirthschaftlichen auch einen idyllischen Charakter,
denn, fuhr der Erbauer desselben in seiner Rede fort: „bei unseren
Zuständen, wo man jedes halbe Jahr eine Steigerung fürchtet
und der Gefahr ausgesetzt ist, mit Weib und Kind auf die Straße
zu wandern, ist es gewiß Jedermann zu gönnen, wenn er ein
eigenes Heim besitzt." Gewiß! gewiß! Wir gönnen Jedermann
ein trautes Heim, in dem er keine Steigerung und Kündigung befürchten muß, vorausgesetzt, daß er nicht selber steigert und kündigt.
Aber daß Jemand, der schon ein Vorstadtheim und ein Landheim
besitzt, auch noch für ein „vierstöckiges" Ringstraßenheim an unser
Gefühl appellirt, ist ein Bischen stark. Wir gönnen Herrn Dr.

Giskra seine brei Heims, sind aber, aufrichtig gestanden, von der Nothwendigkeit einer so reichlichen Auswahl heimischer Herde nicht durchdrungen.

Herr Dr. Giskra hat uns also in seiner oratio pro domibus mit großer Offenheit erklärt, weßhalb er Häuser gekauft habe, und da der Häuserwerth in der letzten Zeit eine solche Steigerung erfahren hat, wird Jedermann die Zweckmäßigkeit dieser Kapitals= anlage gerne zugestehen. Die Frage, wie man sein Geld anlegen solle, kann aber doch nur Jene interessiren, die schon reich sind und nur noch schwanken, ob sie Nordbahn=Actien, Baumwolle oder Häuser kaufen sollen, während die große Majorität, die noch nicht reich ist, ein größeres Interesse gehabt hätte, zu erfahren, auf welche Weise man so rasch in den Besitz eines Vermögens ge= langt, das Einen in den Stand setzt, drei Häuser kaufen zu können.

Lonyay, Rieger, Pater Fleischmann und Fräulein Gallmeyer.

24. November 1872.

In dem Parlament der ritterlichen Magyaren hat sich in dieser Woche ein kleiner lehrreicher Zwischenfall ereignet, der die Mangelhaftigkeit ihrer gegenwärtigen parlamentarischen Einrichtungen klar dargethan hat. Da nämlich die ungarische Sprache in Folge ihres kraftstrotzenden Klanges sich hauptsächlich für grobe Beleidigungen eignet und die ungarischen Redekünstler ihre parlamentarische Wirksamkeit gerne benützen, um, geleitet von dem Genius der Sprache, einander die massivsten Verbal-Injurien an den Kopf zu werfen, ist die Nothwendigkeit eines über den Parteien stehenden Parlaments-Hausknechtes dringend fühlbar geworden, welcher nach dem Beispiele der Hausordnung in wohlorganisirten Wirthshäusern auf dreimaliges Läuten des Präsidenten zu erscheinen, und die aufeinander platzenden Geister von dem Schauplatze ihrer gerechten Entrüstung mit kräftigem Arme in das luftige Treppenhaus zu geleiten hätte. Einer der Abgeordneten nämlich, seiner Nichtbeschäftigung nach ein Schriftsteller, dem man bisher nichts vorwerfen konnte als ein kleines Plagiat — er soll einmal eine Banknote wörtlich abgeschrieben haben — hat die rasche Bereicherung des ungarischen Minister-Präsidenten Grafen Lonyay auf Vorgänge zurückzuführen versucht, für welche das magyarische Beinkleid mit seiner auf „reine Hände" berechneten Knappheit keinen Spielraum gewährt. Der oft gekränkte Minister aber, der eine Beleidigung auch nicht einstecken wollte, erklärte dem geehrten Herrn Vorredner, indem er auf die in dessen Selbstverlag erschienenen Banknoten mit graziöser Gewandtheit anspielte, daß er ihn verachte. Den beiden Politikern, deren Jeder so muthig für die Unehrenhaftigkeit des Anderen eingestanden war, wurde zum Danke für diese ihre patriotische Bemühung von den Parteien, denen sie angehören, ein Vertrauens=Votum entgegengebracht.

Während sich so die Magyaren ihrer alten bewährten con= stitutionellen Einrichtungen freuen und die Eintönigkeit der parla= mentarischen Geschäfte durch kleine Neckereien über die Integrität ihres Charakters harmonischer zu gestalten suchen, sind die Tschechen, welche auf die parlamentarische Thätigkeit verzichtet haben, zum Behufe der gegenseitigen Ehrenbeleidigung einzig und allein auf das so viel Zeit und Mühe erfordernde schriftliche Verfahren angewiesen. So hat uns das gestrige Abendblatt mit der tele= graphischen Nachricht angenehm überrascht, daß der Tschechen= führer Herr Slabkowsky seinen liebwerthen Freund, den Tschechen= führer Herrn Rieger, in den „Narodni Listy" einen Lügner genannt habe. Um den Salat etwas zu mischen, erklärt er gleichzeitig, der begeisterte Führer der Nation sei „ein Wortver= dreher, dessen Maske der Unparteilichkeit nicht mehr imponire." Da die Presse, wie man zu sagen pflegt, die Wunden, welche sie schlägt, auch heilt, wird Herr Rieger wahrscheinlich in gleich milder Weise die kleinen Schwächen seines Gegners beurtheilen, und wir dürfen daher auf einen amusanten Scandal unter den so ehrenrührigen Führern der tschechischen Nation mit Zuversicht rechnen.

Ungünstiger lauten die Nachrichten aus Tirol, indem der Pater Fleischmann in Meran, welcher wahrscheinlich in Folge einer göttlichen Eingebung den dortigen Buchhändler von der Kanzel herab beschimpfte, vom Gerichte schuldig gesprochen wurde. Aller= dings ist das Urtheil in dem milden Klima von Meran nicht strenge ausgefallen, denn der beredtsame Priester wurde nur zum Hausarreste in der Dauer von vierzehn Tagen verurtheilt, weil derselbe, wie es in den Entscheidungsgründen heißt, „durch Arrest in seinem Berufe gehindert würde". Zweifellos hat der Arrest

15

in den meisten Fällen eine kleine Berufsstörung zur Folge, und
es sind auch von den Eingesperrten wiederholt begründete Beschwerden in dieser Richtung erhoben worden, ohne daß bis jetzt
dem billigen Verlangen der Herren Gesetzesübertreter die verdiente Berücksichtigung zu Theil geworden wäre. Es kann uns
nur freuen, daß die Humanität auf dem Gebiete der Strafrechts-
pflege nunmehr wieder einen neuen Sieg errungen hat, indem
man jetzt die lieben Sträflinge nicht mehr einsperrt, vielmehr dieselben, um sie nicht ihrer häuslichen Bequemlichkeit zu berauben,
ersucht, die Strafe auf ihrem Canapé gefälligst absitzen zu wollen.
Wir sehen jedoch nicht ein, wieso der Arrest den Pater Fleischmann in seinem Berufe gestört haben würde, da man ja nur
nothwendig gehabt hätte, ihm ein Gebetbuch zu bewilligen, ihn
öfters fasten zu lassen, sowie zeitweilig kräftig zu geißeln, endlich
aber weibliche Besuche auf das strengste hintanzuhalten, und er
so in seinem wahren Berufe, zu beten, zu fasten, sich zu kasteien
und eines keuschen Lebenswandels zu befleißen, nicht nur nicht
gestört, sondern auf's beste gefördert worden wäre.

Von einem Kapuziner ist unter den heutigen Verhältnissen
nur ein Schritt zu einer üppigen Frauengestalt. Fräulein Jose-
fine Gallmeyer ist in dieser Woche wieder einmal von einem
kleinen Contract glücklich entbunden worden. Nachdem sie erst
unlängst aus dem verhaßten Verbande des Carl-Theaters ge-
schieden, hat sie jetzt die ihr lästige Verbindung mit dem Wiedener
Theater gelöst, um neuerdings die drückenden Fesseln eines Engage-
ments im Strampfer-Theater auf sich zu nehmen. Welche Seelenqualen mögen diese unglückliche Künstlerin foltern, diese ewige
Jüdin des Cancans, die in keinem Theater Ruh' und Rast findet!
Wir möchten dem Münchener Psychiatriker, der erst unlängst
Herrn Richard Wagner auf Wahnsinn untersucht und die strengen
Anforderungen, welche die Wissenschaft an einem armen Narren
stellt, in dem Erfinder der betäubenden Zukunftsmusik erfüllt ge-
funden hat, Fräulein Gallmeyer ans Herz binden. Er möge die
Gewohnheit der wunderlichen Dame, ihrem Seelenschmerz über

unangenehme Kritiken durch geharnischte Vierzeilige gegen deren Verfasser Luft zu machen, ihre Flucht vor den Theater-Directoren, die sie in der Herzensangst unter Umständen ohrfeigt, ihr Spiel prüfen, und er wird in seiner coulanten Manier auch hier Größenwahn, Verfolgungswahn und moralischen Wahnsinn herausfinden, wie bei Herrn Wagner. Vielleicht wird die arme Seele, um Ruhe zu finden, sich auch noch ein eigenes Theater bauen lassen müssen, wie der arme Richard!

———————

Weihnachtsfreuden.

29. December 1872.

Armer Tannenbaum, wie kurz war deine Herrlichkeit! Man hat dich geschmückt und bekränzt, ein glänzender Hofstaat hat dir zugejubelt und Weihnachts=Poeten haben dich besungen, und jetzt ist deine Eintags=Poesie vorüber und du liegst bestaubt im Winkel. Du warst gefeiert in der Hütte wie im Palast, Keiner ging un= beschenkt von dir, und nun bist du arm und kahl, und die plumpe Magd gibt dir einen Fußtritt, unglücklicher Held von vier Stun= den. Nur der Chronist, der Conduct=Ansager der Woche, erzählt noch den Leuten dein kleines „Lebensläufel".

Die Börse hat auf das erhebende Fest der Galanteriewaaren= händler, Zuckerbäcker und Juweliere einen wohlthätigen Einfluß, geübt, denn die bemerkenswerthen Kurssteigerungen, welche die meisten Werthpapiere in diesem Jahre erfuhren, haben es auch dem Christkindl, diesem kleinen Kapitalisten, gestattet, für seine Bescheerungen tiefer als sonst in die Tasche zu greifen. Die Gold= ernte war heuer besonders ergiebig, und da das Geld so zudring= lich war, kann man es Niemandem verdenken, wenn er die erste beste Gelegenheit benützte, es zum Fenster hinauszuwerfen. Die Verkäufer passender Weihnachtsgeschenke haben auf die plötzlich Reichgewordenen gebührende Rücksicht genommen, denn selten war die Auswahl an geschmacklosen Gegenständen so reichhaltig wie diesmal. Ich sah in einem unserer glänzendsten Läden ein Rhi= noceros aus blauem Porzellan. Das Ungethüm barg nicht, wie man nach dem großen Entwicklungsgang der Kunstindustrie zu er= warten berechtigt gewesen wäre, ein Tintenfaß in seinem Bauche, der Künstler hatte auch keine zündhölzerne Nebenzwecke mit seinem Kunstwerke verfolgt, ja nicht einmal durch seine eigene Schwerkraft zu wirken und Briefe der Geliebten unter seinen schützenden Fußtritten zu bergen war es berufen, denn der arme Dickhäuter konnte das dünne Porzellan nicht vertragen und wackelte bei jeder Berührung. Nein, das Rhinoceros war aus blauem Porzellan, und das war seine einzige Lebensaufgabe.

Zwei Tage vor dem Weihnachtsabend, da ich eben in dem Laden war, trat ein junger Verwaltungsrath ein, erkundigte sich nach dem Preise des blauen Nashorns, und da er hörte, daß er auf eine Hundertgulden-Note fast nichts mehr herausbekommen würde, kaufte er das liebe Thierchen. Der glückliche Nashornbesitzer kaute eben an einigen Chocolade-Bonbons, in welchen er den Rest des Hunderters angelegt hatte, als ein eben so junges Verwaltungs-Organ eines Concurrenz-Unternehmens hereinstürzte und gleichfalls das blaue Rhinoceros, das noch vor Kurzem im Auslagekasten war, zu kaufen wünschte. Der Kaufmann entschuldigte sich achselzuckend, daß die Nachfrage nach Rhinocerossen aus Porzellan heuer lebhafter gewesen sei, als man bei aller Voraussicht hätte erwarten dürfen, und daß der letzte Repräsentant dieser ausverkauften Thiergattung in den Besitz jenes Herrn — dabei zeigte er auf den Chocoladekäuer — übergegangen sei. Er beeilte sich jedoch, andere seiner passenden Weihnachtsgeschenke vorzulegen und anzupreisen, wie einen kostbaren thönernen Stiefel, um den sich grünes Weinlaub schlang und der sich zur Aufbewahrung von Thee besonders eignen sollte, einen viereckigen Seidenbeutel mit japanesischer Stickerei, als Hülle für Bonbons zu verwenden, u. s. f. u. s. f. Der junge Verwaltungsrath aber schüttelte zu allen diesen Schätzen den Kopf, und indem er nach dem blauen Rhinoceros des triumphirenden Rivalen neidisch hinschielte, sagte er empfindlich: „Ach nein, ich kann nur etwas brauchen, was man nicht verwenden kann."

Auch der Heilige Vater hat die Weihnachts-Feiertage recht vergnügt zugebracht. Er empfing nämlich in seinen elegant möblir-

ten Staaten — seine weltliche Herrschaft erstreckt sich gegenwärtig
nur auf die Junggesellen=Wohnung im Vatikan — eine Deputation der Carbinäle, und fluchte neuerdings die ganze Landkarte
herunter. Er begann seine größere Fluchtour in Italien, suchte
dann, nachdem er Spanien flüchtig berührt hatte, die südliche
Schweiz heim, und dehnte, nachdem er Norbdeutschland mitgenommen hatte, seine Flüche diesmal sogar auf einen großen
Theil der Türkei aus. Uns erschiene es als eine sehr wünschenswerthe Zeitersparniß, wenn der Heilige Vater sich künftighin kürzer
fassen und lieber gleich den bewohnten Theil der Erde verfluchen
würde, anstatt sich in die so ermübende Aufzählung der einzelnen
Staaten einzulassen; die man ja doch in jedem halbwegs vollständigen Handbuche der Geographie übersichtlicher zusammen-
gestellt finden kann. Es wird sich wohl vor Neujahr für den
Papst keine passende Gelegenheit zum Fluchen ergeben, wenigstens
sollte er aber das neue Jahr mit dieser zweckmäßigen Neuerung
würdig eröffnen. Die Carbinäle hätten sich, wie gewöhnlich, im
Vatican zu versammeln und der Papst würde dann beispielsweise
folgende Ansprache an sie richten: „Ehrwürdige Versammlung!
Der Erbball, mit Ausnahme des Fürstenthumes Liechtenstein, sei
verflucht!" Wir glauben, daß dieser neue Fluchmodus allgemeinen
Anklang finden dürfte, und daß es auch dem lieben Gott bei dieser
kürzeren Fassung nicht schwer fallen wird, sich zu orientiren, da
er ja doch die Erde selbst geschaffen hat, freilich in einem unüber-
legten Augenblicke.

Nur in Einem Falle würden sich der Annahme dieses Vor-
schlages unübersteigliche Hindernisse in den Weg stellen. Es könnte
nämlich leicht möglich sein, daß der Papst, seitdem ihm die weltlichen Regierungssorgen abgenommen wurden, sich öfters fürchter-
lich langweilt, und daß er nur beßhalb so häufig flucht und dabei in solche Details eingeht, um die Zeit in angemessener Weise
todtzuschlagen. In ähnlicher Weise helfen sich ja auch die Zeitungen, um ihre Spalten auszufüllen. Wie oft würde es genügen,
wenn sie nichts weiter sagen würden als: „Es geht nichts vor

in der Welt." Statt dessen bringen sie Original-Correspondenzen, daß in England nichts vorgehe, daß in Frankreich sich nichts Be= merkenswerthes ereignet habe, daß in Spanien Alles auf dem alten Fleck stehe u. s. w., weil sonst der Leser sich leicht fragen könnte: Wozu halte ich mir denn eigentlich eine Zeitung, wenn in der Welt nichts vorgeht? Und wenn der Papst nicht so oft und ausführlich fluchen würde, als wenn wer weiß was in der Welt vorginge, möchte vielleicht endlich auch der Katholik sich die Frage vorlegen: Wozu halte ich mir denn eigentlich einen Papst?

Glückseliges neues Jahr!

5. Januar 1873.

So hätten wir denn das alte Jahr glücklich todtgeschlagen und in das Meer der Ewigkeit geworfen. Bekanntlich ist es ein Gebot der Pietät, den Todten nur Gutes und den Lebenden nur Schlechtes nachzusagen. Indem wir den Anforderungen derselben bereitwilligst nachkommen, wollen wir nicht versäumen, das Jahr 1872 ein liebes, gutes altes Jahr zu nennen und dagegen auf das neue Jahr wie ein Papst zu fluchen.

Das verdammte neue Jahr, wie verdrießlich hat es schon angefangen! Ich kam mir am Neujahrsmorgen vor wie Richard III., wenn er in seinem Zelt vor der Schlacht schläft und die verschiedenen Geister, mit denen er bei deren Lebzeiten in Geschäftsverbindung stand, plötzlich einer nach dem anderen erschienen und das arme Scheusal, das gerne ausschlafen möchte, mit ihren nicht sehr wohlwollenden Wünschen in der zudringlichsten Weise belästigen. Nur daß bei mir statt des Prinzen Eduard der Stiefelputzer erschien und statt der Prinzessin Anna die Hausmeisterin, statt des Königs Heinrich VI. der Laternanzünder, und statt des Herzogs von Clarence der Canalräumer, statt der beiden jungen Prinzen zwei Mistbuben, statt des Herzogs von Buckingham der Rauchfangkehrer und statt der edlen Herren Rivers, Grey und Vaughan die Briefträger, und daß sie endlich, anstatt „Verzweifl' und stirb" mir zuzurufen, mich mit dem ungefähr auf dasselbe hinauslaufenden Wunsche: „Ein glückseliges neues Jahr!" begrüßten.

Nach so furchtbaren Erscheinungen kann man dann natürlich dem Frühstück nicht mit Vertrauen entgegengehen. Kaum daß ich ins Kaffeehaus eingetreten war, stürzten drei stämmige Garçons auf mich zu und rissen mir unter dem Feldgeschrei: „Ein glückseliges neues Jahr!" den Rock vom Leibe, den Hut vom Kopfe und den Regenschirm aus der Hand. Erschreckt sah ich, daß hier Fassung noththue, aber ich konnte die wünschenswerthe Seelenruhe nicht finden. Ich sank, an allen Gliedern zitternd, auf einen Stuhl; da nahte mir ein junger Börsengalopin, dessen Gesicht ein aufgeschlagenes Buch Hiob war, und meldete, daß Anglo flau seien. „Bei Sanct George!" fuhr ich auf, „was geht das mich an?" Der Unglücksbote aber verbeugte sich tief und legte seine gedruckte Neujahrs-Gratulation auf den Tisch. Ich starrte finster die lichte Melange an, die man mir jetzt brachte. Himmel, was war das? Richard III. mit welchem mich zu vergleichen ich schon bisher die Ehre hatte, befiehlt, nachdem er sich von den beängstigenden Erscheinungen, die ihn im Bette aufgesucht, erholt hat: „Gebt mir 'nen Kalender!" Auf der Tasse lag ein lackirter Kalender und in Flammenzügen stand das unheimliche „1873" darauf. Ein Pferd! rief ich, ein Pferd! meinen Kalender für'n Pferd! Allein es war zu spät zur Flucht, ich mußte drei blutige Gulden vom Leder ziehen und der Zahlkellner ging weiter fechtend ab.

Ich trat meinen Rückzug an und hinkte, den Trauermarsch aus „Dom Sebastian" pfeifend, über den ganzen „Graben" einem weiblichen Wesen nach. Auf dem Stock-im-Eisenplatz drehte es sich nach mir um und ich sah, daß es eine alte Schatulle war — die Neujahrs-Gratulation des Teufels. Es war trübe, die Luft roch nach dem Rauchfang und war gelb, als wenn die Erde nicht von der Sonne, sondern von einer Melone beschienen worden wäre. Eine innere Stimme rief mir zu: „Austern!" Ich folgte dem Dämon, wer schildert aber mein Entsetzen, da der Aufwärter in der Delicatessenhandlung, nachdem ich mich kaum niedergelassen hatte, vor mir zu tänzeln begann, als wenn ich das goldene Kalb

gewesen wäre, und endlich triumphirend in den Wunsch' ausbrach:
„Glückseliges neues Jahr!" — „Wieso?" lallte ich. — „Sie waren
erst am vorigen Neujahrstage hier," antwortete der von der Vor=
sehung zum Kampf um's Trinkgeld mit einem so scharfen Ge=
dächtnisse bewaffnete Aufwärter. Dabei schwang er seine Serviette,
als wenn in den Falten derselben Krieg und Frieden geruht hätten.
Ich preßte krampfhaft den Saft aus der Citrone auf die Austern
und rächte den Propheten Jonas, indem ich ein Dutzend dieser
See=Ungeheuer verschlang.

Um weiteren Erkennungs=Scenen vorzubeugen, beschloß ich,
mir Haar und Bart kürzen zu lassen. Ich drückte den Hut ins
Gesicht, schlug den Rockkragen auf, steckte die Hände in die Taschen
und schlich an den Häusern hin, bis mir aus einer abgelegenen
Gasse eine gelbe Schüssel winkte. Ich trat in den Laden ein und
schlug eine wilde Lache auf. Denn wer stand vor mir? Gustav!
Er war der Fahne eines neuen Friseurs gefolgt, und die alte
Wunde, die er mir vor einigen Monaten statt der Locke gebrannt
hatte, fing wieder zu schmerzen an, als er mir ein glückseliges
neues Jahr wünschte. Ich weiß nicht mehr, was mir bis zum
Abend weiter passirte. Die vielen Glückwünsche, die mich be=
troffen, waren zu rasch aufeinander gefolgt, als daß sie mich nicht
hätten betäuben sollen. Nur so viel ist mir erinnerlich, daß ich
noch mehrmals die Brieftasche auf= und zugemacht, mehrere Bank=
noten herausgenommen und mehrere Kalender eingesteckt hatte.

Ich bedurfte der Ruhe und keiner Kalender mehr, und beschloß
daher, den Abend nicht im Gasthause, sondern bei einer befreun=
deten Familie zuzubringen. Die Hausfrau empfing mich sehr herz=
lich und lachte nicht wenig, als ich ihr erzählte, wie ich, von allen
Seiten geplündert, endlich zu ihr geflüchtet sei, um weiteren Brand=
schatzungen zu entgehen. Sie reichte mir darauf als Neujahrs=
angebinde ein kleines Bouquet, das vor ihr auf dem Tische lag,
und nachdem ich dasselbe vorsichtig untersucht und mich vergewissert
hatte, daß kein Kalender in demselben verborgen sei, steckte ich es
in das Knopfloch. Die schöne Frau aber sprang auf, patschte in

die kleinen Hände und rief: „Sie haben verloren, Sie haben verloren!" Ich stand wie versteinert. Ich hatte vor vierzehn Tagen mit der Blumenspenderin ein „Vielliebchen" gegessen und jetzt das Bouquet entgegengenommen, ohne die vorgeschriebene For= mel zu sprechen. „Nun wünsche ich die Cassette von der wir neulich gesprochen haben." Ich verbeugte mich. So endete der erste Tag des glückseligen neuen Jahres.

Ein aufgeklärter Sultan. Wieder ein Nero.

Die Nachricht, daß der Sultan einen Orden des Königs von Griechenland angenommen habe, ist von den Freunden türkischer Aufklärung mit freudigem Erstaunen aufgenommen worden. Während nämlich der tolerante abendländische Culturmensch sich keinen Augenblick besinnt, den Halbmond in seinem Knopsloch aufzupflanzen, hat der unduldsame Türke bisher jedes Ordenskreuz mit fanatischer Halsstarrigkeit zurückgewiesen. Materialisten werden vielleicht der Ansicht sein, daß der Bekenner des Jslam, wenn er schon durchaus mit einem Vorurtheil brechen wollte, besser daran gethan hätte, sein altes Vorurtheil gegen Schweinebraten aufzugeben, als das gegen Ordenskreuze. Der Idealist jedoch, der in dem Menschen nicht blos einen ganz gemeinen Stoffwechsler sieht, wird es begreiflich finden, daß endlich auch der Sultan auf der einsamen Höhe seines Thrones die Leere auf seiner Brust schmerzlich empfunden und der modernen Cultur ein so wichtiges Zugeständniß gemacht hat.

Der Orden ist in unserer Zeit ein nothwendiges Toilettestück geworden und der Ohneband bewegt sich in einem Salon so verlegen wie Einer, der darauf aufmerksam gemacht wird, daß ihm ein Band aus einem Knopsloch hervorrage, in welchem sonst Ordensbänder nicht getragen werden, aus dem Knopsloch seiner Unaussprechlichen. Wie die meerentstiegene Göttin der Schönheit sucht der Ordenlose schamhaft mit der Hand die Blößen seines Busens zu bedecken. Man kritisirt jetzt einen Orden wie einen Frack nach der Farbe und der Façon, und man wird nächstens

Einen, der eine auffallend schöne Decoration trägt, fragen: Entschuldigen Sie, bei wem lassen Sie denn arbeiten? Worauf der Gefragte antworten wird: O, ich bin schon seit Jahren eine Kundschaft des Großherzogs von Weimar, und ich kann ihn Ihnen, falls Sie etwas brauchen, auf das beste empfehlen. Man wird beim Bey von Tunis auch nicht theurer bedient als bei Frank oder Ebenstein, und ein Nischan-Iphtikar mit seidenem Band kommt bei ihm nicht höher zu stehen, als ein mit Seide gefütterter Ueberzieher bei den zwei erwähnten Barbaresken-Schneidern. Der Ordensträger fühlt sich ohne Orden unbehaglich wie der Stockträger ohne Stock oder der Schnupfer ohne Tabaksdose. Ich hörte, als ich neulich im Café Daum saß, wie ein Börsenbesucher, der zur Patti gehen wollte und sein Ordensband vergeblich im Portemonnaie gesucht hatte, den Kellner rief und ihm auftrug: „Schicken Sie zum Ordenshändler nebenan um ein Stück Medschidje-Band für mich, es braucht nicht groß zu sein, für fünfzig Kreuzer hab' ich genug."

Andere sehen den Orden nicht als Toilettestück an, sondern als Amulet. Sie legen ihn deßhalb nicht einmal im Wirthshause ab, wahrscheinlich weil sie fürchten, daß sie sonst hinausgeworfen würden. Von den Orden, die viele Tausende kosten, spreche ich hier natürlich nicht. Um den eitlen und leichtsinnigen Gründungsbankier sicherer zu ködern, ist in der Regel ein bischen Adel mit denselben verbunden. Bei einem solchen Orden jedoch ist fast immer der Gründungsbankier der Gefoppte, weil ihm dieser Schmuck nach der strafrechtlichen Verurtheilung sofort wieder abgenommen wird.

Sowie es Leute gibt, welche Meerschaumpfeifen, Tabakdosen, Busennadeln und Spazierstöcke sammeln, gibt es auch Ordenssammler. Unter den Letzteren ist einer der bekanntesten in Wien ein Kassen- und Werkzeugfabrikant, der sich jedoch jetzt nur noch mit seiner Baronie befaßt. Es ist dem Baron Wertheim durch Reisen in die entferntesten Weltgegenden, durch zähe Ausdauer und Opfer aller Art gelungen, eine der reichhaltigsten Ordenssammlungen zu Stande zu bringen. Von den Eisfeldern Rußlands wie von den Wüsten Afrikas ist er stets mit einer reichen Ausbeute an den seltsamsten Orden heimgekehrt. Nicht einmal das kleine Coburg ist dem spähenden Auge des Sammlers entgangen. Während in seinem Knopfloch die merkwürdigsten Geflügelsorten wie in einer Volière hin und her flattern, duftet auf seiner Brust der Rosenorden Brasiliens, blendet der Sonnenorden Persiens das aufgeschlagene Auge des Beschauers und ringeln sich um seinen Hals mit fast tropischer Ueppigkeit und Farbenpracht die wunderbarsten Comthur- und Commandeurs-Schlinggewächse. Die Sammlung des Barons ist jetzt complet, und es bleibt ihm, da er die schwere Last der Orden, ohne Schaden an seiner Gesundheit zu nehmen, nicht mehr zu tragen vermag, nur noch übrig, daß ihm zu seinen vielen Bändern auch noch die Annahme und das Tragen eines Bruchbandes gestattet werde.

Von neuen Hoffnungen erfüllt, blicken die Unglücklichen, die bisher von jeder Ordensjagd mit leerer Waidtasche zurückgekehrt sind, der nahen Weltausstellung entgegen, und Jeder rüstet sich daher auf's beste—für das große Industrie-Preisboxen im Prater. Man erstaunt über die Großartigkeit der Vorbereitungen, welche schon jetzt getroffen werden, und nach den weißen Cravatten zu schließen, welche in den letzten Tagen sämmtliche Kellner in unsern Hotels anzulegen begonnen haben, scheint man das Auge durch eine bisher nicht geahnte Pracht entzücken zu wollen. Weniger wohlthuend als diese weißen Cravatten wirken die für die Weltausstellung gemalten Bilder auf das Auge, welche von Künstlern, die ihre Preisrauflust nicht länger bezähmen können, ausgestellt wurden. Im Künstlerhause hat Herr Werthheimer einen „Nero" ausgestellt, welcher „inmitten eines bacchantischen Gelages" angeblich den Brand Trojas besingt. Der Wütherich zeigt ein verschwollenes Gesicht und hat sich wahrscheinlich aus diesem Anlasse einige Tage nicht rasiren lassen. Es ist wahr, das Ungeheuer sieht scheußlich aus, aber die nackte Blondine hat deshalb keinen Grund, ihm so demonstrativ den Rücken zuzukehren. Wenn man

selber solche Beine hat, sollte man die Schwächen Anderer etwas
nachsichtiger beurtheilen. Obwohl die Dame splitternackt ist, ist
sie doch tadellos frisirt, so daß wir leicht errathen, sie beabsichtige,
nach dem Concert auf den Ball zu gehen. Ein Tiger von einer
leider nicht mehr existirenden Spielart streckt sich etwas abseits. Der
Arme hat wahrscheinlich aus Versehen Roßhaare gefressen, denn
er sieht zum Sprechen ausgestopft aus. Ein ziemlich neugebornes
Kind — wir werden wohl keinen groben Fehler begehen, wenn
wir trotzdem annehmen, es sei todt — vermittelt den Uebergang
vom Tiger zu einem ältern Manne, der weiter unten kauert. Er
dürfte, dem Aussehen nach zu schließen, vor Kurzem verschüttet
und aus dem Schutte wieder ausgegraben worden sein. Der
Mann scheint überhaupt Pech zu haben, denn trügen uns nicht
alle Anzeichen, so muß derselbe erst neulich eine große Hungers=
noth überstanden haben. Und auf dieses Bild menschlicher Hin=
fälligkeit, das sich selbst kaum weiter zu schleppen vermag, stützt
sich ein nackter, aber häßlicher Knabe — vermuthlich eine Be=
kanntschaft aus dem Spital. Ob der Alte ein Wollüstling ist
oder blos ein Pädagoge, vermögen wir nicht zu entscheiden. Auch
dürften die Ansichten über den länglichen, dünnen Gegenstand, den
derselbe in der Hand hält, weit auseinander gehen. Wir schließen
uns nicht der Bleistift=Partei, sondern Jenen an, welche das
Streitobject für eine halbgerauchte Virginier=Cigarre halten. Auf
dem Boden liegen mit vornehmer Nachlässigkeit ein abgestandener
Fisch und mehrere ältere Melonen — für ein Bacchanal ein sehr
bescheidenes Menu! Schreiten wir nun über einen Kopf und eine
Hand, da wir nicht wissen, ob sie zu den daneben liegenden Beinen
gehören, ohne weitere Bemerkung nach links. Himmel, was ist
denn das? Wenn sonst nirgends, so trifft man doch gewiß auf so
einem neuen Oelgemälde immer wieder die alten Bekannten. Da
ist ja die gute liebe „Pest in Florenz" von Makart auf einem Fleck
beisammen. Die Entfernung zwischen Florenz und Rom ist nicht
groß, und bei so lustigen Bacchanten jagt ein Scherz den andern.
Kaum ist das Bacchanale in Florenz vorüber, so packen sie ihre

sieben Todsünden zusammen und machen eine Spritzfahrt nach Rom, um hier das Bacchanale nicht zu versäumen. Seid uns Alle recht herzlich willkommen! Aber die nackte Frau mit dem rothen Haar ist alt geworden! Was liegt endlich daran? Ihrem Anbeter gefällt sie trotzdem, sonst würde er sich wahrscheinlich nicht so unanständig gegen sie betragen. Und Die rückwärts schnäbeln in gewohnter Weise wie die Tauben. Auch ist der Täuberich kurzsichtig wie früher und sucht den Schnabel der Täubin noch immer weiß Gott wo? Wenn übrigens nicht ein geharnischter und behelmter Krieger aus einem Becher ein bischen trinken würde, könnte man bei dem Bacchanale verschmachten. Der arme Teufel hält noch einen Reserve-Becher in der Linken, er scheint sich ein „bacchantisches Gelage" etwas splendider vorgestellt zu haben. Zu bemerken wäre schließlich, daß die beiden Becher, sowie Schild und Helm aus demselben Metall sind und also zu einer Garnitur gehören.

Der Lord-Obersocialist.

Wie unter den Kleidungsstücken die Hose, ist unter den Tages-
fragen die sociale Frage die unaussprechliche, die man in guter
Gesellschaft nicht bei ihrem wahren Namen nennen darf. Sie
existirt, aber sobald Jemand von ihr öffentlich spricht, zischelt man
sich verlegen in die Ohren, Einige suchen gezwungen zu lächeln
und die Prüdesten erröthen. Man hält diese Verschämtheit für
ungemein tactvoll, und während uns jede Woche einen neuen Strike
bringt, ahmt man das Beispiel jenes geflügelten Schopenhauerianers
der Wüste nach, welcher glaubt, die Welt existire nicht mehr, wenn
er den Kopf in den Sand steckt. Und nun denke man sich das
Entsetzen aller Jener, welche noch etwas auf Anstand halten, da
gerade in unserer besten Gesellschaft, im Herrenhaus, die sociale
Frage zweimal nacheinander auf das Tapet gebracht wurde. Als
der junge Fürst Starhemberg unlängst mit der liebenswürdigen
Unbekümmertheit der Jugend plötzlich von der socialen Frage zu
sprechen anfing, da weissagten kopfschüttelnd die erfahrnen Zigeuner
aus freier Hand, der junge Pair sei bestimmt, das Enfant terrible
des Herrenhauses zu werden. Und in dieser Woche hat nun gar
der alte Schmerling, der bisher noch nie durch demokratisches Betragen Anlaß zu Beschwerden gegeben hatte, die Debatte über die
„Regelung der Beamtengehalte" benützt, um seine Ansichten über
dieses bedenkliche Thema offen auszusprechen.

Während aber der junge Aristokrat mit warmer Theilnahme
von jenen socialen Gegensätzen sprach, die eine weise Staatskunst

16

vielleicht zu versöhnen im Stande ist, und die Errichtung von Arbeiterkammern vorschlug, um den Arbeiter wenigstens zu hören bevor man auf jede Verständigung verzichtete, deutete der stete Bureaukrat mit dem Zeigefinger auf eine klaffende, unheilbare Wunde der Gesellschaft, gegen welche die Social-Botaniker bisher noch kein Kraut kennen und wohl niemals eines finden werden, auf die Kluft zwischen Arm und Reich, die nur durch Hirngespinnste zu überbrücken ist. Das ist ein Capitel für den elegischen Dichter, für den pessimistischen Philosophen und den tröstenden Priester, aber nicht für den Politiker, der, wo er nicht helfen kann, schweigend vorüber geht, wie der Feldherr auf dem Schlachtfelde an den Gefallenen. Der Unterschied besteht schon seit dem ersten Brüderpaar, und obwohl Kain den Abel todtschlug hat er doch nicht aufgehört.

Der Lord Oberrichter von Oesterreich erklärte, er sei „kein Socialist", eine Erklärung, die überflüssig war, denn Jeder, der die Neigungen dieses Staatsmannes, sowie die seines erhabenen Vorbildes, des Fürsten Windischgrätz, kennt, war überzeugt, daß ihn die Socialisten erst dann interessiren würden, wenn die Cavallerie den Befehl erhalten hätte, in sie einzuhauen. Nein, Herr v. Schmerling ist kein Social-Demokrat, er ist ein Social-Reactionär. Er behauptet, der Reichthum der Aristokratie in alter Zeit, der übrigens meist nur in Grundbesitz bestanden, habe „keine solche Aversion" hervorgerufen, wie jener der Gegenwart, in welcher „Viele über Nacht reich werden". Ich glaube, daß es den Millionär noch immer mehr Anstrengung gekostet hat, über Nacht reich zu werden, als den Aristokraten, über Nacht geboren zu werden. Bei Jenem bleibt dem Neid wenigstens der Trost, daß er wieder über Nacht arm werden könne, wenn aber ein Feudalsäugling einmal existirte, dann war der Schaden lebenslänglich und nicht wieder gutzumachen. Und man konnte sich zu jener Zeit auch nicht damit beruhigen, daß die Aristokratie über Nacht wieder verloren gehen werde, denn Verbrechen, wie Raub, Mord, Schändung u. s. w. die in unserer Zeit bürgerlicher Ueberhebung den Verlust des Adels

mit sich bringen, gehörten damals zum erlaubten Sport der Aristokratie. Nie kann der Haß gegen den großen Geldbesitz so groß
sein, wie jener gegen den großen Grundbesitz, und man sollte
denken, daß die „Aversion" gegen den grundbesitzenden Adel in
den Bauernkriegen einen ziemlich lebhaften Ausdruck erhalten hat.
Der Boden-Aristokrat nahm dem Bauer „Wald, Wasser und Luft".
Der Geldreichthum dagegen, der in einem eisernen Schrank Platz
hat, ist nicht sichtbar und nicht fühlbar. Der Millionär verräth
sich erst durch den Luxus, der aber zugleich die Menge versöhnt,
denn er bringt, wie man sagt, „das Geld unter die Leute".

Uebrigens hat die weise Natur, welche selbst das dümmste
Thier mit Schutzwaffen ausstattete, auch dem Parvenu der Börse
eine solche Waffe gegen unsern Zorn gegeben — seine Lächerlich-
keit. Er mag in der Loge sitzen oder in der Equipage, er mag
sich mit Orden bedecken und die Empfangsbestätigung über den
gekauften Adel auf den Wagenschlag malen und in die Taschentücher sticken lassen, Schmarotzer mögen in den Zeitungen seine
Bälle besingen und seine Soupers, und Sudelblätter sein Porträt
in ihre Ehrenhalle berühmter Zeitgenossen aufnehmen — — wir
lachen ihn aus.

Herr v. Schmerling bemerkte weiter, „es fordere zu unan-
genehmen Vergleichen heraus, wenn ein Staatsbeamter im vierten
Stocke eines Hauses seine beschränkte Wohnung habe, während der
erste Stock von Leuten bewohnt werde, von denen man nicht wisse,
wer ihr Vater sei oder wer sie selbst noch vor einem halben
Jahre gewesen seien." Dagegen darf man wohl darauf aufmerksam machen, daß selbst sehr bedeutende Männer, zu denen nicht
alle Staatsbeamten gehören, schon den vierten Stock bewohnt
haben, und daß wir gewohnt sind, von dem „Dachstübchen des
Poeten" zu hören, während der erste Stock des Poeten niemals
sprichwörtlich war. So beklagenswerth es daher auch sein mag,
Treppen steigen zu müssen, so theilt doch der Staatsbeamte dieses
Los mit den hervorragendsten Geistern. Herr v. Schmerling hob
zur Charakteristik der Leute im ersten Stocke hervor, daß man

16*

nicht wiſſe, wer ihr Vater ſei. Allein es iſt auch nur wenigen
Sterblichen gegönnt, die Väter ſämmtlicher Staatsbeamten zu kennen,
obwohl doch die Letztern im vierten Stocke wohnen.

Wie der Herr Präſident des Oberſten Gerichtshofes die Kluft
zwiſchen dem erſten und vierten Stock ausfüllen will, hat er nicht
mitgetheilt. Vielleicht ſoll durch ein Börſen=Avancements=Geſetz
das Aufſteigen in höhere Vermögensclaſſen geregelt werden, ſo daß
man etwa als unbeſoldeter Börſen=Galopin die Laufbahn begänne,
nach einigen Jahren zum Couliſſier mit drei Sternen und endlich
zum Contremineur mit goldenem Kragen befördert würde. Mit
der Zeit brächte man es dann zum Chef eines „Hauſſe=Conſortiums"
mit dem Range eines Generalmajors und würde nach vierzig
Dienſtjahren endlich in den wohlverdienten Ruheſtand eines Millio=
närs verſetzt.

Ohne Zweifel wird dann das Reichwerden über Nacht be=
deutend erſchwert werden. Nur ſcheint es lange nicht ſo bedenklich,
daß „Viele über Nacht reich werden", als daß Alle über Nacht
reich werden wollen.

Drei Briefe aus Baden bei Wien.

I.

29. Juni 1873.

Es gibt Leute, die ein leerer Curort ebenso verstimmt wie ein leeres Theater. Ich habe mich von diesen Vorurtheilen längst freigemacht. Mir sind beide am liebsten, wenn sie ganz leer sind, so daß ich eigentlich im Hochsommer ins Theater und im strengen Winter auf's Land gehen sollte. Ein unglückliches Verhängniß hat es gewollt, daß mich bis jetzt bringende Geschäfte schon neunmal zwangen, „Lohengrin" von Richard Wagner anzuhören. Jedesmal aber hat, sobald der Tenor per Einschwäner anlangt und dem Letztern für die billige Fahrgelegenheit dankt, irgend Einer in meiner nächsten Nähe geräuspert und mir sofort die Schwan-Arie anticipando vorgeträllert. Und wenn man in einer schönen Gegend allein ist, dann stören Einen auch die Natur-Enthusiasten nicht mit ihren unarticulirten Gefühlsausbrüchen.

Ich bin nun schon vier Wochen in der landesfürstlichen Einöde Baden. Noch nie war die Stadt so leer wie heuer, ungeachtet der gemalten Curgäste des Potemkin in der Curliste, die bei näherer Besichtigung in der Regel gestern abgereist sind. Bekanntlich hat es der allgütige Schöpfer in seiner Weisheit so einzurichten gewußt, daß die polnischen Juden sich im Winter einen Rheumatismus holen, um sie zu zwingen, doch wenigstens im Sommer ein warmes Bad zu nehmen. Aber während man sonst vor lauter polnischen Juden den Wald nicht sah, sind diese heuer nirgends zu entdecken, und vielleicht werden wir nächstens von einer Wallfahrt frommer Badener um ein paar ausgiebige polnische Juden hören. Es herrscht in dieser Saison hier eine sehr drückende Bewohnungsnoth; an jedem Hausthor werden Miether gesucht, und das lange Entbehren von Trinkgeldern hat die Hausmeister so sanft und harmlos gemacht, daß der Fremde leicht geneigt wäre, Baden für das Capua der Hausmeister zu halten. Ein sehr nervöser Hausherr, der sich bisher zum Zweikinder-System bekannte, indem er keine Partei in sein Haus aufnahm, die mehr als zwei Kinder hatte, ist jetzt so mürbe geworden, daß er die Wohnung an ein Ehepaar mit sechs Kindern vermiethet hat, von denen das jüngste zahnt, während das älteste am Anfangs-Unterricht im Violinspiel leidet. Noch vor wenigen Wochen fand ich an einem Hausthor „ein Zimmer für eine solide Dame" angekündigt. Jeden Tag gähnte mich die solide Dame an, aber Hochmuth kommt vor dem Fall, und gestern fand ich die harte Clausel „solide" durchgestrichen.

Ich war leider so vorsichtig, schon vor der großen Börsenkrisis meine gegenwärtige Wohnung zu miethen, und zwar um einen Preis, den heute nur noch ein Insolventer zu zahlen vermöchte. Dagegen verfüge ich allerdings über ein Empfangs-, Bibliotheks-, Speise-, Rauch- und Schlafzimmer, und, denken Sie sich die Bequemlichkeit, alle in einem Zimmer. Allerdings hat das Zimmer nur ein einziges Fenster, allein es regnet auch durch den Plafond herein, und an schönen Tagen ist selbst das eine Fenster überflüssig, da unmittelbar vor dem Fenster ein Canal liegt. Dagegen ist die Köchin der Partei neben mir sehr aufmerksam. Sobald nur der Bediente am Fenster gegenüber erscheint, spricht sie gleich böhmisch mit ihm.

Wenn die etwas unerfahrene Tochter Wallenstein's, Thekla, meint: „Frei geht das Unglück durch die ganze Erde", so hätte sie ein nur achttägiger Aufenthalt in der landesfürstlichen Stadt Baden von ihrem akuten Idealismus curirt, denn der Unglückliche, der hieher geht, hat zwei Taxen zu bezahlen, eine Cur- und eine Musiktaxe. Sobald der Mensch den Boden Badens betritt, wird er sofort als krank und als leidenschaftlicher Musikliebhaber betrachtet und daher unnachsichtlich mit den beiden erwähnten empfind-

lichen Geldstrafen belegt. Jedenfalls aber hat die Musiktaxe mehr
für sich als die Curtaxe, denn während der Erfolg der Schwefel=
bäder doch immer ein problematischer ist, wird auch der größte
Musiknarr von seinem Wahne, daß die Musik ein Vergnügen sei,
hier binnen Kurzem geheilt.

Die Diät, welche befolgt wird, ist die nachfolgende: Am
frühen Morgen verkündet dem Schläfer das Krähen einer Haus=
meisterin, daß die Sonne aufgegangen sei. Er öffnet das Fenster,
um nach der Witterung zu sehen, und findet, daß unmittelbar vor
demselben schon die Kleider seines Nachbars ausgeklopft werden.
Nachdem er so die Ueberzeugung gewonnen, daß es am Tage vor=
her sehr staubig gewesen sei, schließt er wieder hurtig die Läden,
reinigt sich von den empfangenen Eindrücken und kleidet sich rasch
an. Er stürzt aus dem Hause und gibt zwei Dutzend Fiakern
Audienz, die sämmtlich an ihn die Frage richten: „Fahr'n mer,
Euer Gnaden?“ Nachdem er die Vorschläge jedes Einzelnen, ihn
zur Hauswiese, zur Jammerpepi oder zur Krainerhütte zu fahren,
leutselig angehört und mit möglichster Beschleunigung erledigt hat,
eilt er weiter. Um von der Weilburgstraße in die Stadt zu ge=
langen, muß er eine kleine Brücke passiren. Am besten ist es,
wenn man, um die Passage-Schwierigkeiten zu überwinden, etwas
Eau de Cologne auf das Taschentuch träufelt und dieses sodann
dicht vor Nase und Mund hält. Robustere Naturen indessen
dürfen sich auch ohne diese Vorsicht hinüberwagen, wenn sie nur
etwa hundert Schritte vorher einen kleinen Galopp einschlagen,
um schleunigst den mephitischen Gestaden zu entrinnen, die sich
kühn mit der Hundsgrotte bei Neapel, in der ja nur kleinere
Thiere ersticken, zu messen vermögen. Dank solchen Präventiv=
Maßregeln, ist hier noch Keiner verunglückt, und wenn man daher
einem Eingebornen über die furchtbaren Dünste klagt, antwortet
dieser stolz, es sei noch Niemand daran gestorben. Es würde da=
her gewiß zur Beruhigung der Fremden dienen, wenn man im
Gegensatze zu den „Martertafeln“, die sonst nur von Unglücks=
fällen erzählen, an der Brücke eine Gedenktafel anbringen würde:

„An diesem Gestank ist noch Niemand gestorben." Hat man sich aber in Folge des Dauerlaufes einen kleinen Rheumatismus zugezogen, nun, dann heilt auch das schwefelreiche Baden, wie man dies der freien Presse nachgerühmt hat, die Wunden, die es schlägt, und man weiß wenigstens, wofür man die Curtaxe entrichtet.

Endlich gelangt man in den Park, den Mittelpunkt der Badener Leere. Dort erklingen heitere Tanzweisen, aber ohne großen Erfolg, denn die Instrumente werden nur immer verstimmter. Man leert gewöhnlich mit nüchternem Magen den Kelch der Musik bis auf die Neige und läuft dabei auf und ab. Mit Vergnügen bemerkt der Philanthrop, daß außer ihm fast Niemand anwesend ist. Zu den Stammgästen gehört vor Allen ein dicker Zahnarzt aus Wien, welcher die Banting-Cur gebraucht, indem er sich im Hotel „zur Stadt Wien" vergeblich satt zu essen sucht. Die Cur schlägt ihm vortrefflich an und er fühlt sich nach jedem Mittagessen so leicht — daß er sofort im Stande wäre, zwei Beefsteakes mit Hindernissen zu nehmen. Ferner gehört zu den täglichen Besuchern des Parkes ein Ministerial-Beamter, der sehr liebenswürdig wäre, wenn er nicht die Gewohnheit hätte, seine Freunde zu Narren zu halten, indem er jedesmal um 9 Uhr mit Zeichen des Schreckens in die Westentasche greift, die Uhr herausreißt und erklärt, er müsse nach Wien, weil er im Bureau „zu arbeiten" habe. Man weiß, wie ermüdend endlich auch der heiterste Scherz wirkt, wenn er Tag für Tag wiederholt wird! Leider ist der gelehrte Besteiger des Monte Casino und gründliche Kenner der Sixtinischen Capelle, der genau den Tag weiß, an welchem jeder Sänger derselben castrirt wurde, der strenge Kritiker Schelle, der sonst immer zur Cur hier weilte und stets im Park sein belehrendes Frühstück einnahm, noch nicht eingetroffen. Die Weltausstellung hält den gelehrten Mann in Wien zurück, da er als Experte für Musik-Instrumente der Jury die gebratenen Claviere aus dem Feuer holen soll. Die Nachricht von dem neuen Beruf Schelle's ist hier in die weitesten Kreise gedrungen, wenigstens erzählte mir sogar der Kellner des Gasthauses, in welchem der

ausdauernde Experte im Vorjahre Bier zu trinken pflegte: „der
Herr Doctor Schelle sei noch als Exporteur auf der Weltaus=
stellung beschäftigt und werde erst nach Baden kommen, bis er die
Jura absolvirt habe".

Das Theater habe ich noch nicht besucht. Als ich neulich
hineingehen wollte; hörte ich, wie eine Mutter zu ihrem unartigen
Kinde sagte: „Wenn du nicht augenblicklich zu weinen aufhörst,
Karl, führe ich dich gleich zur Waisen von Lowood." Das ge=
ängstigte Kind wischte sich die Augen ab, ich aber kehrte um.

II.

12. Juli 1873.

Ein freies Leben führen wir, ein Leben voller Wonne, der
Park ist unser Nachtquartier, der Mond ist uns're Gasbeleuchtung.
Ich wollte mir schon lange die Badener Gasbeleuchtung ansehen,
aber leider komme ich regelmäßig zu spät, immer erst, wenn sie
schon ausgelöscht ist. Bei sechsundzwanzig Grad Hitze im Schatten
ist man auf die Nacht angewiesen, um seinen Mitmenschen das
Bischen Luft, das man zur Fristung der traurigen Existenz nöthig
hat, im Finstern wegzuschnappen. Selbstverständlich kann unter
solchen Temperatur=Verhältnissen von interessanten Vorfällen keine
Rede sein, denn Jeder zieht sich in die Einsamkeit seines Canapés
zurück, und der Mensch ist ein so geselliges Wesen, daß selbst zu
einer ganz einfachen Ehrenbeleidigung mindestens Zwei erforder=
lich sind. Das halte ich aber, wenn auch die Versuchung hiezu
eine sehr große ist, für feig, sich selbst einen Esel zu nennen und
so Jemanden zu beschimpfen, von dem man ganz genau weiß, daß
er Einen nie dafür zur Rechenschaft ziehen wird. O du achtzig=
theiliger Réaumur, steh' uns bei!

Ein eingehendes Studium von Land und Leuten, wie ich
es vorhatte, ist da nicht möglich. Wenn ich von einer Majors=
Wittwe absehe, habe ich bis jetzt nur die zwei Ruinen Rauheneck

und Rauhenstein kennen gelernt. Die Majors-Wittwe war aber mit weniger Anstrengungen verbunden als die beiden andern, denn ich habe ihre Bekanntschaft ganz bequem auf einer Bank im Doblhoff-Park gemacht. Sie hatte ein aufgeschlagenes Buch auf dem Schoße liegen, das ich anfangs für ein Fremdenbuch hielt, in welches Jeder, der sie besichtigt hätte, seinen Namen, Stand und Geburtsort einzutragen berechtigt sei. Plötzlich aber begann sie halblaut daraus zu lesen: „Weh! Vom Arm des falschen Mann's umwunden, schlief Louisens Tugend ein." Ich steckte meine beiden Hände schnell in die Hosentaschen, um für dieselben vorkommendenfalls ein Alibi beschwören zu können.

„Ach!" seufzte sie, indem sie mich mit ihren stillstehenden wasserblauen Augen ansah, „dieser Schiller ist doch noch immer unsterblich!"

„Gewiß," antwortete ich, „er wird immer der Lieblingsdichter der Jugend bleiben."

„Aber," wandte sie ein, „die Kindsmörderin" „ist doch schon für ein reiferes Alter berechnet," und brachte ihren Chignon, der sich etwas verschoben hatte, wieder in die normale Lage.

„Der Kindesmord", erwiderte ich, „ist allerdings keine passende Beschäftigung für ein junges, wohlerzogenes Mädchen, aber das Gedicht enthält doch eigentlich nichts Anstößiges."

„Die Herren sind in solchen Dingen nicht so empfindlich, wie wir Frauen. Ich habe mich sehr häufig davon überzeugt, denn als mein Mann noch am Leben war, haben die Kameraden, die ihn besuchten, immer die größten Zweideutigkeiten gesprochen. — Ja, wenn mein Max noch lebte!

„Ihr Herr Gemahl hieß wohl Max?"

„Allerdings. Deßhalb ist ja Schiller mein Lieblingsdichter, weil er fast unsere ganze Familie behandelt hat. Mein Mann hieß, wie ich eben erwähnte, Max, ganz wie der Geliebte der Thekla in „Wallenstein," nur daß dieser bei den Cürassiren gedient hat, während mein Mann Major im dritten Infanterie-Regimente war. Ich selbst heiße Louise aus „Kabale und Liebe" und bin deßhalb oft aufgezogen worden. Wenn ich etwas echauffirt war — ich trinke auch jetzt noch Marienbader dagegen — hieß es gleich: Louise, du bist blaß! und wenn ich den Herren vom Regiment, die bei uns speisten, einen etwas schwächern Wein vorsetzte, riefen sie immer: Die Limonade ist matt! Sodann heißt meine Cousine, die in die Artillerie geheirathet hat und jetzt mit dem Stabe in Linz liegt, Marie und wird Ihnen aus „Maria Stuart" ohnehin bekannt sein. Endlich haben wir noch einen edlen Charakter aus den „Räubern" in unserer Familie, nämlich meinen Schwager Karl, der in Kornenburg stationirt ist."

„Das ist in der That merkwürdig," sagte ich, „man sollte glauben, Schiller habe Sie und ihre werthe Familie schon gekannt."

„Wenn ich wieder heirathen sollte," fuhr die Wittwe fort, „dann würde ich einem Schiller'schen Namen den Vorzug geben."

„Also etwa einem Franz?"

„Oh, Franz ist gerade kein schöner Name."

„Aber die Auswahl ist eine größere, denn er kommt sehr häufig vor."

Sie schwieg. „Und wie heißen sie, wenn ich fragen darf?" fragte sie nach einer Weile.

„Daniel!" antwortete ich arglos.

„Das ist doch auffallend!" rief die Wittwe des Stabsofficiers, indem sie mich beim Arme faßte, dann sind Sie ja der treue Diener der Familie Moor, der alte Daniel mit den schlotternden Knien!"

„Gut, daß Sie mich an meine Beine erinnern, gnädige Frau, ich habe die höchste Zeit, ins Bad zu gehen."

Damit empfahl ich mich und entfernte mich mit jugendlicher Behendigkeit, wenn diese auch nicht in den Intentionen des großen Dichters liegen mochte.

Obwohl die Zeit in Baden sehr langsam vergeht, so bleibt sie deßhalb doch nicht stehen, und wir sind hiefür namentlich der Baden-Vöslauer Baubank zu Dank verpflichtet. Diese interessanten Wahrnehmungen habe nicht ich gemacht, ich verdanke sie einem

soeben hier erschienenen Buche: „Der Curort Baden in Nieder-
'österreich", welches einen Professor am hiesigen Real-Gymnasium
zum Verfasser hat. In der historischen Einleitung heißt es nämlich: „Die neueste Zeit ist nicht stehen geblieben, sondern rüstig
fortgeschritten, besonders durch die Gründung der Baden-Vöslauer
Baubank." Ich bin allerdings kein Bauverständiger, doch scheint
es mir nicht in dem Wirkungskreise einer Baubank zu liegen, der
neuesten Zeit auf die Beine zu helfen, und umsoweniger, als sich
die neueste Zeit keineswegs ebenso coulant den Baubanken gegenüber benommen hat. Großes Lob verdient der Freimuth des
Autors, indem er nur die „empfehlenswerthesten" Behörden in
seinem Buche erwähnt und so den nicht genannten Behörden die
Aussicht genommen hat, auf die Nachwelt zu gelangen. Die
Ueberschrift eines Capitels lautet nämlich: „Gewerbe, Kaufläden,
öffentliche Aemter 2c." Und nun fährt der Cicerone fort: „Die
empfehlenswerthesten sind:" Zur Bequemlichkeit jener meiner Leser,
welche Baden zu besuchen willens sind, will ich die soliden Behörden, welche den Fremden empfohlen werden, hier anführen:
das Bezirksgericht, die Bezirkshauptmannschaft, das Bürgermeister-
amt, das Grundbuchsamt, das Platz-Commando, die Polizei, das
Postamt und das Telegraphenamt. Ich weiß nicht, ob der frühere
Besitzer der Burg Rauheneck ein Ahnherr des Badener Bädeker
war, jedenfalls aber scheint derselbe ein äußerst schlauer Mann
gewesen zu sein, denn der Herr Professor erzählt, daß die Wiener
Rauheneck geschleift hätten, und fährt dann fort: „Der Pillichs-
dorfer wußte jedoch seinen gefährdeten Hals dadurch zu retten,
daß er alle Raubzüge auf seinen Majordomus schob und sogar
seine Burg neu erbauen durfte." Der Pfifficus rettete also seinen
gefährdeten Hals mit großer Geistesgegenwart dadurch, daß er
sogar seine Burg neu erbauen durfte. Dem Historiker aber, der
so tief über die Zeit und über die Menschen nachgedacht hat, ist
dadurch der praktische Sinn nicht verloren gegangen. Man höre
ihn nur als Wegweiser: „Will man unmittelbar von Rauheneck
auf die Hauswiese gelangen, so geht man auf dem nächsten Weg

auf die Weilburgstraße zurück." Läßt es sich wohl topographisch genauer und ohne dabei durch schroffes Absprechen die Gefühle des empfindsamen Touristen zu verletzen, ausdrücken, daß man von Rauheneck auf die Hauswiese nicht unmittelbar gelangen könne?

III.

19. Juli 1873.

Das Geschirr, in welchem der Kaffee im Park verabreicht wird, ist jedenfalls sehr alt, doch möchte ich nicht so weit gehen, wie einige, die behaupten, es rühre spätestens aus der Zeit des Kaisers Marc Aurel her. Jedenfalls glaube ich, daß es zur Zeit der Völkerwanderung schon existirt habe, denn die furchtbaren Verwüstungen der Schalen, Tassen und Gläser weisen mit Bestimmtheit auf das Zeitalter der Hunnen und Avaren. Wie leicht übrigens der Alterthumsforscher zu irrthümlichen Annahmen verleitet werden kann, habe ich daraus entnommen, daß ich auf einer Schale eine alte Aufschrift gefunden zu haben glaubte, während es sich bei näherer Betrachtung herausstellte, daß die vermeintliche alte Aufschrift nur ein Stückchen Kipfel war, welches erst seit dem vorigen Tage dort klebte. Der Kaffee jedoch wird Keinen unbefriedigt lassen: der Leinwandhändler findet darin Zwirn, der Friseur Haare und der Architekt Sand.

Zu den Morgen=Unterhaltungen im Parke gehört auch das Aufspritzen. Wenn nämlich die Musik zu Ende ist und sich daher der Park nach und nach zu füllen beginnt, wenn die Bänke alle besetzt sind und die Herren sich in ihre Zeitungen, die Damen in ihre Handarbeiten vertiefen, erscheint plötzlich in der mittlern Allee ein Zweigespann. Auf dem Wagen liegt ein anscheinend von den besten Absichten beseeltes Faß, und nur das kluge Blinzeln des Mannes, der auf dem Kutschbocke sitzt, verräth dem Menschenkenner, daß hier eine besondere Ueberraschung geplant werde. Der Wagenlenker raucht behaglich aus seiner großen Pfeife und die

Natur athmet Ruhe, Friede und Commißtabak. Aber die Damen
stricken auf einem Vulcan, oder richtiger auf einem Ocean. Denn
plötzlich erhebt sich der Mann von dem Kutschbock, sein Auge
flammt, sein Gesicht nimmt einen wilden Ausdruck an, er reißt
die Friedenspfeife aus dem Munde und schreit mit einer furcht=
baren Stentorstimme: „Aufg'schaut!“

Dieses Kriegsgeschrei bedeutet bekanntlich in unserm Vater=
lande, daß jeder Fluchtversuch bereits vergeblich ist. Der Fiaker
erhebt ihn in dem Augenblicke, wo er Einen überfahren, der
Cavallerist, sobald er den Fußgänger überritten, und der Last=
träger, nachdem er dem Vorbeigehenden mit seiner Kiste den Hut
bis aus Kinn getrieben hat. Der Eingeweihte weiß daher, daß
er dem Lockrufe: „Aufg'schaut!“ ja nicht folgen darf, sondern daß
er sich sofort platt auf den Bauch werfen muß, um vielleicht noch
so der drohenden Gefahr zu entgehen.

Kaum ertönt also im Parke der Ruf des städtischen Be=
wässerungs=Beamten: „Aufg'schaut!“, als auch schon aus einer
unterhalb des Fasses verborgen angebrachten Röhre gewaltige Wasser=
mengen nach allen Seiten ausgeworfen werden. Man sieht es
dem vorsündfluthlichen Apparate gar nicht an, welche Sündfluth er
zu verbreiten im Stande ist. Eine unglaubliche Verwirrung be=
ginnt. Mütter rufen nach ihren Kindern, Kinder nach ihren
Müttern, die Ammen verbergen hastig ihren Busen, den sie bis=
her muthig den Unbilden der Witterung ausgesetzt hatten, und die
Gouvernanten, welche eben ihre Zöglinge lehrten, die Frage: wo
sich in diesem Augenblicke der Landesvater befinde, mit „Le roi
est à la chasse“ zu beantworten, schreien angstvoll: „Jesus, Maria
und Josef!“ Der schüchterne Leander aber trotzt den fluthenden
Wässern und schaut sehnsuchtsvoll nach seiner Hero, die flüchtend
die holde Wade dem Blicke des still Liebenden preisgibt. Wie
gern möchte er den Hellespont des Parkes mit kräftigem Arme
theilen, zu ihr hinstürzen und rufen: Gnädige Frau, darf ich Ihnen
vielleicht mein Parapluie anbieten? Aber ach, der blaue Himmel

hat ihn verführt, den Regenschirm zu Hause zu lassen, und — wer denkt ans Aufspritzen?

Wenn nicht die Cur=Commission in dieser Weise dafür Sorge tragen würde, daß dem Curgast auch manchmal, wie Schiller sagt, „jene heitern Regionen, wo die schönen Formen wohnen", sichtbar werden, die große Schwimmschule im Doblhoff'schen Parke bietet keine Möglichkeit hiezu. Während nämlich in den kleinen Mineral= bädern Herren und Damen gemeinschaftlich baden, ist es im Parke des Baron Doblhoff „während der Damenstunden" den Herren sogar verboten, die Alleen zu betreten, die an dem Bassin vorüber= führen. Findet also der Chemiker in einem Wasser etwas schwefel= saures Kali oder Chlornatrium, so gestattet man den beiden Ge= schlechtern ohneweiters das gemeinschaftliche Bad. Hat aber die Natur für ein armes Wasser nichts gethan und ergibt die chemische Analyse keine derartigen fixen Bestandtheile, so erröthet man und verbietet den Herren, auch nur in der Nähe eines solchen Wassers, wenn sich Damen in demselben befinden, spazieren zu gehen. Ja, die Chemie ist eine merkwürdige Wissenschaft, und ihr verdanken wir es, daß man jetzt sofort weiß, ob in einem Gewässer Herren und Damen gleichzeitig oder nur nach einander baden können. Doch befinden sich dabei die Damen offenbar im Vortheil, denn es ist nur den Herren während der Damenstunden, nicht aber den Damen während der Herrenstunden untersagt, jene Alleen zu be= treten. Ich finde es aber keineswegs gerecht, daß man den Damen gestattet, sich zu überzeugen, wie irgend ein Park=Don Juan ohne allen Gunkel aussieht, während man es den Herren verwehrt, zu erkundschaften, was an einer Promenade=Schönheit Wahrheit und was an ihr Francine ist.

Dank der Furcht vieler Wiener vor der Cholera fängt Baden schon an, unausstehlich zu werden. Es wimmelt hier von Flücht= lingen, die Alle Baden als Stopfmittel zu gebrauchen willens sind. Ich habe einen solchen Choleraflüchtling hier kennen gelernt. Der= selbe läßt sich Morgens im Kaffeehause die Zeitungen geben, „collationirt" die Verzeichnisse der Verstorbenen und trinkt dazu

eine Tasse Chocolade. Ißt man Mittags im Gasthause Gurken-
salat, so bestellt er demonstrativ rothen Wein. Nach beendigter
Mahlzeit gibt er sich den Anschein, als wenn er die Kleider von
den Brosamen reinigen wollte, frottirt aber dabei verstohlen seinen
Unterleib. Wenn er spazieren geht, weht er fortwährend mit
einem großen Taschentuch, um die Miasmen von sich fernzuhalten,
so daß Turner, die neulich an ihm vorüberzogen, in der Meinung,
es sei dies eine ihnen dargebrachte Huldigung, ihm ein dreimaliges
enthusiastisches „Gut Heil! zuriefen. An öffentlichen Orten nennen
ihn die Bediensteten: Herr Doctor! denn sie halten das Fließ-
papier, das aus allen seinen Taschen herausragt, für Proceßacten.
Uebrigens weiß er die Mehrauslagen, welche, er in Folge seiner
Cholerafurcht hat, durch die Ersparnisse, die er seiner Cholerafurcht verdankt, zu decken, denn um die Kellner nicht zu Debauchen
zu verleiten, gibt er ihnen kein Trinkgeld.

Druck von W. Drugulin in Leipzig.

www.ingramcontent.com/pod-product-compliance
Lightning Source LLC
Chambersburg PA
CBHW030644030726
47497CB00006B/1939